U0857070

我的女神 我的妈

MY GIRL FRIEND MY MOTHER

奇道◎著

陕西师范大学出版总社

图书代号：SK18N0405

图书在版编目（CIP）数据

我的女神我的妈 / 奇道著. — 西安 ：陕西师范大学出版总社有限公司， 2018.8
ISBN 978-7-5613-9807-4

Ⅰ. ①我… Ⅱ. ①奇… Ⅲ. ①长篇小说—中国—当代 Ⅳ. ① I247.5

中国版本图书馆 CIP 数据核字（2018）第 034941 号

我的女神我的妈

WO DE NVSHEN WO DE MA

奇道　著

责任编辑　王奉文
特邀编辑　黎　靖　流浪羊
封面设计　王　鑫
出版发行　陕西师范大学出版总社
（西安市长安南路 199 号　邮编 710062）
网　　址　http://www.snupg.com
印　　刷　三河市龙大印装有限公司
开　　本　620mm×889mm　1/16
印　　张　17
字　　数　166 千
版　　次　2018 年 8 月第 1 版
印　　次　2018 年 8 月第 1 次印刷
书　　号　ISBN 978-7-5613-9807-4
定　　价　39.80 元

第一章

01

韩国首尔街头，艳阳高照，正是午间交通高峰期，汽车堵得水泄不通，半天无法移动。

一个中国青年急匆匆从出租车里跳出来，翻身跃过道路中间的护栏，朝着地铁站跑去。这个举动严重违规，使得韩国警察吹着哨子去追他。

此人名叫吴中志，仪表堂堂，毕业于上海交通大学酒店管理专业，现任上海千岛湖酒店的销售部经理。论理他智商不低，居然如此无视规则，以至于给自己引来一系列麻烦。

说来令人啼笑皆非，吴中志这样做，是为了赶在四十分钟之内，坐地铁去机场接女朋友。他的女朋友安然可不是省油的灯，说好去接她如果迟到，后果严重。

吴中志当然没想到，如此贸然行事，后果会更严重。

他飞快地朝地铁站跑去，在地铁口，撞在一个韩国女孩儿身上。

吴中志嘴里说：“对不起……”瞥了女孩儿一眼，没有停下来。女孩儿二十几岁，眼睛又大又亮，属于令人惊艳的韩国美女，不爽地看了一眼吴中志的身影。

身后的警察马上就要追过来，吴中志跑得更快，混入人群。

人群中，吴中志东躲西藏，警察四处寻找他。

吴中志突然看到地铁工作人员，如同发现救星，赶快上前咨询：“请问去机场怎么走？机场……飞机……”吴中志只会一点点韩语，发音又没那么标准，焦急中，甚至伸出双手做出飞的样子。

地铁站工作人员完全不懂。吴中志问身边的人：“会不会中文？”

人群边上，一个女孩儿走过来，竟然就是刚才被撞的那个长发美女。她好像听懂了吴中志的话，但是一看是撞她的那个身影，犹豫了一下，最后还是稍稍靠拢了过来，但并没有开口。

吴中志没看清她，反而发现寻找他的警察，于是赶紧四处躲避，正好走到这个女孩儿身后排队。女孩儿觉得身后有人挤自己，回头一看，真是奇怪，又是他。吴中志礼貌地一笑，女孩儿扫他一眼，往前挪了挪脚步。

这时警察开始用对讲机呼叫救援，而出租车司机也出现在寻找的队伍中，四处搜寻着，正好看向这里。吴中志暗暗叫苦，躲避他们的视线，但出租车司机跟身边的警察呼应着，朝这边走过来。

吴中志意识到危险，借着女孩儿的身位，从她身后躲到她的侧面。吴中志的视线穿过女孩儿扫描着警察和司机的位置。而这位名为姜金波的韩国美女却误以为吴中志在瞄自己，嗤之以鼻，把手臂抱在胸前。

警察越走越近，吴中志着急躲避，紧靠着姜金波。

慌乱中，姜金波臀部被碰了一下，于是心里更加暗暗确定吴中志不善；而吴中志不明白她已经产生敌意，满脸堆笑地表达歉意。

姜金波朝旁边挪了挪。

这时警察已走到身旁，吴中志急中生智拿出手机，假装打电话遮住自己的半边脸，无奈另一个方向也有警察看过来。吴中志只好边打电话，边躲在姜金波背后，手机链无意中挂在了姜金波后背的拉链上。

突然，吴中志的目光和那个司机的目光相遇，立刻躲开，然而司机已经认出了他。

吴中志赶紧蹲下，“刺啦”一声，姜金波衣服背后的拉链被拉开，从脖子一直拉到腰，后背一览无余。吴中志听到声音，抬头一瞧，一片白花花的裸背。他还没反应过来发生了什么事，姜金波尖叫着：“变态！流氓！”

警察的视线集中过来，人群散开，吴中志蹲在地上不明所以。等他刚明白过来准备说“对不起”，姜金波一个大巴掌扇了过来。

司机指着吴中志，对警察说：“就是他！”

吴中志要跑，被姜金波一把抓住，警察都扑了上来，把吴中志按在地上。

吴中志大喊：“误会！误会！误会！”

首尔机场，一个戴着墨镜、风流潇洒的帅哥走出来，打扮时尚入流的年轻女孩儿挎着他的胳膊，两人有说有笑地向外走，身后一个保镖推着行李车。女孩儿身上的衬衣是这个年度最流行的款式，袖子宽大得可以当拖把用。

这位长腿欧巴名叫郑东旭，是韩国郑氏集团的董事长，花花公子一个。他突然停住脚步看着女孩儿，女孩儿觉得莫名其妙。

郑东旭抽回胳膊道：“咱们还是分开走吧，我爸的眼线实在太多。”

女孩儿嘟起嘴巴不愿意：“哥哥，那你什么时候再找我啊？”

郑东旭道：“周末，去你家，乖乖等我。”

女孩儿撒娇道：“那我等你电话。”

女孩儿说着亲了一下郑东旭，郑东旭笑了，眨了一下眼睛。

保镖将行李箱递给女孩儿，女孩儿拉着箱子离开，回头看郑东旭，郑东旭适时抛出一个飞吻。

保镖低声提醒道：“少爷……你这周末约了美华小姐。”

郑东旭打了一下保镖的头：“我当然知道，还用你提醒啊！”

另一边，一个穿着性感黑丝袜、披着大波浪发型的美女走出来，只见她掏出手机，边走边自拍，扮着可爱鬼脸摆出各种动作。她戴着镜片遮住大半张脸的墨镜，一身名牌，手里拎着一个超大的行李箱，优雅而性感，简直是大明星做派，正是吴中志的女朋友安然。

安然四处张望，没有找到吴中志，打他的手机又打不通，一张漂亮的脸马上沉下来。她气冲冲地拉起行李箱，穿过马路朝对面走去。

突然，一辆豪车冲了过来，差点儿撞到安然，安然吓得往后退了一步，行李箱躺在马路上。没等到吴中志来接，安然已经气坏了，现在又平白无故受到惊吓，她的怒火一发不可收拾，于是气急败坏地摘下墨镜，盯着司机。司机着急地按着喇叭，也不道歉，安然一气之下把行李箱往车前一放，不走了。

双方僵持片刻，安然不服气地看着司机。司机摇下车窗大叫："赶紧躲开！"

安然先是一愣，接着给自己打气，车要朝一边开，安然挡住去路，怒气冲冲地拍着前车盖，用韩语喊道："你们怎么开车的，差点儿撞到我，知道吗？"

车停下，司机车门打开，一双锃亮的皮鞋踏在地上。副驾驶车门也打开，下来个大高个儿，一看就是保镖里的小头目。他们俩黑西装、小平头，凶神恶煞般看着安然。

两个人相互看了一眼，司机看看手表，时间来不及了，他朝着保镖一扬下巴。

保镖上前把安然的行李箱扔到一边，嘴里说："再挡着路，撞死你！"

安然怒了："你敢扔我的行李箱！"

这位天不怕地不怕的美女设计师冲上前抓住保镖不让他走，保镖试图挣脱，一时无法脱身，竟然抓住安然的头发，两个人纠缠起来。安然的高跟儿鞋用力跺在保镖的鞋面上，保镖捂着脚痛苦大叫。

司机怒气冲冲地跑上来帮忙，保镖挥拳想动手打安然。此时一直冷眼旁观的郑东旭傲然发话："放开她！"

郑东旭突发奇想，竟然邀请安然同车，保镖显然不情愿，看了一眼安然。安然气愤地盯着保镖，站在车门前用韩语命令他："开门！"

保镖看着郑东旭，犹豫不已。安然毫不放松地盯着他，保镖无可奈何地为她开门。郑东旭觉得安然这个女孩儿特别有意思，笑了笑。安然理直气壮地上车，扫了一眼车内的豪华装饰。

郑东旭看着安然的眼神，笑一笑说道："刚才他们没有吓到你吧？"

安然道："吓到我？开玩笑！我要去洲际酒店。"

郑东旭一愣："哦？我正要去那里。"

安然笑了："你们韩国男人泡妞的技术也太烂了，送送美女也需要撒谎吗？”

郑东旭无奈地笑笑：“我不是……我真的是去那里见个人。”

安然无奈地摇摇头，感觉他不说实话，微笑道：“我有男朋友了。”

郑东旭笑着没有说话。突然，车上的电话响了。郑东旭接听，脸色逐渐变化，越来越难看，然后突然对司机叫道：“停车！”

安然一愣。几秒钟之后，她和她的行李箱被保镖扔在了路边。郑东旭摇下车窗，结结巴巴地用中文道歉：“实在有急事，希望您不要生气。”

安然堆着笑脸：“怎么会。”然而等车离开，安然一脸鄙夷，撇嘴道：“全世界的男人都一个德行。”

更让她气愤的是，吴中志的电话居然还是打不通！

警察局里，姜金波在一旁录着口供。

吴中志被铐在一边的暖气上，一脸的无奈。警察们穿梭忙碌，没人搭理他。

吴中志拦住一个警察：“让我打个电话好不好？”

警察根本不搭理他。姜金波录口供时用韩语说道：“他在我身边蹭来蹭去，偷窥我胸，还摸我臀部……”边说边愤怒地看着吴中志。

吴中志无可奈何又相当无辜地看着姜金波，他根本听不懂她说什么。

姜金波忍不住骂道：“变态。”

吴中志看出她不友善，却完全听不懂，干着急，忍无可忍，看着身边的警察发飙道：“我不是猴，你们把我铐这里干什么？首尔也是个国际化大都市，就没一个会说中国话的吗？”

姜金波恨恨地说：“我要告他性骚扰。”

吴中志对着姜金波的方向道：“你这叽里咕噜地说得鸟语花香的，我也听不懂。”又转头对警察说：“能不能找个会说中国话的来？我听不懂，证词可就是单方面的啊，我不承认……”

姜金波愤怒地看了一眼吴中志。

吴中志语言不通，百口莫辩。他的父亲吴衍普，当过大学教授，退休前是机械工程研究所的高级工程师；他的亲生母亲已过世，现在的继母徐曼丽，退休前是文化宫的公务员。他还有一个妹妹，也从小就是精英学霸，目前在美国深造。家庭优秀、出身清白的他这辈子还是头一次这样被警察铐住。

03

吴中志头埋在手里胡思乱想，无可奈何，无计可施。

突然身后一阵喧嚣，吴中志以为有人来救他了，赶紧起身，却发现是一个韩国帅哥，怒气冲冲地走来。

来人是郑东旭。旁边的女警察都在犯花痴，男警察也凑在一起八卦什么，看得出来郑东旭在他们心目中是个大人物。

郑东旭走到姜金波面前，让手下把名牌衣服拿过来，给姜金波披上。姜金波却不领情。

警察显然知道他，迟疑地问："你来干什么？"

郑东旭礼貌地向警察鞠躬点头道："这是我女朋友，我来看她。"

姜金波却扭过头，尴尬不已。警察看着郑东旭身后一帮人，发话道："你们以为这是哪儿？都出去！"

几个手下不理警察，等着郑东旭的命令。

郑东旭看着吴中志，问警察："是他非礼我女朋友吗？"

警察点点头。

吴中志不知道他们说的什么，还没明白怎么回事，已经挨了一拳。吴中志大怒，立刻还手，给了郑东旭一脚。

两个人被警察们拉开。

郑东旭的手下要冲上去教训吴中志，警察们一拥而上保护着吴中志，隔开他和那些手下。

警察也发怒了："你们这是要干什么！敢在警察局动手！"

郑东旭赶紧跟警察道歉："对不起！我女朋友被骚扰，兄弟们很生气。"又回头对手下说："都出去吧！"手下乖乖出去了。

郑东旭整理衣服，冷冷地看着吴中志；吴中志也不服气地看着他。

两个男人怒目相向，充满敌意。

姜金波认真地对郑东旭说：“以后不要再说我是你女朋友了，好吗，还有……”姜金波看了一眼吴中志，再看一眼郑东旭，继续道：“你也别欺负别人了，你比他做的坏事多太多了。”

姜金波突然转身对警察说：“我撤诉。”转身欲走时，她突然用中文对吴中志说：“我希望真的是我误会你了，我已经撤诉了，祝你好运。”

吴中志先是喜出望外地道谢，转而才意识到姜金波说的是中文，马上气急败坏地朝着姜金波的背影大喊：“你明明会说中文，刚才竟然不帮我翻译！”

而姜金波已经走远了。郑东旭赶紧像牛皮糖一样贴上去。姜金波甩开他的手，冷眼看着他：“郑东旭，不要以为咱们从小一起长大，你就能够总这样肆无忌惮地欺负我。记住了：我，不是你的女朋友。”

郑东旭急了：“姜金波，真搞不懂你，在韩国追我的姑娘能从这里排到东大门！”

姜金波看着郑东旭，指了指他衬衫的衣领，上面一个红唇印。郑东旭一看，傻眼了。

“那就麻烦你，赶紧去跟她们在一起，别来烦我！”姜金波说完，大步离开。

郑东旭无奈，气急败坏地朝着姜金波的背影大喊：“你会后悔的！”

回到酒店，吴中志做的第一件事就是给手机充电。被抓进警察局害得他耽误了亲自去接安然，不知道安然会如何大闹。他猜一同在出租车上的助理毛亚平应该把安然接回酒店了，没想到毛亚平一脸吃惊地问：“不是你去接了吗？”

吴中志实在累坏了，估计安然肯定气爆了，去机场不一定可以接到她。加上安然会韩语，知道他们住在哪家酒店，应该丢不了。

毛亚平扔下大堆谈判用的资料，赶紧溜了。

首尔洲际酒店员工休息室，姜金波换好白衬衣、黑西装，再配上漂亮的领结，更显气质。她胸前的工牌上写着：经理姜金波。

姜金波跟闺密朴在熙吐槽自己的奇葩遭遇，在熙调侃她："那个中国人帅不帅？"

姜金波道："我哪里顾得上看他，太丢人了！"

在熙笑道："郑东旭英雄救美？"

姜金波道："别提他。"

在熙一副花痴相："郑东旭不错啊，有钱又帅又有安全感，关键和你还是青梅竹马……"

姜金波却对郑东旭一直看不上眼，觉得他不过是一个仗着家里有钱因而一天到晚胡作非为的花花大少。在熙却为郑东旭打抱不平："他是富家子弟，身边肯定会有很多女人追啊。难能可贵的是，他的眼里除了你就没有其他女人。"

姜金波摇头："这就是最无奈的地方。我的眼里，任何男人都比他好！"

金波最讨厌花心的男人。郑东旭身边一直美女如云，他自己也一天到晚跟她们胡来，金波想着这些事都觉得闹心。

在熙摇头晃脑地说道："我就弄不懂了，你喜欢的男人得什么样啊？"

姜金波想了想，说道："一定是个善良、体贴、有共同语言的好男人。"

在熙摇头道："这样的男人，在韩国你这辈子是找不到了。"

姜金波道："他肯定在世界的某个角落等我。"

洲际酒店门口，安然下了出租车，抬头看了一眼酒店招牌，确认是自己在找的那家。她自言自语恨恨道："吴中志，我倒要看看你到底搞什么鬼。"

姜金波看了一眼门外的安然，示意身边的服务员上前接待，服务员立刻跑去给安然搬行李箱。

安然用韩语要求道："给我开六楼的房间。"

安然办好入住手续，拿着房卡进入电梯，按了关门键。

与此同时，姜金波突然狂奔过来，手一拦，电梯门重新打开，因为她发现郑东旭来了，想要躲开他。

姜金波进了电梯，想按六楼，发现六楼的按键已经被按亮。两个素不相识的女人相互点头一笑，却在心中暗自较劲。安然发现姜金波很漂亮，有意挺起胸，撩撩头发，从电梯的镜子里打量着姜金波，显然自己更瘦、更苗条，不禁暗喜。姜金波礼貌地先请安然出去，自己跟着下了电梯。

两个人朝两个方向，背身离开。

姜金波不想见郑东旭，朝员工更衣室走去。在门口，一摸身上，发现没带房卡。而此时郑东旭也下了电梯，朝着姜金波的方向走过来。

姜金波听到身后郑东旭的脚步声，急坏了。

前面，恰好611的客人出来了，在敲对面的门。姜金波飞快地走过去，那人转身，两个人撞到了一起。姜金波抬头一看，大吃一惊，客人正是吴中志。吴中志刚要说话，被姜金波捂住嘴，立刻推回房间，轻轻关上门。

门外，郑东旭听到611的关门声，走到611门口，抬头看了一眼门牌号，继续朝前面走去。

房间里，姜金波示意他不要说话，吴中志点点头。

姜金波松开手，指着外面，小声道："帮帮我，有人追我，躲一下。"

吴中志做了个"OK"的手势。

另一边，安然紧紧追问毛亚平吴中志的房间号，她要直接找到吴中志，看他葫芦里卖的是什么药。毛亚平觉得要出大事，不断贫嘴，只说自己在612。

安然厉声道："我问吴中志在哪个房间！"

毛亚平支支吾吾道："你在哪个房间……我让志哥去找你。"

安然把手里的眉笔放下："你让我给公司打电话吗？"

毛亚平没辙了，只得说吴中志住自己对面的611房。

安然挂了电话，撕下面膜，自言自语："跟我斗！"然后收拾好东西，朝611的方向走来。

毛亚平感觉不妙，立刻出去敲对面611的房门，想提前让吴中志做好准备，正在门口听动静的吴中志吓了一跳，从猫眼里看到是毛亚平。

与此同时，郑东旭也在敲员工休息室的门，转头看向这边。

吴中志嘴里安慰姜金波没事，然后打开一条门缝儿，让毛亚平进来。毛亚平边说边往里走："告诉你一个秘密，安然想给你来个突然袭击，赶紧收拾一下……多亏你没有金屋藏娇的不良癖好……"

话音未落，毛亚平看到躲在一侧的姜金波，彻底傻眼。姜金波尴尬地朝毛亚平摆摆手，问好。毛亚平愣住了："这是谁？"

吴中志胡乱比画，又结结巴巴地说了几个关键字，什么"拉链开了""警察局"，毛亚平这才一愣："啊，你不是性骚扰吗，怎么都带屋里来啦……"

吴中志解释道："不是，只是碰巧又遇到了，她在躲人……"

姜金波指着门外，作揖求饶，低声说："我不能走。"

毛亚平突然意识到危机："别闹了，赶紧轰走，安然会在一分钟内敲门。不然非出大事不可！"

外面走廊里，郑东旭边走边叫："姜金波……"

毛亚平开门出去，突然看到安然已经在走廊的一头，退了回来关门，嘴里道："完蛋了，狼来了！想走也走不了啦，赶紧想辙！"

慌乱中，吴中志要毛亚平顶住，他和姜金波先后躲进了衣柜。

门外的安然看见了郑东旭，用韩语对他说："好巧啊。"

郑东旭笑着说："好巧，很高兴再次见到你。"

安然转头看了一眼611，示意郑东旭："我是来找朋友的。"

郑东旭说："巧了，我也是！"

安然改用中文："真的很巧，我朋友也在这个房间。"

郑东旭来了兴趣，道："看来我们的偶遇是命中注定的了。"

安然敲门，等了一下，见没有动静，觉得不对劲，加大力气敲。终于门一下开了，毛亚平裹着浴巾，裸着上半身出现。门外的二人都大吃一惊。

安然用怀疑的眼神看着郑东旭，问："他……你……是朋友？"

郑东旭赶紧摆手："我怎么可能……我口味没那么重。"

毛亚平装作惊喜地说道："姐，你来了啊！"

安然看了一眼门牌号："你怎么在这儿？这不是吴中志的房间吗？"

衣橱里，吴中志和姜金波挤在小小的空间里，身体只能贴在一起才行。两个人万分尴尬，但是又都不敢出声，只好把自己的身子缩得紧紧的。

毛亚平装傻道："啊？我这么说的吗？错了，吴中志在顶楼，他是经理，住豪华套间。"

安然转头，带着怀疑的眼神问郑东旭："你朋友呢？"郑东旭看向里面。

毛亚平立刻堵住门口，不让进，说是自己要继续洗澡。刚要关门，安然突然一把推开他，闯了进去。毛亚平阻拦不及，郑东旭也跟着进去。房间里看不到其他人。郑东旭摆了个舒服的姿势坐在沙发上。安然翻看着资料，环顾房间里的东西，冷冷道："怎么都是吴中志的东西？"

毛亚平搪塞说是借用。

衣橱里，吴中志和姜金波大气不敢出。吴中志的手不自觉地按在姜金波的胸口上，姜金波怒气冲冲，但吴中志没有意识到。

安然开始四处找人，毛亚平突然看到姜金波衣服的一角露在衣橱外面，飞一般地过去挡住。安然看到毛亚平的异常，想要打开衣橱，毛亚平死死拦住。

安然说道："别逼我动粗。"

突然衣橱门开了一半，传来姜金波一声怒吼："住手！"

安然和毛亚平都吓了一跳，往后退了一步，姜金波从衣橱里走了出来，整理一下头发，拿出死猪不怕开水烫的气势。

安然和毛亚平都吃惊地看着她。衣橱里的吴中志也很吃惊，但他继续躲着不动，也不知道姜金波要干吗。

郑东旭惊讶地站了起来，他没想到姜金波真的在里面。他指着毛亚平对姜金波道：“你……跟他……”

姜金波故意说：“没错，就是你想的那样……”

毛亚平实在傻眼了。

郑东旭把姜金波拉到一边，姜金波甩开他的手。郑东旭怒道：“你怎么可以这样？”

姜金波说道：“为什么你可以四处拈花惹草，我不可以异国浪漫一把？”

郑东旭说道：“我……我，我那个不一样，我是被迫的。”

姜金波故意道：“我是主动的。”

郑东旭不解地说道：“我这么喜欢你，追了你这么久，我就不明白了，我哪里让你这么看不上我！”

姜金波说道：“好，我给你三个看不上你的理由：第一，我不会给黑社会当生孩子的工具，这辈子做家务、生孩子，我基因不错，但是你配不上。第二，我不喜欢钱，你的钱对我来说不干净。第三，我不喜欢你这人，我的品位你够不到。”

郑东旭一脸不解的表情，气得半死。两个手下赶了过来，手放在腰间，怒气冲冲地看着毛亚平要动手。郑东旭伤心欲绝地阻止，两个手下把手收了回去。安然同情地看着郑东旭。

郑东旭对着姜金波气急败坏地说“你……会后悔的”，随后气冲冲地带着手下离开了。

安然却没有离开的意思。

毛亚平看着安然：“你还在这里干吗？”他扯着浴巾威胁：“我要脱光了啊！”

安然走上前，一把扯开浴巾。

姜金波尖叫一声捂住了眼睛，毛亚平也下意识地捂住下面。事实上，浴巾之下毛亚平并没有光着身子，而是穿着裤子，只不过挽起了裤腿。毛亚平服输，找衣服穿上，嘴里说：“我就知道，准备不足，必有一失。”

安然对着衣橱道："你以为你真能骗过我啊。"她根据毛亚平头发是干的做出了准确判断，何况，慌乱中毛亚平卷上去的裤腿都露出一截。

毛亚平看着露馅儿的左腿裤腿，撇撇嘴："还是不专业啊，行了，你走吧，别耽误了我的好事。"

安然突然掏出手机，拨打吴中志的电话。很快衣橱里传来手机的铃声，然后是一阵乱翻的声音，挂断电话。

毛亚平和姜金波面面相觑，傻眼了。

安然对着衣橱道："出来吧，吴中志，衣橱里可不舒服。"

吴中志狼狈地走了出来，对安然道："行！我出来了，你想知道什么就问吧！"

四个人坐在一起，吴中志一五一十讲了躲衣橱的起因和经过。姜金波真诚地对安然说："你真的误会了……他们只是在帮我……"她解释一阵儿，毛亚平使眼色让她走，她赶紧溜走了。

安然还是有疑心，吵着要搬离这家酒店。正在这时，门铃又响了，门口站着两个穿黑西装、戴墨镜的保镖，头一扬，示意他们走一趟。三人愣了，面面相觑一阵儿，还是跟着保镖一起来到大厅休息处。带头的保镖把一摞钱放在了茶几上，还有两个信封。

原来是郑东旭希望他们早点儿离开这家酒店，也离开韩国。

保镖说："理由不需要我给你们了吧，你们离姜金波小姐远一点儿。"

说着，保镖看了眼吴中志，攥了攥拳头，拳头发出了"咯吱、咯吱"的声音，威胁了一阵儿，走了。

见此情景，毛亚平心生恐慌。而安然的逆反心理被激发，刚刚还叫着要搬，这下反倒断然不肯搬了。毛亚平苦劝安然道："安然姐，胳膊拧不过大腿，这还是在人家的地盘上。关键是，那个老大一直把我当情敌，我怕我都活不过今天晚上……"

安然说道："要搬你们搬，我和那个女人还没完呢！"

吴中志一愣："安然，你还要去找她啊！她是黑社会老大的女人，你找她干吗啊！"

安然不悦道："不说清楚不行！"

毛亚平道："大姐，那些人真的是黑社会，说要砍死我们，扔汉江里喂鱼，谁都找不到我们的尸骨，破案根本无望……"

"我就不信！"安然霸气地去开门，准备回自己房间，结果一开门，一头撞在一个人的胸口上，抬头一看，门口站了两个彪形大汉。

吴中志、安然和毛亚平三人灰溜溜地搬着行李箱出来了。

到了楼下，吴中志想起谈判资料没拿，于是让另外两人在楼下等着，他独自去房间，没想到等来开门的服务员居然是姜金波。吴中志一愣，两个人都尴尬不已。姜金波刷卡，吴中志进去拿资料，四处翻找，姜金波也进去帮忙。

资料在抽屉里，姜金波找到后，递过去，吴中志来拿，两个人手碰在一起，又同时收手，资料撒落一地，两个人赶紧毛手毛脚地一张张捡。

姜金波帮忙捡资料，嘴里还道歉，为自己使得安然误会感到抱歉。吴中志大度地说没事。姜金波还想再找安然解释，吴中志生怕越描越黑，赶紧摆手道："别，千万别，咱就这样结束就好了。"

姜金波把捡到的一沓资料递给他，吴中志接过。

安然一直疑心，跟在吴中志身后，刚好看到这一幕，气势汹汹道："我说要这么久呢，原来是在告别啊！"

吴中志傻眼，安然转身跑了出去。吴中志赶紧追，大叫："安然，你听我说！"

安然头都不回。姜金波尴尬不已。

毛亚平刚打好车，在等着吴中志和安然，安然怒气冲冲地走出来，上了出租车，甩手关上门，出租车开走了。

毛亚平还没来得及说话，吴中志又跑了出来，看着车尾，无可奈何，只得另外叫车去追。

首尔的一家中文学习机构里，学习班的黑板上面贴着"好好学习，天天向上"几个大红字。窗户上和教室里都是中文成语和中国文化元素

的符号，中国结、剪纸等。

姜金波受父亲影响，对中国文化特别感兴趣，一直坚持用业余时间学习中文。她非常认真地听课做笔记。突然有人推门进来，是郑东旭。他虎视眈眈地看着姜金波的同桌，同桌只得收拾东西坐到后面。姜金波很生气，但是故意不跟他说话。

老师继续讲课，说："下面我邀请同学们用中文进行一组对话。"

老师指着姜金波："姜金波，你来演女生角色。"

姜金波大方上台，郑东旭也立刻起身，直接上去了。两个人沉默了一阵儿。老师鼓励他们用中文即兴对话。

郑东旭说的却是韩语："你今天让我很生气。"

老师督促道："用中文。"

郑东旭无奈换成中文："你今天让我很生气。"

姜金波看着课本，没有这句话的内容，知道郑东旭故意找碴儿，把课本扔一边。金波无奈，索性将计就计用中文说："你懂什么叫尊重吗？"

郑东旭也说中文："我能给你所有你想要的，这还不是尊重你吗？"

金波冷笑："感谢了，我想要的生活，你永远都给不了我！"

郑东旭无奈："我不相信这世界上有我给不了你的！"

金波说道："别以为有钱就能买到所有！我不要当你笼子里的金丝雀，我要自由，你懂吗？自由！"

郑东旭道："你想要什么样的自由，我都能给！"

金波问道："就三条，你能做到吗？"

郑东旭道："你说。"

金波坚定地说："一、不管什么时候，我都要工作。"

郑东旭看了眼金波："我可以挣很多的钱，你为什么要工作？"

姜金波怒了，郑东旭立刻服软："好，没问题，第二个。"

金波继续："二、如果结婚，以后我要跟你平起平坐共同分担家务。"

郑东旭蹙眉："什么？这些仆人都能做的工作，你让我来？"

金波看着他，郑东旭勉强忍着："第三个。"

金波大声道：“三、你必须要从家族事业里退出来，找个正经工作。”

郑东旭无法理解：“你是不是疯了？”

金波说道：“在你这种人看来，我是疯了，可是在其他人眼里，我比谁都正常！”

金波说完，郑东旭气得要死，两个人对峙着。

底下的同学们面面相觑，被两个人说中文的流利程度震撼了。他们认为这两个人是在做中文会话练习，完全不知道他们其实是在众目睽睽之下表达自己的观点，而且据理力争。

大部分学生根本听不懂他们说什么，都被他们高超的中文水平折服了。老师带头鼓掌，教室里传来雷鸣般的掌声。金波看到下面的同学，也堆起笑脸跟着鼓起掌来。

郑东旭觉得无趣，走了出去。

郑东旭靠着汽车门等着，想邀请姜金波去吃饭，而金波不愿意，两人拉拉扯扯起来。此时吴中志从不远处走来，看到几个男人围着金波，立刻走了几步过去，嘴里叫道：“放开她！”

郑东旭回头一看，发现是吴中志；吴中志同时认出了郑东旭，也不由得一愣，几个保镖马上围了上来。

郑东旭转过身，皮笑肉不笑地说：“冤家路窄啊。怎么，还想当英雄？”

吴中志看看金波，再看看郑东旭，骑虎难下。他在警察局里虽然听不懂他们究竟说了什么，但也大概明白郑东旭在追姜金波，应该并不是什么坏人。

此时吴中志有点儿心虚，但是又死撑面子，即便心里打鼓，也不能灭了自己的威风。郑东旭上前打吴中志，吴中志躲开。手下保镖也冲上前，几个人对吴中志一顿暴打。

吴中志挣扎着从地上爬起来，嘴角出血了。两个保镖上前，一人一个胳膊拉住吴中志。郑东旭脱了西装，拎着钢管走了过来。他蹲下身子，用手抬起吴中志的下巴，冷笑着说：“想当英雄？”随即让旁边两个人拉好，站起身来，准备下狠手。

姜金波一下拉住郑东旭，站在吴中志面前挡着，叫道：“你疯了吗？你这样会打死他的。”然后趁势拉着吴中志就跑。吴中志没反应过来，被姜金波拉着，也就跟着跑。

没料到他们手拉手飞奔的一幕又被安然看到了。

郑东旭的手下猛追，眼看就到跟前了，金波一把拉住吴中志的手，翻过墙去。两个人躲在花池一侧的灌木丛里，几个人到处找他们。

突然，吴中志手机响了。关键时刻，吓得吴中志和金波都一身冷汗。

吴中志赶紧接起，低声问：“安然……你在哪儿呢？”

电话里却是徐曼丽的声音：“安什么然，我是你妈！”

吴中志压低声音搪塞几句，说自己在开会。又急促道：“妈……真的生死攸关，没时间跟你聊。我开完会打给你！你千万别再打了！”

吴中志急急挂了电话。这时几个人从他们躲着的灌木丛旁走过，朝着另一个方向追去。

等人走远，两个人这才从灌木丛里走了出来，彼此尴尬地看了一眼。吴中志一屁股坐在旁边的长椅上，喘着粗气。

金波也坐了过来，叹着气说：“你这电话真是时候，差点儿害死我们！”

吴中志大倒苦水：“苦命啊，不死在这边就死在那边，我身边的女人没一个好对付的，这就是我的命！”

金波打开包，一手拿着药水，一手拿着棉签要给吴中志擦药。多年的酒店职业生涯使得姜金波养成了随身带急救小包的习惯。

吴中志赶紧拒绝，说是小事，但姜金波坚持说伤口不处理容易感染，拉着他坐在长椅上，自己给吴中志擦伤口，贴创可贴。两个人心底莫名产生一阵温情，眼神也变得温柔起来。

吴中志突然想起安然每次来韩国最喜欢逛东大门，于是问姜金波东大门在哪里。姜金波一愣，转身指着东大门的标志性建筑道：“这里就是啊！”

吴中志站起来说：“我去找找她，她有可能在附近。”

吴中志焦急地寻找着安然，金波也热心地帮着一起找。事实上，安然也在寻找吴中志。然而人潮汹涌，视线很容易被挡住，两人一度靠近，却又错过。

安然百无聊赖地走在街头，累了，便坐在一边。突然，她好像看到了什么，慢慢走过去。

就在不远处，姜金波拿着两份糯米糕走了过去，吴中志赶紧接过一份。两个人坐在一旁，边吃边聊。姜金波建议报警，吴中志摇头道：“再找找吧，我不想和警察打交道，已经领教过警察的厉害了……”

“吴——中——志！”吴中志听到有人叫他，回头，正好金波也回过头。明亮的闪光灯，“咔嚓”一声。安然拿着手机给他们俩照了一张合影，恨恨说道：“我可抓到证据了！吴中志！你这个大骗子，我看你这次还有什么好说的！我要发朋友圈，让所有人都看清楚你这个渣男的真面目！”话音一落，安然转身就跑了。

吴中志和金波面面相觑，傻眼了，吴中志反应过来，赶紧起身就去追。

吴中志跟在安然身后解释，如何心急要去机场接机，结果不小心招惹了警察，同时也撞到了这位韩国美女。他可没胆量说不小心拉开美女的拉链被误以为耍流氓。

安然哭着说：“好你个吴中志，你真是有本事，泡妞还真有两下子。我一直误会你是个安分守己的男人，原来跟那些渣男也是一路货！先是找借口回酒店房间告别，现在我一走，你就和她来东大门旅游！”

吴中志着急地说道：“我真的是在找你！”

安然捂着耳朵道：“我一句也不想听，一句也不相信！”

吴中志叫道：“安然……”一把拉过安然。

安然看着吴中志，恨铁不成钢地说道：“你说过你这辈子都不再见她！”

吴中志百口莫辩，安然上前给了他一脚，吴中志捂着被踢的地方，痛苦不堪。

安然生气地说：“咱俩从今天起就算了！祝你们白头偕老！”

安然说完，大步离开。吴中志痛苦地忍着，龇牙咧嘴得无可奈何。

这时金波赶了过来，好心问道："要不要我帮你去追？"

吴中志赶紧拉住她："大姐，你饶了我吧！这所有的事都是因为遇到你！"

姜金波无辜地看着吴中志。

吴中志把恼怒发泄到金波身上，口不择言道："求求你了，你赶紧走吧，咱俩真的不要再见面了，一见到你，我肯定倒霉！"

姜金波这下听懂了，怒气冲冲："你这个人真是不可理喻！"

说完，姜金波转身走了。吴中志打起精神再去追安然。

聒噪的重金属音乐里，安然在喝酒。已然喝得微醺，看起来心情失落。

在她看来，吴中志起初死活不答应跟她一起来韩国，现在又跟一个年轻漂亮的韩国女人混在一起，这情形实在是太可疑。

两个小混混儿模样的人在寻找猎物，他们看到单独一人的安然，于是走过来搭讪纠缠道："美女，一个人？"

安然不屑地看了看他们俩，扭头不搭理。

两个小混混儿一人一边，一个伸手搂着安然的肩膀，另一个开始去抱安然的腰，嘴里不干不净地说："我们带你去个好地方怎么样？保证你会开心到死！"说完两个人大笑着。安然怒骂道："滚蛋！有多远滚多远！"其中一人怒道："你说什么！"

另外一人上前要动手打安然，手腕在空中被人拉住，来者是郑东旭。小混混儿看到郑东旭，像是看到可怕的人物，赶紧鞠躬致歉，灰溜溜地走了。

郑东旭给安然捡起她的包："这里太危险，不适合你。"安然推开郑东旭："不需要你管！"安然继续倒酒，喝酒，手机却响了，是吴中志。安然看到直接拒接，任性地把手机扔进了冰桶里。

郑东旭看到这一幕，笑了。那笑容得意而暧昧。

第二章

01

强劲的重金属质感舞曲，灯光闪烁，安然在舞池里摇摆着身体。不远处的卡座上，郑东旭一只手端着酒杯，远远看着安然跳舞。保镖碰了他一下，郑东旭顺着保镖的手指看到人群中的吴中志。

吴中志四处张望着，专心寻找着安然，没有注意到郑东旭。郑东旭嘴角一动，冷笑道：“正愁找不到呢，自己送上门来了！”

郑东旭下巴一仰，几个手下靠拢吴中志。毫无觉察的吴中志在舞厅里穿梭，抬头看到还在激情跳舞的安然。她身上只剩下很少的衣服，几个年轻人正围着她狂乱扭摆身体。吴中志一看，立刻过去。几个保镖也加快了步子跟过去。一旁的郑东旭等着看好戏。

吴中志冲进舞池，脱了自己的衣服，给安然穿上。已带醉意的安然看清楚是吴中志，把他的衣服一扔，怒道：“你来干吗？我不想看到你！”

吴中志忙哄道：“有话我们回去说……”安然拿起旁边的一个酒瓶，一下摔在地上，碎片乱溅。周围的人惊叫着如触电一般立刻散开，音乐停了下来，大家都看着他们。郑东旭的几个保镖已经走过来，看到这个场面也停住脚步。

吴中志看着四周疑惑的围观人群，想拉着安然离开。安然骂骂咧咧：“你这个渣男！还有脸回来找我！你不去找你的韩国妞，跑去东大门浪漫啊！”

吴中志嘴里说着“别胡闹”，要拉着安然走。安然大喊：“你放开我，你这个流氓！”郑东旭杀出来叫道：“放开她！”同时嘲笑吴中志：“你是个男人吗？人家不想跟你走，你没听到啊？”

吴中志理直气壮地回应道：“这是我和我女朋友的事，跟你没关系！”

安然向郑东旭求助，故意道：“我不认识他！赶紧让他离开！”

郑东旭朝着吴中志耸耸肩：“听到了吗？赶紧走吧，这次我也来个英雄救美！”

安然借着醉意摸着郑东旭的脸庞，挑逗道：“欧巴，带我去兜兜风？”安然是真醉了，但也不忘气气吴中志。

郑东旭得意地看着吴中志：“巧了，我的车就在外面！”说着，郑东旭揽过安然的小蛮腰，朝着门口走去。

吴中志正要拉住安然，一旁的保镖按住吴中志，直到郑东旭和安然的身影消失，才放开他。吴中志赶紧朝着门口跑去，却只能眼睁睁看着郑东旭的车消失在街的尽头。他苦恼极了，思来想去，看来只有找他不想见的姜金波了，毕竟只有姜金波能镇住郑东旭。姜金波虽然不情愿，也只得给郑东旭打电话。

郑东旭接到姜金波的电话，喜出望外，约好在酒店大堂等她，却没料到吴中志也来了。

郑东旭百般纠缠金波，金波转身就走。吴中志急了，不想让金波走。

姜金波道：“我还没傻到为了帮你找女朋友把我自己搭进去的份儿上！我带你找到他了，你找你女朋友，就问他吧。”说完转身就走了。

郑东旭要追出去，吴中志一下拦住他问：“我女朋友到底在哪儿？你不放了我女朋友，姜金波女士也会误会的！”

郑东旭犹豫不已，无奈之下才从兜里掏出一张房卡塞给吴中志：“去楼上找吧！”他神情尴尬地看了吴中志一眼，然后追姜金波去了。

吴中志狐疑地望着他的背影，然后匆匆走进电梯。上楼找到房间，吴中志看到安然四仰八叉地在睡觉，松了一口气。

等安然醉后醒来，已经全然不记得夜里发生的一切，两人重归于好。

酒店门口，中韩国旗在风里飘扬。会议室里，几个大老板都已落座。吴中志、毛亚平两个人进入会议室，同时看到了姜金波，十分吃惊。姜金波也十分惊讶。吴中志坐在中方代表的首席，姜金波作为经理，坐在对面的末端。

与会者戴上了同声传译专用耳机。吴中志起身侃侃而谈，姜金波听得入迷。幻灯片上，千岛湖美丽的景色更是征服众人。

会议结束后，吴中志一行三人便匆匆回到了上海。

韩方总经理对千岛湖酒店合作项目非常有兴趣，决定派遣中文水平比较高而且业务能力又比较强的姜金波飞赴中国。并许诺等她回来，进入总经理办公室做第一助理。姜金波心有所动，但还有些犹豫，她估计家人不会希望她去中国。而闺密在熙却报名获得批准。金波要跟家人商量之后再做最后决定。

没想到决定还没做出，她的亲哥哥姜仁秀已经把消息透露给郑东旭。

一天，郑东旭的车队停在姜家门外，一堆人下车，大包小盒地拎着一堆礼物上楼。姜仁秀出来迎接，看着这阵势排场，特别高兴，竟然直接称呼郑东旭为“妹夫”。郑东旭实在是费尽心思，居然把金波爸爸的领导也请了过来当说客。

金波爸爸姜正德从里屋盛装走了出来，突然看到自己的领导，恭恭敬敬地走上前问候：“院长，您怎么还亲自来了？”

院长道：“我不是听说郑少爷要来向你们家提亲吗，这么大的喜事，当然要来见证一下了。”

跟出来的金波不由得一愣，问道：“什么提亲？”姜仁秀赶紧拉了一把妹妹，悄悄说：“客人都在，不要没礼貌，安静坐到一边！”

姜金波无奈鞠躬行礼，坐到一旁，知道事情不好了。

郑东旭向姜正德介绍自己：“叔叔您好！我是郑氏集团唯一的继承人郑东旭。这次，我是专门来提亲的，希望您能答应。”

关于郑东旭，姜正德和妻子崔心爱早已熟悉，知道这个阔少一直在追求自己的女儿。但没想到他会在这个时候上门提亲。姜正德有所思虑，扭头去看金波，金波朝着爸爸摆手，坐在一旁的妈妈崔心爱狠狠瞪了金波一眼，发话道：“东旭啊……”

姜正德瞪她一眼，崔心爱只得闭嘴。姜正德沉默片刻道：“您能看上我们家金波，真的是我们家的荣幸。”郑东旭得意地看着金波，金波一愣，避开视线。姜正德谨慎地思考着，看怎么说话合适。家里气氛有点儿僵。只听“扑通”一声，郑东旭突然跪倒行大礼。所有人一愣。

郑东旭急切道：“请您相信我，我一定会给金波最好的生活，让她感到幸福的。出生在郑家我没法儿选择，但是我可以选择心爱的女人。金波是我这辈子的真爱。我向您保证，我会专一地爱着金波，跟她过一辈子！”

姜仁秀赶紧帮腔：“说得好！我们家东旭确实是这样的好男人！”姜正德阻止自己的儿子：“你闭嘴！”姜仁秀不敢说话了。

姜正德朝着郑东旭回礼，又向院长鞠躬，说道：“郑少爷，婚姻毕竟是人生大事，能不能让我们考虑三天……”

院长对姜正德说：“正德啊，虽然这是你们的家事，但是也关系到郑老社长的委托。唯一有继承权的东旭来求婚，机会难得啊。”研究所所有的资金都来自郑氏集团，院长对于郑公子的委托肯定不遗余力。

姜正德表示会慎重考虑，院长点点头，意味深长地看着他说：“我希望你做出一个正确的选择。”姜正德 90 度鞠躬，一直到院长离开。

作为一个慈爱的父亲，姜正德对女儿一直很疼爱。虽然他希望金波同意这门亲事，但也不打算勉强她。姜金波不假思索地拒绝，说郑东旭太花心，他们没什么共同语言，实在没有办法生活在一起。

姜正德不由得非常为难。看着父亲紧皱的眉头，姜金波突然觉得，远走中国，暂且避一避，简直是最明智的选择了。

她决定请闺密在熙帮忙，促成她秘密去中国。

吴中志带安然回家吃饭。他心知肚明自己的妈妈徐曼丽一心想拆散他和安然，于是处心积虑希望改变徐曼丽对安然的看法，特意在韩国买了一个价格不菲的首饰，让安然亲手送给徐曼丽。以安然的名义送，也许可以讨徐曼丽欢心。安然极不情愿地答应配合。

正在厨房做饭的徐曼丽满心欢喜地端着汤出来，看到安然不由得一愣。安然拿出首饰盒，笑脸相迎，甜甜喊道："阿姨！"

徐曼丽顿时变了脸，根本不接安然手里的首饰盒。吴中志拿过塞给徐曼丽，道："妈，安然在韩国给你买的项链，转了好多家店才找到最心仪的。"徐曼丽看看项链再看看安然，转头盯着吴中志，语气尖刻地问："用你的钱买的吧？"

吴中志一愣："不是，安然送给你的。"

吴衍普赶快缓解气氛，友好叫道："安然来啦！来来来，快坐下！中志，让你女朋友坐下。"

徐曼丽立刻强调："什么女朋友，朋友！让你朋友坐下。"吴衍普碰了一下徐曼丽，对卧室大喊："妈，下来吃饭，曼丽专门给你做了海鲜粥。"吴衍普叫了两声没人回应，赶紧自己去请老太太出来。

吴中志看餐桌边就四把椅子，嘴里说着"少把椅子"，赶紧打算去另外端一把过来。徐曼丽见了故意说："没事，我站着吃。"

吴中志还没来得及去，安然拎包就走。吴中志赶紧拦着，没拦住。

徐曼丽怒道："你给我站住！"

安然一愣，转过身。

徐曼丽大喊道："安然，这事咱得说清楚，别传出去说我倚老卖老欺负你。你自己看看你都干了什么！"

徐曼丽拿出手机，翻开朋友圈递给吴中志。吴中志一看，完全傻眼了，朋友圈发的是姜金波和吴中志在东大门的合影，还配有文字："渣男男友韩国偷食""狼心狗肺，全家死光光的吴中志"。

吴中志看了一眼安然，气不打一处来，怒道："你……"

安然慌忙解释说是那天喝醉了发的。徐曼丽暴怒："别拿喝醉当借口。我问你，什么是渣男？什么叫狼心狗肺？我们中志对你可真是实心实意，怎么就渣男了，怎么就狼心狗肺了？还有这全家死光光，你诅咒谁呢，你是真心不想让我们家好啊，安然，你自己说你干的这叫什么事，这是你应该干的吗？"

吴中志转身看着徐曼丽道："妈，那天是我的错，让安然误会了，回头我让她删了就完了……"

徐曼丽看着安然道："完不了！"

吴中志拉着安然道："你给我妈道个歉！"

没想到安然不但不道歉，还拿过首饰就扬长而去。吴中志习惯性地要去追，徐曼丽发狠道："你要是敢出去追，以后别进家门！"吴中志只得为难地留步。

04

徐曼丽觉得有必要面对面单独跟安然说个清楚，于是直接找上门去，约安然出来喝杯咖啡，直接要安然开价。

徐曼丽道："咱俩都是明白人，我也不想兜圈子，只要你和中志分手，多少钱我都答应你。"

安然冷笑："阿姨，您这是什么意思，要买断啊？"

两人实在话不投机，安然继续道："阿姨，我想告诉你，你今天找错了谈话的对象了。你要骂的人不是我，是你那傻儿子，那么多好女孩儿他不找，偏偏疯狂追求我这个坏女孩儿，其实，我才是那个迫不得已的人。"

徐曼丽看着安然，实在不知道吴中志为什么喜欢眼前这个不懂礼貌又拜金的女人，只是冷冷道："没有我点头，你想进我家门简直是异想天开。"

安然根本无所谓，故意气徐曼丽道："哎呀，这个我怎么忘了，放心，我不会进你的家门，但是吴中志会不会为了娶我而离家出走，我就不知道了！"

徐曼丽生气地说："女人，对喜欢的男人要动心，不要动心眼儿。不然到头来吃亏的总是那个自以为是的人。"

安然收拾东西起身，道："谢谢阿姨的咖啡，我有事先走了。"走了几步又回过头："对了阿姨，您那点儿钱还是留着，等聊聘礼的时候，我再给您开个价！”

徐曼丽气得不行，又无计可施。

吴中志两头受气，吴衍普看在眼里，忍不住劝慰自己的儿子。

在这个家里，徐曼丽是继母。吴中志的亲妈去世得早。在吴衍普上有老下有小的时候，徐曼丽没有一丝嫌弃之意，尽心尽力把吴中志抚养大。后来添了一洁，徐曼丽也没有半点儿偏心，一直把吴中志视如己出。

吴衍普掰着指头数：“你妹妹出国，你上学，毕业后的工作，哪一个不是你妈妈亲手安排好的？你还记得吗，为了你升职，你妈妈请了多少次客、喝了多少次酒，喝得胃出血进医院，你都忘了吗？”

吴中志也算想明白了，他决定跟徐曼丽道歉，真心说道：“妈，你放心吧，如果她还不改变对你的态度，我立刻跟她分手，女朋友可以找很多，妈只有一个。”

吴中志这番表白倒是让徐曼丽听着舒坦。虽说恋爱应该是儿女自己的事，可是目前的情形看起来，吴中志的这个恋人，又任性又虚荣还胡乱烧钱，实在太令她这个妈妈失望了。

第三章

为了安全起见，尤其为了不让郑东旭发现，姜金波请在熙把传给中方的初稿名单做了修改，姜金波的名字表面上删除了，然而事实上一切手续都已经办好。

金波家里，就在她想要悄悄离开的时候，哥哥姜仁秀发现了她的行踪，大叫起来，姜家齐心协力把金波锁在房间里。晚上，金波在床头低声哭泣。突然，门传来开锁的声音。进来的是父亲姜正德。他理解姜金波的感受，低声说道：“与其嫁给不想嫁的人，还不如潇洒一些，去外面看看。现在中国机会很多。”

姜金波感动得落泪。在父亲的掩护下，金波悄悄离开家跟在熙会合，踏上了飞往中国上海的航班。

在上海，毛亚平负责接待，一眼看到朴在熙马上魂不守舍。姜金波笑道：“我来给你们介绍，这是朴在熙，这个是毛亚平。你们应该在韩国见过吧？”

毛亚平摇头：“第一次见，真的好像天仙下凡啊！”在熙没懂“天仙下凡”的意思，姜金波跟她耳语一番，在熙笑道：“谢谢夸奖。”

安然终于知道姜金波会来中国交流一年的消息，禁不住醋意十足，让吴中志把姜金波赶走。这要求实在是太无理了。吴中志为难道：“我怎么能赶走她呢？我也没这个权力啊！工作上的事，公是公，私是私，不能因为我们俩的关系干扰工作。”

安然又任性起来，发大小姐脾气道：“行，那我走！”然后转身就走，吴中志赶紧拉住。

安然问道：“姜金波的事，你什么时候给我了结？”

吴中志无语了，姜金波人还没出现，安然已经在胡乱吃醋瞎担心，实在有些过了，又反思自己是不是对安然过于忍让，使得她如此飞扬跋扈。于是吴中志淡淡道：“真是不知道你担心什么。”

安然大声说道：“我能不担心吗？你们天天上班下班的，在韩国待了两天就进衣橱了，这要是天天在一起，酒店开房还容易，还不知道上哪儿去了呢！”

吴中志终于忍无可忍道：“安然，你别无理取闹啊！人家是韩国洲际酒店派来交流学习的，说不定过几天交流结束马上走。”

安然胡搅蛮缠，非要吴中志给个准话。吴中志为难道：“学习几天又不是我说的算，再说，她什么时候来还不一定呢，就算来了，也不一定来我这个酒店！”

安然却一口咬定姜金波来中国是吴中志安排的。吴中志看着她：“你是不是有被迫害妄想症啊！不被虐就心塞是吧，这么无理取闹有意思吗？”

安然说道：“我无理取闹？告诉你吴中志，有我没她，有她没我，她不走，我走！”

吴中志怒了：“你走吧！还真把自己当成什么人物了！这个世界没了谁也一样转！”

说着，吴中志不搭理她，径直回家。安然气得跺脚大叫：“吴中志！”想想还是跟了上去，一起到了吴家。

徐曼丽这天有事出门了，吴中志的奶奶坐在客厅里，见到安然，从头到脚打量她。

安然一身素色的裙子，显得可爱、端庄、干净。奶奶特别喜欢，不由得说：“这姑娘可真是漂亮。”

吴中志笑道：“奶奶，这是我女朋友安然。”

奶奶一愣：“哪个安然？是你妈妈一直挂嘴边的那个安然？”

吴中志回道：“是啊，还能有几个安然。”

奶奶一脸疑惑：“这不对啊，你妈妈说的那个安然可是面黄肌瘦、又小又矮、贼眉鼠眼……”

吴中志赶紧打断：“奶奶，我妈什么时候说过这个！”

安然责备地看了一眼吴中志，不好发火，对奶奶笑着。奶奶招手，安然坐过去，手里的首饰盒往旁边一放。奶奶拿过去一看，高兴得不得了，以为是买给自己的，嘴里道：“来都来了，还带什么礼物啊！”

安然一愣，转身看着吴中志，吴中志摆手让她想办法。安然吞吞吐吐道：“奶奶……”

奶奶自己戴上：“我喜欢！太好了！太漂亮了！”

奶奶抱了抱安然，安然快无语了。

吴中志给她对口型：“给妈的……”安然以为他骂人，斥责的口型：“你妈的！”中志无奈了。

安然其实心里巴不得把礼物送给奶奶，她对徐曼丽充满了敌意，但对奶奶却很有好感，立刻道：“奶奶喜欢就好，这是我和中志在韩国专门给您选的，逛了一下午呢！”

吴中志一看没戏了，赶紧躲避。

奶奶满意地说道："行了，我知道了，原来安然不仅是个漂亮姑娘，还体贴善良、通情达理。以后要是还有人在我面前瞎说，看我不收拾他！"

安然趁机讨好奶奶，又是给她揉肩，又是各种甜言蜜语。

这时吴中志手机响了，是公司总经理黄立鸣，叫他马上去公司，好让中、韩双方的工作人员熟悉一下。

安然于是留在吴家陪奶奶。这一陪又陪出个小麻烦。

02

安然继续给奶奶按摩，处心积虑地讨好老太太，还建议她养狗，把狗的好处说得天花乱坠。奶奶不禁动了心，安然拿出手机找到狗的图片，介绍着："这叫拉布拉多，是导盲犬和警犬的一种，特别温驯、听话……看，这叫泰迪！像不像小贵妇，特别漂亮，关键是不掉毛。"

奶奶大爱，拿过手机，饶有兴致地看着，嘴里说："不错，这个小狗好漂亮啊。"安然进一步说："奶奶，你不养不知道小狗的好处。我妈跟我说了好几次了要养个小狗，就是我工作太忙，不然早就给她养了。我们小区那些老太太，人手一条狗绳，以狗会友，经常组织小活动，热闹着呢！"

奶奶高兴地拉着安然道："还是安然懂奶奶的心啊！"安然还承诺改天送来一套小狗的衣服和鞋子，再加一条最漂亮的狗链子。

老太太于是跟徐曼丽说要养狗，被徐曼丽一口拒绝，两人吵了起来。老太太憋着一口气，非要养。

徐曼丽找吴衍普商讨对策。她狐疑地说："邪了门儿了，这老太太怎么突然就想养狗了呢？"

吴衍普打岔："可能是在电视上看的吧。"

徐曼丽看着吴衍普，吴衍普明白是那天安然建议的结果，心里难免发毛。

徐曼丽问道："不对，家里是不是来什么人了？"

吴衍普心里发慌：“来什么人？没有啊！”

徐曼丽不相信：“没有？不可能，肯定是谁带着小狗来了，让咱妈看到了。”

吴衍普支吾着：“真没狗来……”

徐曼丽不依不饶，吴衍普吞吞吐吐。徐曼丽火了，说道：“吴衍普，这件事上你别给我和稀泥。你现在就去告诉你妈，明白地说清楚利害关系！”

吴衍普只好去劝老太太。想不到奶奶态度异常坚决，说道：“没什么好商量的！这么多年来，我就提这么一个小小的要求，也不行？”

吴衍普挠头说道：“曼丽不容易，她天天忙里忙外……”

奶奶打断他：“我容易？我把你从小拉扯大容易？你们整天上班，家里连个说话的都没有，养个小狗陪陪我怎么了！”

吴衍普为难道：“妈……”

奶奶说道：“你这个媳妇啊，就是故意气我。你说人家安然这么好的一个姑娘，她非阻止说什么也不同意。如果不是她非要搅和，说不定中志这媳妇都娶回家了，现在我想要抱的不是狗，而是重孙子！”

吴衍普不断地和稀泥，这次奶奶一点儿都不肯退让，逼问道：“那这狗到底养不养吧？”

吴衍普被逼无奈，只得拍板答应养狗。奶奶还指定要养泰迪。这下子，吴衍普愁得不行。到底养不养狗让他左右为难。徐曼丽坚决不同意养，老太太更绝，卧室门紧闭，门上一张纸条，上面几个大字：要想再看到我，请牵狗来见！

03

酒店里，姜金波正在迎接客人，帮助客人办理登记。门口，有人走了进来。姜金波马上鞠躬道：“欢迎光临！”

等她抬头，目瞪口呆地发现来人竟然是安然，安然也是大吃一惊。

姜金波恢复了职业微笑，淡淡地说：“你好，我们又见面了。”安然一句话没说，扭身朝着吴中志的办公室大步流星地走去。姜金波不明白安然为什么生气，继续去迎接其他客人。

安然朝着吴中志的办公室走去，正好和毛亚平撞个满怀，于是对着毛亚平发飙。

毛亚平信誓旦旦地说自己有办法让姜金波回韩国。他道："安然姐，跟你说实话吧，中志哥已经暗地里交代给我了，我有个办法！真的！你就看我的吧，一周内让她卷铺盖卷滚蛋！"这才好不容易打发走安然。

这天，一位身穿旗袍、气质端庄的老太太来到酒店前台。姜金波忙上前招呼："请问有什么可以帮您的吗？"

老太太说："你们给我开一个房间，然后让吴中志过来见我。"

拿到房卡后，老太太大摇大摆地走了。

姜金波和在熙面面相觑。

与此同时，吴衍普发现奶奶离家出走，作为大孝子，他这次真有些急眼，忍不住对着徐曼丽发飙："你就作吧，徐曼丽！你看你一天到晚地看谁也不顺眼，中志带回来女朋友你也不给人好脸色，我妈想养个狗你也耷拉个脸。现在满意了吧，把我妈都逼得离家出走了！告诉你，如果我妈有个三长两短，我跟你没完……"

徐曼丽自知理亏，有些气短起来，答应说其实养个狗的事，还是可以商量的。吴衍普赶紧给吴中志打电话，说奶奶可能因为不让养狗赌气离家了。吴中志很快在酒店找到老太太，蹲在她身旁求道："奶奶，您还是回去吧，您不回去，我爸妈该担心了！"

奶奶生气地说："我回去干吗？回去找气受吗？"

吴中志好说歹说，这次奶奶无论如何不肯妥协。吴中志只好软下来："不就养个狗嘛，我好好说说我妈！"

这边徐曼丽一听老太太安全，放下心来，马上死活不同意养狗，还扬言如果不听她的，她也离家出走。吴中志无奈挂了电话，愁得要死。

毛亚平灵机一动，决定把这个难题交给姜金波，于是带着她来到奶奶客房的门口。他跟姜金波解释道："这个房间里，住着一个跟家人吵架、离家出走的老奶奶，把她劝回家，你们韩国服务员能办得到吗？”他故意没有明说是吴中志的奶奶，生怕姜金波不接受任务。

姜金波迟疑道：“这在我们的服务范围之内吗？”

毛亚平说：“完成上级的任务不是你们的特长吗，如果你不配合，我们就要求韩国换人了，这好像是你自己说的吧？”

姜金波好像明白了什么，觉得毛亚平似乎是故意整她。毛亚平得意扬扬道：“这是吴经理布置的工作任务。吴经理说了，如果你不配合，或者做不到，就可以直接回韩国了。”

姜金波看着远处的吴中志，怒气上来，她不信自己做不到，走上前去敲门，胸有成竹地对奶奶说：“我有个办法，可以达成您养狗的心愿，还能让您儿媳妇满意！”

奶奶喜出望外，跟着姜金波离开酒店，回到吴家。

见奶奶回来，吴家上下高高兴兴，徐曼丽又倒茶又拿水果。看见吴中志，姜金波愣了半天，更加怀疑是吴中志有意捣鬼，想赶自己回韩国。然而来都来了，姜金波忍着气，陪着奶奶有说有笑，两个人围着 iPad。

金波对着自己的 iPad 说：“奶奶，您别生气了。”结果 iPad 里的狗也用可爱的声音说道：“汪！奶奶，您别生气了，汪！”奶奶哈哈大笑：“好，好，我不生气！”

徐曼丽也凑过来：“姑娘，这是什么啊？”

金波笑了：“阿姨，这是宠物狗。”

吴中志一拍脑门儿：“宠物狗，我怎么就没想起来呢！”

金波给徐曼丽演示：“您看，您可以喂它东西，挠它、拍它，就跟真的没什么两样。”

金波的演示顿时把奶奶给逗乐了，老太太对那个小平板产生了兴趣，玩了起来。

金波看了吴中志一眼，吴中志赶紧低头。这时门铃声响起，吴中志开门一看，来人是安然，马上紧张起来。

安然手里拎着狗链子，小狗的衣服和鞋子、玩具，一看家里这么多人，而且一眼就发现姜金波，立刻眉头紧皱，扭头去看吴中志。吴中志实在不知道当着这么多人的面，该如何解释，何况他事先也不知道毛亚平把这个任务交给姜金波，使得姜金波陪奶奶上门，于是只得心虚地低头，避开安然的视线。

看到安然，姜金波不自然地点点头，再觉察到吴中志为难，这个韩国姑娘感觉自己出现得不对。

奶奶对安然叫："安然，赶紧过来，这个姑娘给我推荐了更好玩的狗。"

安然看着手里的东西，又发现姜金波居然在吴家，又气又尴尬。吴中志过来想接过安然手里的东西，安然气呼呼地转身要走。

徐曼丽叫住她，故意气她道："安然啊，你出的养狗的主意真是不错，可惜这个姑娘给奶奶养了一条更好的狗，电子宠物狗，抢了你的功劳。你这些东西恐怕用不上了，你还是自己带回去吧。"

这番酸溜溜的话实在是火上浇油，安然抬腿就走，吴中志追了出去。安然拿着那些东西，一股脑儿扔进垃圾桶。吴中志追上，拉住她，恳求地叫："安然！"安然赌气道："这都来家里了，有什么好说的？我告诉你吴中志，我是喜欢你，但是你别拿我当纯情小女孩儿耍着玩，姜金波不走，你别来找我了！"

说完，安然转身走了。吴中志无计可施。

毛亚平一计不成，再生一计，给姜金波下达了一个任务，让她把一位名叫彼得的不受欢迎的客人赶走。姜金波瞪大了眼睛惊叫："什么？人家彼得先生是来开会的，开完才能走，这是跟酒店事先预订好的，你现在让我赶他走？"

毛亚平说道："不是赶，是让他的预定期适当提前，他旁边上下左右的房间都投诉个遍，最后都没人靠着他的房间，房间都空着，损失啊！"

姜金波问："这也是你们吴经理布置的任务吗？"

毛亚平犹豫一下："是……如果你完成不了，我只能抱歉了。"

姜金波思索了一下，说：“行，你帮我转告吴中志，有什么招赶紧都拿出来，本姑娘不怕！”

彼得一双小眼睛，见到女人就色迷迷的，言行举止，确实不讨人喜欢。他不是外国人，仅仅是给自己取了个洋名。

姜金波一进门，坐在沙发上就哭了起来。彼得不明白情况，关了门，悄悄打量着金波的身材，来了兴致，在桌上拿过纸抽，给金波递过纸巾，问道：“姑娘，你这是受了什么委屈了……”

姜金波用彼得递过来的纸巾擦着眼泪，犹豫着说：“我是酒店的工作人员，但是领导故意为难我……只有您能帮我……”彼得拍着胸脯：“尽管说！”姜金波吞吞吐吐地说希望彼得搬出酒店，彼得却提出条件要姜金波陪他逛上海。姜金波只得答应。

就在姜金波跟彼得斡旋的时候，吴中志受徐曼丽委托，要把 iPad 还给姜金波，她自己给老太太买了一个。

在熙见金波迟迟没有回酒店，于是把情况跟吴中志说明，吴中志派毛亚平出去找金波。

此刻彼得和金波来到餐厅，选了一个靠窗户的位置坐下。彼得各种献殷勤，举起酒杯道：“你给我当了一下午的导游，这些都是应该的，怎么说来着……理所应当！”

金波只好尴尬地跟彼得碰杯。金波抿一口酒，她瞄着对面的彼得，知道他不怀好意。彼得放下酒杯，打量着金波的腿和胸脯，想着灌醉后占便宜。餐桌上彼得已经喝红了脸，眼神迷离，趁金波不注意，快速在金波的酒中滴了两滴不明液体，金波没有发现任何异常。

不远处的毛亚平却把一切看在眼里，怕局面失控，赶紧给吴中志打电话：“志哥，你赶紧来啊！要出事了！”

第四章

01

姜金波被彼得哄得进了房间，已不甚清醒。

彼得刚要解开金波的衬衣扣子，突然传来一阵重重的敲门声。彼得顿时觉得扫兴，叫道："不用打扫卫生了！"

中志大喊："开门，着火了！Fire！Fire！"

彼得无奈地拿了一块浴巾裹住了自己的身体，朝门口走去。他刚拨开门锁，吴中志就冲了进来，嘴里喊着"你个臭流氓"，一拳将彼得打倒在地。彼得爬起来，从后面抱住吴中志，两个人扭打成一团。毛亚平在一旁只是大叫："你们别打了！别打了！"

躺在床上的姜金波，隐隐约约听见越来越大的叫喊声。她微微睁开眼睛，实在乏力，又沉沉睡去。

第二天，宿舍里，金波晕晕乎乎地醒过来，发现自己躺在床上。金波努力坐起来，感觉自己还有点儿头疼眼花，浑身没劲儿。在熙把昨天夜里的事说给金波听，说吴中志经理英雄救美，为了救人都被打进医院里去了。金波先是心头一紧，随后往床上一躺，道："活该！"

在熙已经听毛亚平说了，说是他亲眼看见彼得偷偷在姜金波的酒里下了药。假如他们不及时干预，事情就更大了。姜金波大惊失色，又无比庆幸，转而对吴中志充满了感激。

安然接到毛亚平的电话，直接来到医院病房。病床上躺着的吴中志两条腿打着石膏吊起来，头转向里侧，头上绑着十字包，脸上青一块紫一块。安然心痛不已，紧张地问一旁的毛亚平："他这腿……以后还能走吗？"

事实上，吴中志只是脸部受伤，其他地方根本没有伤着，这只是一出苦肉计。

毛亚平故意夸张地说道：“走还行，跑可能费劲了。”安然哭了，坐到中志身边，拉着中志的手，眼泪流下来。吴中志突然醒来，虚弱地说：“安然……你终于来了，我以为你不要我了呢。”

安然勉强点点头：“过去的事都过去了，你好好养伤吧。”又说这两天都会来看他。吴中志连忙拒绝。安然坚持要马上去给他熬鸡汤，补补身子。这一份关心倒是真心实意。望着安然的背影，吴中志感动不已，解开身上的绷带，有些后悔不该听毛亚平的馊主意，这样演戏来骗安然。

安然匆忙走着，外面一个漂亮女孩儿拎着礼品盒走过来，两个人擦肩而过。安然往前走了几步，突然停下来，看着刚才那个背影，她觉得像姜金波，于是回头上前用韩语招呼道：“你好？”

姜金波回头一看，竟然是安然。安然看着她手里的礼品盒道：“真的是你啊，你这是来……”

姜金波歉疚地说：“不好意思，让吴中志因为我受了伤。”

安然变了脸色：“什么？因为你受伤？”

姜金波一愣，觉得自己说错话了。安然甩开金波，自己转头就走。病房门“哐当”一声，安然推门进来。吴中志一愣，安然冷冷地看着他。病房里死一般寂静。吴中志以为苦肉计露馅儿了，忙解释道：“安然你听我说，你生那么大的气，我是真不知道怎么哄你了，招都用完了，后来亚平给我出了个主意，反着来一下，就想哄你高兴，谁知道你哭了……”

安然怒气上来，抓起手边的东西就开始打吴中志，嘴里叫道：“别以为我什么也不知道！你是不是又因为那个姜金波受伤的？”

吴中志看看毛亚平，毛亚平摆手，示意不是自己说的。吴中志否认道：“我跟你发誓，我跟她真的没什么……”

安然看着中志：“现在，这些都已经不重要了。”

安然要走，却被吴中志拉住了：“你这是要去哪儿？”

安然厉声道：“等你赶走了她，再来找我！”然后夺门而去。

这时姜金波也找到病房来了，站在门口叫：“吴经理……”

吴中志一下子知道了答案，对着姜金波没好气道：“是不是你告诉安然的？奇了怪了，自从遇到你，我就没有一天好日子过！”

这话把姜金波气得不行，好脾气的她实在忍不住，发飙道：“你这个人怎么那么可恶！我好不容易从韩国逃来中国。我告诉你，别以为我不知道，你故意安排这任务那任务，就是想逼我走！”

吴中志一愣，他自己心里有数，从来没有刻意为难过姜金波。于是看了看毛亚平，马上明白了。毛亚平心虚，赶紧扭头看着别处。

吴中志大喊：“毛亚平！你还不赶紧过来给人家道歉？”

毛亚平却溜之大吉，吴中志没逮到他，只能回过身不好意思地看着金波，讪讪解释道：“金波啊，你误会了……都是毛亚平一个人的主意……”

姜金波撇嘴：“你的话，我是一个字都不会再信了！”她怒气冲冲地回到酒店，却被在熙告之，吴中志可能因为跟彼得打架，要被开除。姜金波忍不住又替吴中志担心起来。

吴中志刚回酒店就得知总经理找他，知道大事不好。

黄立鸣跟他摊牌，说是为了把打架这件事处理好，酒店已经花了五十万的和解费，彼得才勉强同意不起诉吴中志，但是要求酒店一定要开除他。

真是恶人先告状，吴中志气不打一处来。但面临这样的境况，黄立鸣也没有更好的办法。吴中志表示无论面临什么情况，他一定承担责任，真的离职了。

毛亚平也觉得事情有些失控，于是对姜金波和在熙坦白，一切都是他的主意，整件事本来跟吴中志没有关系，吴中志是真心为了救金波。

姜金波决定上吴家去道歉，没想到徐曼丽说吴中志上班去了，这次金波不敢造次，知道自己不能随便乱说话，更不能说吴中志已经被酒店开除。姜金波坐在吴家客厅的沙发上，徐曼丽沏茶倒水忙碌着。

奶奶拉着金波的手。金波感到不好意思：“奶奶……阿姨，别忙了，我一会儿就走……”

徐曼丽坐下，用欣赏的眼光打量着金波，上上下下，看得金波都不好意思了。奶奶因为宠物狗的事也是非常喜欢金波。两位女主人笑眯眯地对着金波评头论足，不住地夸金波皮肤白、漂亮，跟金波猛拉家常，还热心地问：“你结婚了吗？”

姜金波害羞地说：“没。”

徐曼丽问道：“男朋友是做什么的？”

姜金波说：“也还没有。”

徐曼丽和奶奶相互看一眼，更高兴了。徐曼丽突然觉得自己喜欢的就是姜金波这样的女孩子，启发道：“你来中国想不想定居中国啊？想不想在中国结婚？”

姜金波听了这话，不知道如何回答，只想逃走。这时吴中志进来，一眼看到姜金波，傻眼而后非常紧张。

吴中志悄声道：“你……怎么又来了？”

姜金波悄声道：“你被开除的事，还没告诉家里啊？”

吴中志赶紧示意她小点儿声，推着她进自己房间。

吴中志实在是没什么好心情，对金波说话很难听，他道：“你离我远一点儿，越远越好。从现在起我跟你划清界限，以后也没有任何瓜葛了。我找我的工作，你上你的班，咱俩不再有任何交集。”

姜金波体谅地看着他，吴中志央求道：“一会儿千万别说我失业的事，还有千万别在我家吃饭。”

金波点头要走，突然看到吴中志房间里摆着好多木制建筑模型。她自己在韩国就是木制模型发烧友，一看到就挪不开步。金波惊喜地问：“这都是你自己做的吗？这个，我也有个一模一样的，这是巴黎圣母院。”

中志惊奇道：“你也喜欢这个？”转念一想又说：“打住，别再有任何联系了，走吧走吧！”

吴中志推着金波往外走，而徐曼丽和奶奶却非要留她吃饭。金波看了一眼吴中志，一脸无辜的表情。

饭后中志陪金波走在回去的路上，金波给吴中志出了一个主意，说是如果向安然求婚，说不定可以挽回安然的心。

吴中志决定试一试，并请金波帮忙敲定求婚礼物。姜金波建议用木质天坛模型做礼物，戒指放在模型里。吴中志于是求金波一起帮忙组装模型。

姜金波提条件道："那你欠我一件必须做的事情。"

吴中志道："好，我吴中志，无条件执行姜金波同志的一个命令。只有一个啊，绝不反悔。"姜金波高兴，把话录下来，听了一遍。两个人相视一笑，金波脱了外套，撸起袖子，两个人开始动手组装。

金波用刀修木头边缘的时候，不小心划到了手，疼得金波直皱眉。吴中志给她包了创可贴，继续摆弄木头。两人忙乎到大半夜。

第二天清晨，吴中志突然从沙发上醒来，看到眼前的场景惊呆了。一座漂亮的木质天坛建模在阳光底下闪闪发光。一旁，睡着疲惫的金波。吴中志看着金波熟睡的脸庞，感动之余，把自己的外套给她披上。

吴家，吴中志和姜金波二人离开之后，徐曼丽觉得吴中志房间里有异味，于是开窗通风，开始打扫卫生。

用吸尘器的时候，从床底吸出来一个盒子。打开一看是个钻戒，徐曼丽觉得吴中志竟然悄悄把这东西藏起来，应该是有来历，眉头紧皱……

吴中志决定把求婚现场安排在酒店，请毛亚平去找安然，说是就算骗也要把她骗来，要给她一个意外的求婚惊喜。

吴中志在酒店布置求婚现场，金波过来帮忙，随口问："你戒指放在哪儿？"

吴中志一愣，发现自己忘了拿戒指。金波主动帮忙去吴家找戒指。吴中志交代说戒指就在他的床底下，还说不能让他妈妈知道求婚的事。

徐曼丽既然已经发现戒指，变得非常警戒，追问："中志那么着急要钻戒干什么？"姜金波尴尬地看着徐曼丽，解释说自己只是应吴中志的请求来拿东西，实在什么也不知道。徐曼丽于是打电话："吴中志，你床底下的戒指是怎么回事？"

吴中志急中生智："被你发现啦？"

徐曼丽眉头紧锁："你要戒指干吗？"

吴中志随机应变找了套说辞："过几天不是你跟爸爸的结婚纪念日嘛，我想给你们个惊喜呢，补给你们一个结婚戒指。我特意让金波拿给我，到时候带给你们。"

徐曼丽高兴地说："真的啊！真是好儿子！"

吴中志无奈地笑着，内心在滴血，打电话吩咐金波另外买个戒指。姜金波匆忙去店里买，突然发现自己没带银行卡，现金又不够，想来想去，决定把自己祖传的漂亮戒指先借给吴中志救急。

毛亚平追在安然身后，哄着安然，说想请她去酒店吃海鲜，结果一眼就被安然识破。

安然逼问到底是什么事。毛亚平急道："姐，跟你实说了吧！今天吴中志想求婚……"安然一愣，毛亚平发现说漏嘴了，急中生智，决定用计谋激安然过去，于是吞吞吐吐道："他……他要向金波求婚。"

安然大吃一惊："什么？"

酒店门口，吴中志焦急地看表，六点五分了，还不见金波的影子。好不容易看到她来，赶紧迎上去。

毛亚平和安然赶过来，正好看到他们在一起，安然呆住。

毛亚平发现事情有点儿麻烦，心里很着急。

吴中志打开金波递来的戒指盒一看，说道："怎么这钻石还带颜色啊，假的啊？"

姜金波无语："你识不识货！"吴中志倒也明白带颜色的真钻石是

非常昂贵的，于是问金波戒指究竟哪里来的。

姜金波也不好意思说是自己的，于是含糊道："别管这么多了！你先凑合用吧！求婚要紧！"吴中志点点头，跑进去。

安然看到他们两个在一起，气得直瞪眼，转身要走，毛亚平赶紧追上来，慌乱哀求："姐！你别生气！"安然突然不想走了，咬牙停住脚步，想看个究竟，看看他们怎么求婚。

05

安然平息自己的情绪，表面平静地走过去。她一进门，灯突然黑了，《祝你生日快乐》的旋律突然响起。音乐声中，吴中志托着插满蜡烛的生日蛋糕，西装革履地朝安然走过来。一支乐队在他身后，演奏着生日歌。安然有些意外，随即明白过来，知道自己错怪了吴中志，感动万分。

吴中志抱着茫然的安然。金波远远看着这一幕，脸上露出欣慰的笑容，心中却莫名其妙有点儿失落。

戴着花冠的安然，美丽如公主。毛亚平推过来漂亮的天坛模型，打开红布，顶端是一枚漂亮无比的戒指。聚光灯打在安然身上，吴中志看着戒指，虽然和之前的不一样，但是比自己的那枚更漂亮。吴中志单膝跪地，所有人都在等着这一刻。

吴中志表白道："安然，我们一起经历了太多磨难，但也一起品尝了更多的快乐，我们有过泪水，也有过欢笑。我希望，接下来的人生里，我们能一起携手度过，嫁给我吧！"

所有人瞬间安静下来，等着安然说"Yes"。但是时间过了十秒钟，十五秒钟，二十秒钟，所有人都觉得有问题了。吴中志看着安然。

安然问道："你妈知道吗？"吴中志没说话。

安然继续说："她是坚决不会同意的，对吧？"

吴中志说："她肯定会祝福我们的。"

安然一愣："我……我还没想好，我以为只是生日Party。求婚的话，太突然了吧？"房间里顿时没了声音，等着听到"Yes"就爆发的人们突然哑火了。

吴中志手捧着戒指，还在等着回应，强调说结婚是自己的事。而安然却一再说吴中志做不了徐曼丽的主。一来二去，吴中志感觉安然似乎不愿意接受他的求婚。

安然说道："你家人不会同意你跟我结婚的……而且，跟我求婚也不用拿金波做幌子，毛亚平跟我说你是向姜金波求婚……上一秒钟还在大怒，后一秒钟又是惊喜，我受不了……"

吴中志看了毛亚平一眼，知道他应该是迫不得已才撒谎，只是为了把安然请过来。他想了想，走向金波。金波看着吴中志朝自己走来，还没缓过神儿，吴中志拉着金波过来，拉到安然面前，说："我当着金波的面跟你求婚，可以吧？安然，与其这样纠结下去，不如咱们就结婚吧！这是我的表态，我用结婚这个实际行动告诉你，我真的爱你，我想和你共同生活下去！"

姜金波听到吴中志的告白，十分感动。安然看看吴中志，再看看感动的姜金波，又是嫉妒不已，简直咬牙切齿。

安然打破沉默："我的工作室正在创业期，现在还很艰难。中志，你也积极起来吧，目前，我们还没法儿结婚。"

安然看着吴中志，眼里含泪道："中志，对不起！"然后转身跑开，吴中志傻眼了。

更令中志傻眼的事还在后面。

安然的妈妈李桂芬也来找吴中志，劝他跟安然分手。李桂芬道："虽然你们在一起那么久了，但是你还是不了解她。不管是性格还是生活方式，你们都属于两个世界的人，别再找她了。何况，你妈妈也讨厌安然，婆媳之间要是有了这样的基础，你们将来即便在一起，家里也注定是鸡犬不宁的。"

吴中志说道："阿姨，结了婚我们就搬出去住。"

李桂芬真诚地看着他："中志，你也是个老实孩子，阿姨非但不讨厌你，还特别喜欢你。但是，这是在看待孩子的角度。你要非说看女婿的标准，我觉得你跟安然真的不合适。"

吴中志一愣。李桂芬坦白告诉吴中志，说安然从小吃了太多的苦，一心想成功，因此也希望身边有个能帮助她、成全她，跟她一起努力奋斗的人。显然吴中志根本不合适。吴中志明白李桂芬这话是嫌他不够有实力，于是没话说。

李桂芬继续道："你是安逸于小日子的人，你的人生选择和起点，跟安然不同，她从小除了靠自己，没得选。"

吴中志坚定地说："我会帮她。"

李桂芬问道："怎么帮？事业上帮她，还是金钱上帮她？"

吴中志傻眼了。

李桂芬又问："你真的爱她吗？"

吴中志认真地看着李桂芬，点点头。

李桂芬趁势说道："那就放手吧，不是有句话吗：放手，也是一种爱。"

在吴家，徐曼丽知道了吴中志已经被开除，也知道了吴中志背着她向安然求婚，还遭到拒绝。死要面子的徐曼丽气得不行，直接杀到安然家，想要出口气。

第五章

徐曼丽费了些周折才找到安然家，却被李桂芬误以为是来替孩子找安然相亲的。徐曼丽索性将计就计，跟李桂芬约好时间，到时候却提前带着吴中志赶到。

吴中志透过咖啡馆的落地窗，见到他完全没有想到的一幕：李桂芬和一位母亲坐在一边，她们对面，安然和一个帅哥有说有笑地聊着。

看着这个场面，吴中志转身要走，徐曼丽一把拉住他道：“妈今天带你来，就是让你看看你爱的这个安然，都背着你在干些什么！”

徐曼丽推门走了进去，李桂芬面对门口，远远看到进来的徐曼丽，起身责备道：“你怎么现在就来了，不是说好了三点吗？”

安然扭头一看，是徐曼丽，傻眼了。徐曼丽走到桌前，李桂芬根本不知道她的身份，更不知道她是故意的，责备道：“我说你这个人，怎么没点儿时间观念呢……”

徐曼丽看着安然，安然说不出话。李桂芬看安然的神情不对，觉察出什么，警惕地问道：“你是谁？”

吴中志看着安然，伤心欲绝，两个人四目相对。

李桂芬看着吴中志，终于明白了徐曼丽的身份，忍不住生气道：“你竟然敢骗我？”徐曼丽不搭理她。座位上的男孩儿和妈妈也看明白了情况，起身就走。李桂芬赶紧追上去道：“王太太，不是您想的那样，别走啊，误会了……这是安然前男友，两个人已经分手了……您别走啊！”

母亲拉着儿子离开了。李桂芬气得直跺脚，急忙追了出去。

安然冷淡地对吴中志说：“我已经拒绝你的求婚了，难道还没说明白吗，你想听什么，听我说跟你分手吗？”

吴中志一言不发。

李桂芬怒气冲冲地走了进来，指着吴中志叫：“吴中志！你怎么回事？”

徐曼丽挡住李桂芬：“安然妈妈，正好有点儿事，我得跟你说清楚。”

李桂芬瞪了她一眼：“我还想跟你说清楚呢！”

吴中志绝望地说：“说吧，我等着呢。”

安然看着吴中志，眼眶含满泪水。

李桂芬不耐烦地说：“他们都分手了，还有什么好说的！”说着，她拉着安然就要走。

吴中志拉住安然：“我要听你亲口说。”

安然艰难地说：“中志，我们分手了。”

看着安然涂了口红的漂亮嘴唇一开一合，说出分手，吴中志心碎不已。安然看着吴中志，不忍心，避过他的眼神。

李桂芬对徐曼丽说："听清楚了吗？以后我们安然和你们家没有任何瓜葛了，你们谁也不要再来骚扰安然了。"

徐曼丽不服输："话都说到这里了，你管好你女儿就可以了，以后别来骚扰我们中志就行了！"

安然的眼神里依然有留恋，看着吴中志想说什么，李桂芬却怒气冲冲地拉着她就走。徐曼丽见吴中志神情颓废，难免心疼，突然灵机一动，想要设法撮合他和姜金波。

这一天，徐曼丽找到姜金波，约她在大厅喝咖啡。

徐曼丽说："阿姨喜欢直来直去，我也不藏藏掖掖的了，我想让你帮帮吴中志。他和安然彻底分手了。"

姜金波吃惊地说："怎么会这样？"

徐曼丽有意把吴中志的情况说得很严重："他现在不好好吃饭，身体虚一点儿也就算了，我就担心他的精神状态。他现在跟谁也不说话，有家不回，打电话最多三个字：好，挂了！我担心他情绪低迷下去，万一患上抑郁症，那就危险了。"

姜金波犹豫一阵儿，说道："阿姨，您不说我也会帮助他的，毕竟，中志成今天的样子，都是因为救我……"

徐曼丽感激道："我真是没看错人。金波啊，你真是个好姑娘。"

徐曼丽达到目的，心满意足地离开。姜金波坐在原处，想着该怎么办。

第二天，姜金波找到总经理黄立鸣，建议请吴中志回来做临时顾问，毕竟酒店由吴中志管理更加井然有序。姜金波罗列了现阶段的种种乱象，道："管理酒店还是需要吴中志这样有经验的专业人才。表面上让他当临时顾问，这样您也没有违反和客人之间的协议，还把酒店的事情都解决好了，您可以高高兴兴地去打高尔夫了。"

黄立鸣被姜金波最后一句话吸引住了。

吴中志其实没有闲着，一直在朋友店里捣鼓木质模型。姜金波说服黄立鸣让中志重回酒店之后，跑去找中志让他请客。吃饭之后下起雨来，两个人跑到咖啡馆门口避雨。跑的过程中，吴中志脱下外套盖在两人头上。

到了咖啡馆门前，吴中志抖着衣服，金波递过来一张纸巾。中志接过去，擦头上的水。金波也擦，转头看到他脸上的纸屑，笑了。吴中志摘了半天，没摘干净。金波示意他过来，仔细给他擦干净。两个人靠得很近，都很害羞。

这时对面西餐厅的门开了，两个打着雨伞的客人走了出来。吴中志抬头一看，是穿着礼服的安然，身边是个一望而知的有钱人。安然看到了金波给中志擦脸，中志和她四目相望。金波没想到会在这里遇到安然，也不由得尴尬。

安然仰了仰头，挤出一丝笑容，回头挽着有钱人的手，走向停在一边的豪车。吴中志不由自主地走进雨里，看着安然。安然和有钱人暧昧了一下，上车前挑衅地看了吴中志一眼。吴中志目送安然的车离开，内心万分痛苦。姜金波看着吴中志，不知道该说什么。这时，中志的手机响了，收到一条短信。是安然发来的："来家里，把你的东西都带走！"

金波看吴中志站在雨中发呆，走过去拉他。中志突然甩开金波，发疯般地在大雨中跑开。姜金波大喊："中志，你去哪儿？"心疼地望着雨中渐渐模糊的吴中志的身影。

街边的角落，一个人借雨伞的掩护，盯着姜金波。此人是郑东旭的保镖之一。他确认是姜金波之后，掏出手机，压低声音向郑东旭报告："少爷，我们发现目标了，而且已经锁定她的行踪。"

吴中志从安然家里把自己常用的东西拿出来，这些东西却把一辆车碰坏了。

真是雪上加霜，吴中志心情沮丧，跑去买醉。他喝得摇摇摆摆出门，不小心撞在一个人身上，而此人恰恰是个惹不起的小混混儿，招来身边几个同伴，一脚把吴中志踢倒在地上，上前对着他一阵猛踹。

一直默默尾随的姜金波推开他们："你们住手！"

姜金波扑在吴中志身上，不让他们继续打。事先接到金波电话的毛亚平也赶了过来。混混儿们相互看了一眼，跑了。姜金波和毛亚平一起把吴中志带回酒店。姜金波自告奋勇照顾吴中志。吴中志捂着肚子，满脸痛苦表情。姜金波赶紧查看伤情，但吴中志已经彻底醉倒。

姜金波看着伤痕累累的吴中志，心疼不已，眼睛里不由得落下一滴眼泪。看着中志的脸庞，不由自主有一种怜爱的冲动，她摸着吴中志的脸颊。

突然，吴中志蜷缩起来，很冷的样子。金波摸了摸吴中志的额头，比自己的热很多。这时吴中志含糊地叫着："冷！冷！"

姜金波起身想去拿东西。吴中志突然拉住她的手，迷迷糊糊看着眼前的金波，嘴里说："别走……别离开我！"姜金波犹豫一下，吴中志还是很冷，姜金波躺在他的背后，从后面把吴中志抱紧。姜金波一抱，吴中志好了很多，安安静静地睡去。

吴中志翻了个身，姜金波害羞地看着吴中志，以为他醒了，确定他熟睡，姜金波仔细看着吴中志的眉毛、高挺的鼻子和嘴唇，有了一种要吻他的冲动。姜金波靠近，立刻为自己有这个念头感觉害羞，但是再看，确定吴中志睡熟，姜金波鼓起勇气凑过去，突然门铃响了。

姜金波一下弹开，赶紧收拾一下，去开门。金波以为是毛亚平回来了，不料竟是两个黑衣人，刚想喊人，却被捂住了嘴巴。这时，从他们后面进来一个人，一看，竟然是郑东旭。

郑东旭闻到臭烘烘的酒气，捂着鼻子，示意手下放开金波。金波整理衣服，叫道："郑东旭，你在干什么？"

郑东旭生气地说："我还没问你呢，你在干什么？你已经是有夫之妇了，为什么要和男人单独睡一张床？"

金波无语："谁是有夫之妇了？"

郑东旭强调他们俩是定了亲的，但姜金波根本不认账。她生气道："你派人跟踪我就算了，现在还闯入房间，干吗？要捉奸吗？"

郑东旭说："看你说的，我能不相信你吗？我顺便看看这个小子怎么样，需不需要照顾，我可以照顾他啊，不是非你不可。"

金波把毛巾扔给郑东旭："那今天晚上，你照顾他吧，如果明天他身体还有什么异常，我拿你是问！"

金波说完，径直出去了，郑东旭傻眼，看着手里的毛巾，一把扔掉。

吴中志醒来，头昏脑涨，想找杯水喝，突然看到一只手横在胸前，扭头一看，郑东旭从背后抱着自己在呼呼大睡。吴中志赶紧推他到一边，不料用力过猛，郑东旭直接掉到了床下。

郑东旭"哎哟"一声，大叫道："你干吗？"

"我还想问你干吗！你怎么跑到我床上来了？"吴中志恶心地看着他。

"你以为我想啊，要不是金波的命令，我才懒得给你喂水，渴死你！"郑东旭爬起来，竟然只穿三角裤衩。吴中志赶紧捂上眼睛："靠，你干吗不穿衣服睡？"

郑东旭伸着懒腰："我穿衣服睡不着。这要是我一个人，一件不留！"说着，他进入卧室里的洗手间。

吴中志看被子里的自己，也只有内裤，追问道："谁给我脱的衣服？"郑东旭懒得理他。吴中志抓着自己的头发："昨天晚上发生了什么来着，我和谁喝酒？怎么这么关键的时候记忆断片！"

吴中志拍着脑袋回忆："我和谁喝酒来着，金波？毛亚平？"

这时姜金波送来早餐，三个人尴尬地吃着。郑东旭凑近金波："顺利完成任务，我亲自陪了他一夜，有求必应！"

金波说道："表现还不错。"

郑东旭抓紧机会劝金波回韩国："行了吧，玩也玩了，中国也见识了，跟我回韩国吧。”

姜金波根本没有回韩国的念头，郑东旭百般劝说，坚持道：“这次不管做什么，我都要把你带回去成婚。”

金波迟疑地看着郑东旭问：“你到底为什么喜欢我？我改还不行吗？”

郑东旭挠头，半天来了句：“你单纯。”

金波讽刺道：“你的那些菲菲、玲玲、露露呢？”

郑东旭想了想说：“她们，只能说是喜欢，不能说是爱。”

姜金波无奈道：“你伤害过那么多女人的心，就一点儿也不愧疚？”

郑东旭说道：“我没伤害她们，她们也得到她们想得到的了。”

姜金波说什么也不肯跟郑东旭回韩国，还说自己已经有男朋友了。郑东旭一愣，他决定去找安然打探真实消息。

05

见到郑东旭，安然有些意外，但很快开起玩笑：“你还真是泡妞高手，为了追我都追到上海来了。”

郑东旭笑道：“美女的魅力就是这样，谁能抗拒得了。”

安然不相信他的话：“郑少爷身边那么多韩国美女，怎么可能看上我这种土妞？”

郑东旭说：“这你就说错了，小家碧玉和大家闺秀，完全是两种不同的美。”

安然跷起二郎腿：“你觉得我属于哪种？”

郑东旭玩味地说：“你啊，得看你什么时候结婚了。”

安然一愣，不知道这话什么意思。

郑东旭套她的话：“你跟你那个男朋友，什么时候结婚啊？”

安然说：“我们分手了。”

郑东旭印证了一点，继续打探：“因为什么？你们关系很好啊。”

安然说：“前几天他向我求婚，我拒绝了。”

郑东旭觉得不对，转念想了想，心里有了答案，轻松道："对你这么漂亮的美女来说，婚姻就是坟墓啊，不结婚也好。"

安然笑了："对你来说，不也是？"郑东旭做出一副无奈的表情。

安然说："赶紧加把劲儿吧，你再不把金波握在手里，很容易失去啊。"郑东旭又是一愣。这话简直点中了他的死穴。他决定把姜金波的哥哥也弄到中国来帮忙。

姜仁秀一到，对着姜金波没有一句话好听："妹妹啊，因为你，咱爸爸工作被停职了，研究所所有的研究经费也被停止。这次不是你一个人的事了，整个研究所天天安排人找爸爸聊天儿，说的都是求我们履行婚约……"

姜金波吃惊地说："什么？他们怎么可以这样！"姜仁秀扮可怜，说是这次好几百号人会失业，他的客户也开始拒绝进货，所有的货都压在仓库里，求金波一定要救他。

姜金波生气道："怎么救？就是把你妹妹卖了，嫁给郑东旭呗！"

姜仁秀马上接口道："还是妹妹懂事！"

姜金波立刻表态坚决不答应。姜仁秀急了，继续道："告诉你，我这次是带着爸爸的命令来的。郑院长从今天开始，带着三十多个人，天天跪拜爸爸，让爸爸劝你接受求婚。爸爸已经不敢回家了！"姜金波一愣。

姜仁秀趁势说："金波啊，你赶紧想想办法。不愿嫁给他，你就去求求郑东旭也好。"

姜金波没辙，决定找郑东旭谈一次。郑东旭故意坐得离她很近，姜金波往一旁躲一点儿，郑东旭就侵略性地靠过去一点儿。姜金波无奈，直接发话道："你把我爸爸他们研究所的研究经费给发了。"

郑东旭说："那个我说的不算。"

姜金波不解："什么？谁说的算？"

郑东旭道："当然是我老婆你啊，你说发了，我立刻就给补上。"

姜金波无语："谁是你老婆……东旭哥，赶紧把婚约取消吧……"

郑东旭一摆手："打住，你怎么喊'东旭哥'喊得这么肉麻，你还是喊‘郑东旭’吧！”

姜金波怒了：“郑东旭！赶紧把婚约取消！”

郑东旭一笑：“还是这样舒服。但是，对不起，婚约不可能取消，而且还要尽快举行婚礼。我家里都准备好了，就等着你回韩国试婚纱了。”

姜金波大声说：“我真的有男朋友了！我男朋友是吴中志！”

郑东旭笑了，嘲笑地看着姜金波，完全不信。他得意地说道：“我都知道了。我已经见了安然，也知道吴中志前几天求婚被拒绝。你们要是在一起了，吴中志怎么会当着你的面求婚？这还没过几天呢，我说的没错吧……”

姜金波傻眼了。郑东旭看着姜金波的表情，确定自己的猜测没错。他说：“如果这是真的，没人能够在这么短的时间内移情别恋。如果他是这样的人，你也不会喜欢上他。我对你还是了解的，金波，你忘了咱俩是一起长大的吗？”

姜金波仍不承认：“你爱信不信。告诉你，我们已经开始谈婚论嫁了，所以，咱俩那个不符合我本意的婚约根本不算数，你赶紧取消了吧！”

郑东旭说道：“金波啊，我从小学一年级就开始追你，你从来没把我对你的爱放在眼里。当然，我不怪你，爱情嘛，谁也不能强求，但我可以等你。你没有必要骗我。”

姜金波仍然不说实话：“我没有骗你，你怎么就不相信呢？”

郑东旭无奈：“我就是不相信你会和吴中志谈恋爱。我可以和你打赌，你要是真的和吴中志恋爱了，我就立即取消我们的婚约！但是，如果你在撒谎，你就老老实实地跟我回韩国结婚！”

姜金波嘴硬：“好，就这么说定了！”

姜金波去找吴中志，找了半天，却在电梯里巧遇。姜金波把他拉到走廊一角，紧张地看看左右，确定没人，然后看着中志：“你觉得我怎

么样，适不适合做女朋友之类的？”

吴中志点点头。姜金波又问：“我做你女朋友怎么样？”吴中志一愣，搞不清楚情况。姜金波追问：“好不好？”吴中志摇摇头，又马上点点头。姜金波于是要求吴中志陪自己演一出戏，假装是情侣，已经开始准备订婚，这样的目的是赶走郑东旭。

吴中志这才明白姜金波的意思，刚开始不同意，姜金波生气了，道：“什么意思？我帮你那么多，你有没有良心？假扮几天我男朋友会死啊！那你刚才为什么同意？”

吴中志被噎住：“金波，到底怎么回事？”

姜金波还想说话，电梯门开了，姜仁秀走了出来，一眼看到金波，立刻叫道：“原来你在这儿啊！”姜仁秀身后，两个郑东旭的保镖走上前，吴中志想保护金波，被推到一边，只能看着姜金波回头求救的眼神。

郑东旭一伙人已经买好机票，准备强行把姜金波带回韩国。只有两个小时飞机就要起飞。姜金波无可奈何，挣扎着，大声说道：“我真的已经和吴中志在一起了！”

吴中志于是挺身而出，推开保镖质问：“你们什么意思？”

姜金波生气地说：“他们非要拉着我回韩国！”

吴中志急切地说：“那怎么行，咱俩的婚事怎么办？”

郑东旭傻眼，安静地看着，等着吴中志和姜金波露出破绽。吴中志走到金波面前，变戏法一样掏出金波的发卡。这发卡是他醉酒那天醒来洗脸时发现的，一直没机会还给金波。吴中志温柔地把发卡给金波戴上，柔情蜜意地亲了金波额头一下，嘴里说：“你走了，我怎么办？”

姜金波故意道：“没事，我顶多回韩国去参加个婚礼，在婚礼上把事情给大家讲清楚就好了，你等我回来。”随即给吴中志一个拥抱。

姜仁秀听着，看看郑东旭。郑东旭多少有些紧张，不知道真假。

吴中志对郑东旭说：“对不起，我们俩说几句悄悄话。”然后两人有意搂搂抱抱，大秀恩爱。

郑东旭生气地看着姜仁秀，姜仁秀也看着他，嘴里说：“他们肯定是假的！”郑东旭威胁道：“如果你找不到他们假扮情侣的证据，你的公司就等着倒闭吧！”随后转身离开。在吴中志身后，两个凶神恶煞般的保镖正在盯着他。

第六章

吴中志的妹妹吴一洁从美国回来，带回新潮的美国男友菲利普，一名好莱坞艺术家。他戴着耳钉，留着金色长发。徐曼丽和吴衍普接机，第一次在机场见到他，他就大大方方称呼爸爸妈妈。两位长辈都大吃一惊，不免心里有些打鼓。回到家里，反倒是奶奶对菲利普一见就喜欢。吃饭的时候，奶奶对菲利普问长问短：“那你们全家都生活在美国喽？”

菲利普简单介绍自己的家庭情况。他爸爸是加拿大人，妈妈是法国人，祖父是英国人，祖母是中国人，所以他们家一般都没法儿聚在一起。奶奶乐了，打趣道：“你们家是联合国啊？”徐曼丽把脑袋靠近吴一洁，悄悄打听这个天上掉下来的准女婿究竟是干什么的，一洁含糊地说菲利普是个艺术家。徐曼丽一听还挺高兴，猜道：“好啊，钢琴师？画家？舞蹈家？……”

一洁一直摇头，然后眼睛眨巴了半天才终于说菲利普是街头涂鸦师。这个新名词把徐曼丽惊到了，她失声叫道：“妈呀，就是被城管满大街追着跑的那乱抹乱画的？不就等于无业游民吗？”一洁立刻辩解道：“妈，这是什么话。我的菲利普，还是个吟游诗人。他有艺术细胞，我就是被他的一首诗打动的。”

看着一洁满眼冒爱心的样子，徐曼丽一拍桌子。菲利普吓得停住了嘴，惊恐地抬头看徐曼丽。徐曼丽瞬间变脸，笑着对菲利普说：“没事，菲利普，你吃你的，我跟一洁去厨房给你加个菜。”

菲利普看着徐曼丽，笑眯眯的。徐曼丽拉着吴一洁进了厨房。奶奶看看吴衍普，也想跟过去，吴衍普摇摇头，示意她不要管。吴衍普给菲利普夹过去一只螃蟹，菲利普看着盘子里的螃蟹，无从下手，不敢动。

“这个菲利普不靠谱儿，你不能轻易跟他在一起。”徐曼丽对吴一洁盘问一番后得出结论，并决定不把菲利普留在家，要让他住到吴中志的酒店去，同时暗下决心要拆散这对异国鸳鸯。

姜金波知道郑东旭不会轻易相信她已经在和吴中志谈恋爱，也知道他会派人跟踪，于是设法和吴中志扮情侣。他们在湖边溜达，吴中志牵着金波的手，起初金波有点儿扭捏，不适应，忍不住笑。他们发现郑东旭的保镖在偷拍，于是故意把戏份做得更足。

吴中志说：“你得挽着我的胳膊，显得亲密一点儿。”姜金波挽着走了几步。吴中志继续道：“把头靠在我肩膀上。”金波听话地靠在他肩膀上，同时揶揄道：“你好像是个泡妞老手啊！”

吴中志忙说道：“没有，这不是急中生智吗？”

吴中志伸手抱着姜金波的腰，两个人又近了一点儿。

姜金波道：“反正我有一种羊入虎口的感觉。”

这时突然起风了，姜金波眼里进了细沙，自己乱揉。吴中志以为姜金波是装的，非常配合地捧着她的脸，撩开她的头发。姜金波一只眼看着吴中志，羞涩要躲。吴中志非常认真地轻轻给她吹。他们身后的保镖，拿相机拍着。

姜金波笑了，两手轻轻绕过吴中志的腰，抱着他。

吴中志认真地吹着：“好了吗？”姜金波摇头。吴中志准备再吹，一看身后的保镖已经走了。

吴中志提醒她：“好了，走了，不用吹了。”

姜金波说：“我真的迷了眼！”这时吴中志反倒羞涩起来，缩手缩脚，离得很远，不敢再有亲近动作。

姜金波问：“怎么啦？刚才不吹得挺好的吗？”

吴中志答道：“刚才不是演的吗？不行，来真的我心跳得厉害。”姜金波“扑哧”就笑了：“有时候我真不知道你是真傻还是假傻。”

02

姜仁秀一天到晚给郑东旭出主意，可惜没有可行的，恨不得把自己的亲妹妹绑起来交给郑家少爷。

这天姜金波和吴中志先找上门来，姜仁秀无奈道：“不错，你小子挺机灵啊，比我还会骗人。”

金波端着水杯过来：“谁骗你了，中志可是个老实人。”

姜仁秀不屑地说：“别改天被这个老实人卖了，你都不知道。”

“我愿意。”金波跑上去挎着吴中志的肩膀，亲他一下。

吴中志下意识地躲一下，被姜仁秀一眼看到，揭穿道：“还演呢，他都没配合好，这戏演给谁看呢？”

吴中志急中生智，补救道：“哥哥，你误会了，我这边牙疼。”说着凑过去对着金波的嘴亲了一口。金波愣了一下。就这么愣一下，马上被姜仁秀看到了，他立刻指出：“第一次吧，别发愣，配合好了，往真里演给我看。”

金波推了姜仁秀一把：“你干什么，你到底什么意思啊？”

姜仁秀摊手道：“我的意思你还不明白吗，你们跟我说实话吧，不要再演啦。”

姜金波眉头紧锁：“是不是郑东旭叫你来的？”

姜仁秀说：“是啊，当然是他。你看我多坦白。”

吴中志上前说道：“哥哥，金波现在是我的女朋友，麻烦不要在我面前提郑东旭，那是我情敌。”

姜仁秀摇摇头：“你们俩刚才拙劣的表演，怎么做我都不会信的。”

吴中志豁出去了，索性说准备跟家人商量和金波的婚事，然后又说结不结婚对他们来说不重要，他们想先要孩子，结婚的事可以往后放放。这些话连姜金波都听傻了，和吴中志眼神交流，才明白吴中志的意思，她更绝，突然猛力拍桌子，几个人都愣住了。

姜金波叉着腰指着吴中志叫道："吴中志我告诉你，我要先结婚，才能生孩子。"

吴中志坚持说："先要孩子再结婚，我爸妈那边都已经说好啦！"

姜金波一顿棉花拳打在吴中志身上，嘴里叫道："不行，先结婚才能要孩子。"

吴中志抱着金波："别闹，咱们不是都说好了吗？"

两个人争执起来，姜仁秀上去帮忙拉开。

姜金波假装生气地说："凭什么你爸妈说了算？我哥还在这儿呢，我哥还说了算呢！哥，你说先要孩子还是先结婚？"

姜仁秀被绕进去了："那谁，你叫什么来着，我和你说，不结婚想要孩子，门儿都没有！"

金波高兴地搂着姜仁秀："还是我哥对我好。"

吴中志说："金波，你不许反悔，这事都确定好了的。哥，你先别管这事。"

姜仁秀大声说道："什么叫我别管啊，这事我还真就管定了！"

吴中志看着姜仁秀，假装想了想，才说道："哥，要不你给定个日子。"

姜仁秀有点儿迷糊："不对，等一下，我怎么觉得给绕进去了呢……哦，你俩给我下套了！别绕什么生不生孩子的问题，先把这个问题说清楚，你们就是假结婚。"

姜仁秀被他们真真假假地搞糊涂了，突然心生一计，道："那这样吧，明天不是周六嘛，第一次到中国，我想出去玩玩，没问题吧，中志？"

吴中志爽快地说："没问题，这应该的，明天我安排。"

姜仁秀强调道："一言为定啊！"

吴中志道："定了。"

姜金波却看出来自己的哥哥其实是想在游玩中再次抓到他们假谈恋爱的证据。

03

游玩途中，姜仁秀发现吴中志根本不知道金波喜欢吃什么，于是想出一个计谋，假装说金波喜欢柠檬汁，吴中志完全不知是计，在烤鱿鱼上洒了大量柠檬汁。

吴中志给金波喂一口，金波也给吴中志喂了一口，两个人不停地秀甜蜜，突然金波感觉不对劲，身上开始痒痒。吴中志还邀功道："没尝出来吗？你哥哥干了一件好事，告诉我一个秘密，说你最爱吃柠檬。"

金波脸都绿了："我对柠檬……过敏。"

吴中志大吃一惊："什么？"

一旁的姜仁秀走了过来，得意地说："中志，你怎么往鱿鱼里加了柠檬汁啊？我妹妹对柠檬过敏，你这男朋友怎么当的！"吴中志有苦难言："哥哥，不是你说她爱吃……"

姜仁秀假装生气地说："你们都要结婚的人了，竟然不知道她对柠檬过敏，我看你们这婚就别结了！"

金波道："我不在意。"

姜仁秀又提出要泡温泉，而且要在外面住一晚，约吴中志喝酒，吴中志满口答应。

吴一洁偷偷跑出来到酒店里跟菲利普会面。菲利普想勉强留下吴一洁，吴一洁故意大叫"非礼"，毛亚平和在熙恰好经过，打抱不平。吴一洁马上维护菲利普，还跟毛亚平吵了起来。毛亚平百口莫辩，非常尴尬。

在熙拉着毛亚平走开，有些生气。毛亚平问："怎么啦，生气啦？"

在熙确实生气了："你有没有脑子！志哥的事还没解决呢，你也想被开除啊！"

毛亚平一拍脑门儿："哎哟，对对对，我给忘了，刚才太冲动了，男人这种时候，肾上腺素一产生作用容易把持不住……”

毛亚平不好意思地挠挠头，在熙看到了他手上的一道口子，惊叫道：“你手流血了！”

毛亚平一看，大大咧咧道：“没事，一个小口子，这臭流氓怎么跟个女人似的，大老爷们儿要打就打，还挠我……”

在熙哭笑不得，叫道：“你还说！我说不要你上去管吧，傻了吧，结果人家是情人开玩笑。”

毛亚平沮丧道：“有大半夜这么开玩笑的吗？现在的女孩儿真够奇葩的。”

他根本料不到，这朵“奇葩”的奇招还在后面。

第七章

游玩过程中，吴中志和姜金波绞尽脑汁假扮情侣应有的样子给姜仁秀看。吴中志说必须要演一场大戏——床戏，道：“咱给你哥来场真人秀。我看出来了，不给你哥下点儿猛药，他是不会相信的。”

吴中志把金波绑在床上，用手指戳了一下金波的腰，金波惊叫。门外，姜仁秀听着里面的动静，里面传来姜金波阵阵的尖叫，越听越不对劲，一着急，拿出事先找服务员私配的卡打开门，冲了进去。里面的场景把姜仁秀看傻了。床上，被子里藏着两个人，床头只露出一双被绳子绑着的手。吴中志和金波把头露出来，看着姜仁秀，姜仁秀愣着，不知所措。吴中志只露着一丝不挂的上半身，问道：“哥哥！你想干吗？”姜金波索性整个躲在被子里完全不露面。

姜仁秀支吾道：“我，我路过，听到有人喊救命！”吴中志假装不好意思的样子：“没人喊救命啊……”

姜仁秀闪烁其词："不是，我听见金波的声音，以为她被什么人吓着了呢，所以……"

吴中志变了脸色："你怎么进来的啊？"

姜仁秀尴尬地说："不好意思，不好意思，我走了，你们继续。"

徐曼丽发现吴一洁不在家，于是亲自上酒店找，还请毛亚平来帮忙。毛亚平一听，认定是老外骗吃骗喝骗女人，义愤填膺跑得飞快，身后的徐曼丽跟不上，远远看见吴一洁和菲利普的身影。

徐曼丽叫道："亚平！就是那个臭小子！"毛亚平扭头，看到被菲利普紧紧箍住的吴一洁，吴一洁看到有人来，正在拼命挣扎。

毛亚平怒从中来，飞奔过去："怎么又是老外臭流氓！欺负我们中国姑娘上瘾是吧！嘿！给我松开！"

菲利普听见叫喊，愕然回头，只见毛亚平一把撩过自己肩膀。菲利普一下被扳倒在地。打完一回头，毛亚平和吴一洁才看清对方。

"怎么又是你？"两人同时惊叫道。话还没说完，毛亚平被吴一洁一巴掌抽了个眼冒金星。

"你是不是精神有问题啊！跟踪狂啊！你这个人……你到底是谁啊？这么爱多管闲事，是狗吗？"一洁质问毛亚平。

徐曼丽赶了上来，斥责道："吴一洁！你怎么说话呢！是我找亚平来帮你的，你还打人家，赶紧给人家道歉！"

毛亚平对吴一洁特别气愤。

徐曼丽催促道："让你道歉呢，你快点儿！"

毛亚平说："阿姨，不用道歉，算了，那我先值班去啦！"

徐曼丽道："谢谢你亚平，多亏了你了……"

毛亚平边走边说："没事，阿姨，咱都自己人，下回有事给我打电话啊……"吴一洁不满地白了他一眼。

"我告诉你吴一洁，从明天开始，你哪儿都别想去，在家给我老老实实关禁闭！"徐曼丽给女儿下了禁足令。

吴一洁委屈道："凭什么啊？"

徐曼丽气愤地说：“凭我是你妈！跟我回家！”

一洁无奈地冲菲利普摆摆手，跟着徐曼丽走了。菲利普一脸无辜。

02

姜仁秀想出一个绝招，邀请吴中志喝酒。他打的小算盘是把吴中志灌醉，让他酒后吐真言。两人先是连喝三杯，然后慢慢边喝边聊。

姜仁秀自然是大倒苦水，吴中志道：“我想说，你们总是站在自己的立场想问题，你们站在金波的角度考虑过吗？你们一辈子吃喝不愁了，金波呢？现在是21世纪，不是古代了，那时候指腹为婚，是对妇女的不尊重，她是你妹妹，如果她将来过得不幸福，你们心里好过吗？”

姜仁秀嘴里应着“是，你说的对”，继续不停地给吴中志倒酒，同时悄悄打开了手机的录音功能，然后喊道：“妹夫，你说得有道理，来，干了！”

吴中志喝完，杯子一放：“钱有那么重要吗？知足常乐。咱们现在的生活挺好的，不是没吃没喝，也不是战争年代，有什么不满足的？一说到钱我就上火，比如说我之前那个女朋友，一天到晚的就是钱钱钱、就是成功、就是生活品质，把人的快乐搁哪儿了，把人的幸福搁哪儿了？”

姜仁秀还是给吴中志倒酒，姜金波阻拦也没有用，吴中志酒兴上来了，自己也喊着要喝。再过一阵儿，吴中志已经酩酊大醉，却又喝一杯，嘴里道：“我没蒙你，你听好了，我对金波是真心的。”

姜仁秀说道：“什么真心的，你敢说你们不是在演戏，你敢说你们结婚不是假的？”

吴中志一拍桌子：“怎么不敢说！我们就是假的，我们就是在演戏，我们就是假结婚，就连上床也是假的。我是个男人，有啥说啥！”

姜仁秀笑了，低头看一眼手机，一直在录着呢。

陪在一旁的姜金波捂着脸自言自语：“完了，全都穿帮了。”

姜仁秀得了便宜还卖乖：“中志，你是不是喝多了，醉话我不想听。”

吴中志道：“我清醒得很，句句都是实话，我没醉！我就是不想让她嫁给郑东旭！凭什么嫁给他？金波不爱他，她不能跟他回韩国，得留在中国。”

姜仁秀赶忙制止道：“那关你什么事啊？行，今天就到这儿了，你也喝差不多了，我的任务也完成了，走！”

吴中志继续说：“我话还没说完呢！你觉得我们俩在演戏吗？我刚才说过了，我对金波是真心的，我喜欢金波。我也以为这两天在演戏呢，但是我骗不了自己，我发现我是认真的，我发现我真的爱上了金波。现在演戏变成假的了，我跟她的感情是真的了。”

姜仁秀惊讶道：“你喝大了吧，什么叫你对她的感情，你爱她，她爱你吗？”

吴中志道：“她爱我，我知道，我感觉得到。我告诉你哥哥，不演戏还好，这一演戏，成了，我要娶她。”

姜仁秀赶紧关掉桌下的手机，关了好几下才关上。

姜金波先是惊讶，随后感动一笑。

第二天，姜仁秀提出要见吴中志的家人。还一本正经地说：“想来想去，吴中志人还不错，如果你真的很爱他，选定了他当终身伴侣，哥哥就不反对了。我也能看出来，吴中志对你也是一片真情，但是话说回来，如果是假的，我还是希望你考虑郑东旭。”

吴中志没有事先通知家人，直接把姜金波兄妹带回家里。徐曼丽、吴衍普和吴一洁正在看电视，三个人同时回头。

吴一洁看到哥哥，高兴得蹦起来，和吴中志抱在一起，大叫：“哥哥！”

徐曼丽看着吴中志身后的金波和陌生人，再看看吴衍普，吴衍普也正在纳闷儿。

吴中志拉着吴一洁：“来，我给你介绍，这是姜金波。”

金波伸手，吴中志看着姜仁秀的眼神，故意小声对吴一洁说：“这是你嫂子……”

吴一洁吃了一惊：“嫂子？”听到这话的徐曼丽和吴衍普也傻眼。

徐曼丽一脸不解：“中志，你们刚才说什么嫂……”

吴中志赶紧拦住：“妈，这是金波的哥哥，姜仁秀，这是我爸妈。”

姜仁秀鞠躬，向徐曼丽和吴衍普问好。但是徐曼丽和吴衍普都很想知道“嫂子”是怎么回事。

徐曼丽叫住吴中志：“中志，你过来，这是我刚买的水果，你赶紧拿些给客人……”吴中志跟着徐曼丽走到一边，简单解释了一遍。姜仁秀看了吴中志一眼，故意大声问：“阿姨，你们这边准备什么时候订婚？”

全家人都傻眼了。吴中志和姜金波四目相对，没想到姜仁秀会聊婚事。姜金波对哥哥说：“哥哥，你在说什么，见个面就行了，说什么订婚……”姜金波有些尴尬地看着大家笑。

姜仁秀说道：“我明天就走了，这么重要的事情难道不聊一下吗？”

徐曼丽只得认真跟姜仁秀聊起来，大家商定要金波的爸爸妈妈来中国。吴一洁撇嘴看着徐曼丽，彻底不服，不满道：“妈，我哥这也是异国恋啊！”

徐曼丽瞪他一眼：“你哥是你哥，你是你！小孩儿懂什么？”

姜仁秀的录音让郑东旭无比失落。被人横刀夺爱，他咽不下这口气，于是带了手下去教训吴中志。保镖上前打吴中志一拳，中志受到重击倒地，痛苦万分。郑东旭拨开保镖。吴中志忍着痛站了起来。郑东旭一肚子火。

吴中志道：“你要真有本事，咱单挑。”

郑东旭挑衅地走过来，靠得很近，看着对方的眼睛。吴中志一点儿不胆怯，也挑衅地看着郑东旭。

郑东旭猛地打了一拳，嘴里道：“臭小子，给我离金波远一点儿！”

“这句话应该我跟你说！”吴中志痛得弯下腰，仍不服。

郑东旭又是一拳，吴中志倒在地上，却趁机踹了郑东旭一脚，几个手下赶紧把吴中志按住。郑东旭脱了西装，解开领带，摘了袖扣，保镖一一收起。郑东旭挽着袖子：“这是在中国。如果是在韩国，把你装进麻袋扔汉江里！”

吴中志冷笑："就你这德行，金波瞎了眼也不会喜欢你！"

郑东旭道："你还真的爱上金波了。"

"知道了？太好了，你可以放手了！"吴中志挑衅一笑，郑东旭燃起怒火，准备打一拳更重的。手下扭着吴中志的肩膀，让郑东旭完全发力。

突然一声尖叫，姜金波跑了过来。姜金波推开郑东旭，护着吴中志："郑东旭！你疯了啊！"同时把保镖几个人也推开。

吴中志勉强站着，姜金波扶住吴中志，扭头恨恨地看着郑东旭。

吴中志道："管你放不放手，我就爱了怎么着！这辈子就爱这一个女人，我还要娶她！如果你继续在中国待着，看在你们发小的分儿上，我可以邀请你来参加婚礼。"

姜金波呆呆地看着吴中志。

郑东旭气得大喊："你撒谎！我今天一定要看看你到底有多爱金波！"郑东旭准备再次动手，姜金波伸手拦住他："郑东旭，你别胡来！你答应过我的，只要我和吴中志是真心相爱，你就取消婚约，你要反悔吗？你以为你这样就能让我嫁给你吗？"

郑东旭一时无言以对，指着吴中志叫道："吴中志你听好了，我是不会让你毁了金波的幸福的！"

为了金波，郑东旭想找安然联手，让安然劝吴中志离开金波，安然却无动于衷。郑东旭让手下收集吴中志的个人资料，发现吴中志曾经因为跟客人打架被开除。这下郑东旭可以好好做文章了。

第八章

01

之前被吴中志痛打的彼得在郑东旭的授意下，突然变卦，他跑来把酒店赔的五十万退回，口口声声说想要起诉，让吴中志坐牢。总经理黄立鸣苦劝无效，只好找吴中志商谈。

黄立鸣表示，无论如何都会力挺中志，酒店为此已经请了律师团。吴中志非常感动。

各大网站都在传播吴中志打人的视频，标题非常醒目：“千岛湖酒店经理殴打顾客……”一时间千岛湖酒店内部也是沸沸扬扬。还有不少媒体记者堵到酒店大堂来采访，场面混乱。

闪光灯不停地闪，记者们“长枪短炮”对着吴中志和姜金波拍照。毛亚平让姜金波安排吴中志暂时回避，自己顶在媒体面前。毛亚平控制住局势，对记者大声喊着：“各位记者朋友，感谢你们百忙之中来酒店调查真相。目前酒店和各方面都还在调查中，所以我们暂时无可奉告，谢谢！大家都去宴会厅吧，一有消息我们就会召开新闻发布会。谢谢各位的理解和体谅，请这边走！”毛亚平给在熙一个眼神，两个人引着媒体朝另一边走去。记者们还想穷追吴中志，被毛亚平和在熙拦下。

徐曼丽也知道了消息，赶紧跑到酒店来，直接去找黄立鸣。黄立鸣刚刚放下电话，在便笺上写着什么。徐曼丽问道：“怎么突然事态这么严重？之前不是都解决好了吗？到底什么情况？”黄立鸣说他刚刚电话联系到了彼得本人，但是突然出来一个韩国代理人，全权代理彼得的请求。他安抚徐曼丽道：“曼丽，你也别着急，我已经请酒店的律师团介入了，会妥善处理的。”

徐曼丽问道：“他的代理人，那个韩国人，叫什么名字？”

黄立鸣看了眼便笺：“叫……郑东旭……”

徐曼丽弄清楚了事情的原委，找到吴中志，道：“那个郑东旭是不是知道你和金波好上了，故意整你？”

吴中志知道真相之后，想明白了整件事，松了一口气：“好事，知道对手是谁就好办了。”

徐曼丽对金波产生了顾虑，觉得这个韩国女孩子的背景是不是过于复杂了。她叮嘱吴中志一定要谨慎，苦心劝道：“这事闹大了，你在这酒店还怎么待下去？到时候黄经理也保不了你啊。感情的事还是你们当面说清楚好，不要把事情闹得不可收拾。走，咱俩找郑东旭谈一谈！”

吴中志赶紧拦住："妈，你先别去，这事我去谈。我和郑东旭之间有点儿误会，我和他说明白就好了。"吴中志不希望长辈为自己的事情操心。

02

吴中志找到郑东旭的时候，这位韩国阔少正在教美女打台球，美女在他身下，两人趴在球台上瞄着球，"啪"的一声将球击打出去，球进。吴中志随便拿起一支球杆。郑东旭连续打球进袋，一边打球一边说："效率还挺高，没想到这么快就联系我了。"

吴中志说道："直接说吧，你到底想怎么样？"

郑东旭瞄准，抬头看他一眼，发力，球进袋，道："想让你从金波身边滚开。"吴中志看着他，冷笑一声。

郑东旭用巧克粉擦了擦球杆的撞头："我知道你们现在的恋人关系是假的，也知道你们的订婚是演给我看的。即便是这样，我心里还是不舒服！"

吴中志说道："你不舒服，是因为知道我和金波是真的爱上彼此了吧？"

郑东旭听到这句话，发力，球没进，不满地看着吴中志。

吴中志又说："我得感谢你，如果没有你步步紧逼，我和金波的感情也不会这么快走到今天。我明确地告诉你，我和金波已经相爱了，我不会让你伤害金波。"

郑东旭怒了："你马上就要进监狱了，金波不会痛苦吗？你这是爱金波还是在伤害金波？"

吴中志不屑道："别忘了，是彼得卑鄙在先。如果上了法庭，还不知道谁赢谁输呢！"

郑东旭冷笑道："恐怕还没到上法庭的阶段，你已经身败名裂了。"

吴中志看着他："知道金波为什么看不上你吗？就是因为你这些卑鄙的手段。"

换吴中志打球，杆杆进袋。吴中志收杆，只剩下一个黑八。

吴中志道："要起诉，你就起诉好了，要是还有其他玩法，我随时奉陪。但是，我提醒你，只许针对我一个人，不许伤害我身边的任何人，包括金波。"

吴中志一杆，黑八进袋。

郑东旭输了四五个球，十分难堪。吴中志道："就你这水平，还是多练两年再找我吧！"说着把球杆往桌上一扔。

郑东旭的手下围过来，郑东旭愤怒地把杆一摔，发狠话道："你以为你能斗得过我？不自量力！"

吴中志毫不示弱："那咱们走着瞧！"转身离开。

看着吴中志骄傲的背影，郑东旭冷笑着走开。

徐曼丽觉得问题比较严重，决定找姜金波摊开谈，金波这才知道竟然是郑东旭在捣鬼。徐曼丽拉着金波的手："金波啊，你跟阿姨说实话，你跟郑东旭到底是怎么回事，他为什么平白无故追到中国来了？你是不是许诺人家什么了？"

金波为难，想了想，全都说出来了。

徐曼丽听后很生气："你知道如果郑东旭执意起诉的话，吴中志将面临什么吗？有可能坐牢，这个记录就会跟着中志一辈子。别说他做酒店的梦想，就是找个普通工作都难！吴中志这辈子就完蛋了！"

姜金波没想到这么严重。

徐曼丽继续道："行了，中志也帮了你那么多，现在这情况，你也替他考虑考虑。你和郑东旭的婚约在先，阿姨也不方便多说什么，但你不能让中志成了你和郑东旭婚约的牺牲品啊！"

姜金波沉默了一阵儿，坚决道："阿姨，你放心，我会解决这件事的。"

徐曼丽觉得还是不放心，她亲自找到郑东旭。郑东旭礼貌地看着她，给徐曼丽倒了一杯红酒。

徐曼丽说道："整个事情都是误会。你也别怪我儿子，他就是心软，别人求他办事，他很少拒绝。这次他跟金波假扮情侣确实过分，不但骗了你，也把我们给骗了。但是话又说回来，他也是替罪羊……”

郑东旭说他们两个演着演着就变成真的了。

徐曼丽傻眼：“真了？好，就算他们俩是真的，选择权不还是在金波手里吗？你爱金波，你去找金波聊啊，你逼中志干什么？”

郑东旭喝了一口酒：“我的要求特别简单，让金波跟我回国。如果不能让金波跟我回国，别说起诉吴中志，就算起诉整个千岛湖酒店，我也做得出来。”

徐曼丽慌了：“不就是让中志和金波分开嘛，我去跟中志说，你先适当控制一下事态，好不好？”

郑东旭答应再给她两天时间，说：“如果两天之内金波没有点头同意跟我走，我就立即起诉吴中志。我可以明确地告诉你，你儿子打掉了彼得的两颗门牙，这属于二级轻伤，只要我们报案，就能让你儿子蹲三年大狱！你得抓紧点儿，一立案，想撤都撤不了啦！”

郑东旭起身离开，徐曼丽傻眼了。

徐曼丽坐在黄立鸣面前，抹着眼泪。黄立鸣当年是徐曼丽的仰慕者，到现在也愿意尽可能地帮她。

这位总经理亲自端来一杯水，说道：“师姐，你得劝劝中志，好汉不吃眼前亏。你只有让中志低低头，让他明白，判了刑，记录是要进档案的，这可是一辈子的污点，去哪儿带哪儿，到时候哪个单位还敢用他。再这么固执下去，就把自己的后半生毁了！”

徐曼丽一听实在急得不行。黄立鸣安慰道：“师姐，我现在能做的，就是想办法拖住他们。只要还没起诉，什么都好说。”

吴中志和毛亚平到处调看视频，积极想办法找证据。然而现有视频都无法证明姜金波曾经被彼得下药迷晕。毛亚平开车，吴中志坐在副驾驶上，心情沉重。毛亚平着急：“志哥，你这又是何必呢！到时候真判你个三年五年，你跟金波不是也没法儿在一起吗？”

吴中志沉默片刻：“其实，我最对不起的是我家里人。我爸不说了，特别是我妈。从上学到工作，我妈为我操碎了心。没想到，最后换来的却是这样一个不孝的儿子。亚平，如果我真进去了，你帮我照顾他们……”

毛亚平劝道：“志哥，如果你能低低头，这事还有转机，不然就再也没有机会了！”

吴中志看着毛亚平：“亚平，你再这么劝我，咱们俩连兄弟都做不了了。”

吴家，徐曼丽动员吴衍普劝说吴中志。吴衍普用少有的强硬口气道：“这官司根本赢不了！”

吴中志说道：“那也得打。就算不为我自己，为了酒店的声誉、为了金波，也得打。”

吴衍普大声道：“你对法律了解多少？法律是不讲人情的。一旦你输了，你的后半生就毁了！等你再后悔，就来不及了！”

徐曼丽口水都快说干了，端起茶来喝一口，继续道：“中志，这不是一时冲动的事。你忘了你是怎么拼命学习考上酒店管理专业，怎么进了千岛湖酒店，怎么成了现在的项目经理？这一路的辛苦，你忘了啊？”

吴中志坚决地说：“爸、妈，我知道你们心疼我，但这是我人生的一个坎儿，我不能逃避，不然我后半生会一直活在这个阴影之下，永远都不会快乐。我是个男人，这是我人生中的一场战役，我必须迎战，不管结果如何，这都是我自己的选择。”

徐曼丽和吴衍普相互看了一眼。徐曼丽看着桌上的烟灰缸发呆，恨不得拿这个把吴中志砸醒。吴衍普伸手弹烟灰，吴中志已经离开了。

徐曼丽看着吴衍普，失望地摇摇头。

04

姜金波得知吴中志无法找到有力证据，于是决定自己去跟郑东旭谈，承认自己和吴中志刚开始是演戏的，请求郑东旭放过吴中志。

郑东旭道："我真羡慕他，能让你为了他来求我。既然是假的，你就应该履行承诺，跟我回国吧。"

姜金波犹豫着反驳道："你也说过，如果我和中志真的相爱，你就取消婚约。"

郑东旭笑道："但是，你们是假的。"

姜金波诚恳地说道："我们一开始是假的，但是现在已经分不出真假了。"

郑东旭道："你们俩为了骗我，假扮情侣，这是不是事实？"

姜金波点头，还想说什么。

郑东旭一摆手："有这句就够了，其他的我不想知道。金波，你答应过我的，你说如果你们是假的，就跟我回韩国，还算数吗？"

姜金波说道："我是不会跟你回国的，你知道，我不爱你。我只是希望你放过吴中志。"

郑东旭笑了："金波，我的目的不是起诉吴中志，也不是让他坐牢，而是让你回心转意。你再这么执迷不悟下去，吴中志的命运就真的被改变了。"

姜金波怒目看着他。

郑东旭劝道："金波，你清醒一点儿吧！既然你们是假的，还有什么好留恋的呢？他心里还惦记着他那个前女友，你们非要这样在一起，以后他一定会伤害你的！你才认识他多久？了解他多少？我郑东旭对你才是真的！"

姜金波一时百感交集。她知道郑东旭对自己确实有真感情，然而这个花花公子不但花心，处理事情也动不动就用下三烂的手段，她对他实在提不起兴趣。

郑东旭强调自己做的一切都是为了姜金波，还振振有词道："我会一直守护下去，任何破坏我们幸福的人，都是敌人，我会除掉所有挡在我们之间的障碍。金波，你能救他们，只要你答应和我走，所有事情就都解决了。我希望你别拖得太久，明天就是起诉的最后期限。”

姜金波抬头看他。郑东旭走过来坐在金波身边，揽住金波的肩膀，握住她的手，说道：“时间不等人，金波，你好好想一想……”

姜金波低头，知道无论如何只能答应了。

突然，吴中志冲了进来，他狠狠地盯着郑东旭，一把将金波拉过来就要走。走到门口，吴中志又回头看着郑东旭，道：“郑东旭，从今天开始，金波就正式成为我的女朋友了。”

姜金波吃惊地看着吴中志，很感动。郑东旭快气炸了，强压着怒火道：“你觉得你们今天从这里走出去以后就能在一起了吗？”

吴中志无所畏惧地说：“不就是要告我吗？告吧！告了，金波也还是我女朋友。”

吴中志拉着姜金波离开了。郑东旭对手下说：“给彼得打电话，让他今天就起诉，立刻。”

05

姜金波无比纠结，跟在熙诉苦。

在熙开玩笑说要抛硬币来决定，她真的拿出一个硬币：“如果正面朝上，你就跟着吴中志，他光明正大；如果反面朝上，你就从了郑东旭，他黑暗势力比较强。但是无论哪一个，都是真心喜欢你，肯定不会伤害你。”

说着，在熙把硬币抛到空中。在熙没有接到，反而掉在姜金波身边。在熙没看到，还在四处找。

姜金波用手挡住硬币，她有点儿不敢面对硬币的结果。万一硬币指示的不合她的心意，她会更沮丧。

在熙找了一阵儿就没耐心了，打着哈欠说道：“算了，我去睡了啊，你也早点儿休息。”

在熙离开，姜金波把手拿开，硬币是正面朝上。金波先是一愣，接着心里又充满了欢喜。

警察来酒店把吴中志带走时，恰好金波和在熙从走廊这头回来，迎面看到。金波连忙跑上前去，吃惊地问道："中志，怎么回事？"

吴中志道："没事，我就是去协助一下调查，放心啊……"

姜金波目送着吴中志被带走，心情沉到谷底。在熙也特别担心，看着姜金波："警察怎么会把他带走？"

金波神情严峻，意识到郑东旭真的开始行动了，于是决定再去找郑东旭。

金波面无表情地问郑东旭："我同意跟你回韩国，你可以撤诉吗？"

郑东旭一点儿也不高兴，反而苦笑一下，看着姜金波，心痛不已。

郑东旭难过地说："你知道我现在有多么心痛吗？连我自己都没有想到，本来还以为会很高兴呢。"

金波依旧冷冷地看着他。

郑东旭继续道："你竟然真的为了吴中志，答应跟我走。你就这么爱他吗？"

姜金波坚定地答道："是。"

郑东旭呆呆地面对着姜金波。明明姜金波说的是同意跟他回韩国，他却觉得自己彻底失去了她。他有些后悔自己的做法。姜金波生气地盯着他道："郑东旭你记住了，从现在开始，我们连朋友都不是。"

郑东旭问道："你恨我吧？"

姜金波冷冷地说："不恨，我对你已经没有任何感觉了。请你履行你的诺言，马上撤诉，恢复吴中志所有的正常生活，让他重新复职。"

郑东旭眼神一紧，抑制住眼泪，咬紧牙，问道："你什么时候跟我走？"

姜金波面无表情道："等你履行完承诺。"

郑东旭承诺马上找彼得撤诉，还约好第二天早上八点，两人在酒店门口见面，然后一起回韩国。

06

晚上，吴中志和姜金波扶着江边的栏杆，吴中志看着黄浦江水，金波则时不时盯着吴中志的侧脸看。

吴中志回头看着姜金波："你怎么了？老看我。"

姜金波道："我就想看看你。"

吴中志马上把脸凑到金波面前，笑嘻嘻地看着金波："我也是。"

两人离得很近，金波推了一下吴中志，两人开心起来。

姜金波感叹道："想想真的好神奇。两个月前，我们还在不同的国家，过着不同的生活，谁也不认识谁，可是现在，就一起站在这里看着黄浦江了，而且这中间发生了这么多的事，更没想到我们的关系会变成这样……"

吴中志故意坏笑："我们是什么关系？"

金波害羞，打了吴中志一下。姜金波的长发被风吹起，美得动人。

吴中志笑了："你知道吗？这就叫缘分。缘分是前世修来的，一旦来了，躲都躲不过去。所以，我们要珍惜缘分。"

姜金波问道："你相信缘分吗？"

吴中志道："以前不信，现在信了。我真真切切地体会到，当一个人走进你的心里之后，你宁可失去自己，也不愿意失去她。"

金波听着吴中志的话，心酸不已，眼泪就快涌出，连忙用手挡住脸。中志看到金波的举动立刻上前问道："怎么了？"

金波回避道："没事，江风有点儿冷，你去给我买杯奶茶吧？"

吴中志献殷勤："好的，遵命！马上回来！"

姜金波看着吴中志的背影，眼泪一滴滴地掉了下来。

接过吴中志买来的奶茶，以及他随手买来的玩具熊，姜金波又提新要求，说要去坐一次摩天轮。坐上摩天轮，两个人安安静静的，谁也没说话，两个人中间放着一桶爆米花。

两个人都有心事憋着，不知从何说起，只能沉默。姜金波喝着奶茶，伸手去抓爆米花，同时，吴中志也伸出手，两只手碰在一起。

姜金波和吴中志的手同时又收了回去，同时说“你先”，说完两个人都笑了。姜金波拿起一粒爆米花，递到了吴中志的嘴边，吴中志张口吃掉，笑眯眯地看着姜金波。

金波没话找话：“上海好漂亮啊！”

吴中志却很好奇她为什么喜欢摩天轮。姜金波解释说，每到一个城市，她都要去坐一下摩天轮。吴中志听了笑道：“好啊，我答应你，以后不管什么时候你想坐摩天轮，我都陪你！”

姜金波摩挲着玩具熊，伤心不已，没有再说话，转而看着风景。摩天轮慢慢停了下来。姜金波忍着眼泪，一点儿也不想结束。

姜金波强颜欢笑：“谢谢你给我带来这么美好的一天。”

吴中志道：“那你早点儿休息，我们明天见。”

金波转身要走，吴中志喊住她：“把这个拿上！”一只毛绒小熊递了过去。金波接过玩具熊，转身离开。吴中志看着金波慢慢离开，突然金波转身，吴中志朝她挥挥手，金波拿着小熊的手摆出了一个再见的姿势。两个人相视一笑，转身离开。

姜金波忍不住又回过头，发现吴中志也在看着她。

姜金波艰难地说：“中志，我有话要对你说。”

吴中志笑着说：“你说，我听着呢。”

姜金波含着泪说：“中志，谢谢你和我假扮情侣，帮我解围。也谢谢你一直以来对我的照顾，但是，请你忘了我吧！”

吴中志一愣：“这大半夜的，你别跟我开玩笑啊！”

姜金波道：“我们还是恢复之前的同事关系吧，我是认真的。”

吴中志不解：“你到底什么意思？”

姜金波做出一副态度坚决的样子：“我是想跟你说，其实是我利用了你。我就是这种女人，对不起。以后不要骚扰我了，我不想从郑东旭的火坑里，再跳进你的火坑里！”

金波说完转身想走。

吴中志急切地说道："你等一下！你给我说实话，是不是郑东旭又威胁你了？"

姜金波否认，而且一再说自己并不爱吴中志。吴中志彻底傻眼了。

回到家里，吴中志夜不成眠，捣鼓着他和金波都喜爱的木质模型，突然看见金波的戒指，眼睛亮了。他想起金波说过，想要挽回一个女人，最好的办法是向她求婚。

07

徐曼丽一心要拆散女儿和她的美国男友，曾经找吴中志出主意。吴中志想着自己和姜金波的情况，信口说给吴一洁找个假男友就能拆散他们，徐曼丽觉得这个主意不错，竟然想找毛亚平假扮吴一洁的男朋友，毛亚平含糊着答应了。

现在徐曼丽得到彼得撤诉的消息，觉得吴中志的事可以放一放了，马上找毛亚平扮演吴一洁的恋人，想赶走菲利普。

菲利普听到敲门声，开门一看，是徐曼丽和毛亚平。看到徐曼丽，菲利普非常热情："妈，您怎么来了？"

毛亚平挡在前面："闭嘴！谁是你妈，别乱叫。"转身对徐曼丽说："妈，别生气，咱进屋说。"

听见毛亚平喊"妈"，菲利普皱眉。徐曼丽和毛亚平找地方坐下。

菲利普整理房间的衣服，嘴里道："不好意思，我刚起，房间里比较乱。"

徐曼丽道："不用整理了，我一看就知道你是个乱人。"

菲利普感到不好意思。

毛亚平对菲利普说："还不给我妈倒杯水！"

菲利普赶紧去倒水。

毛亚平凑到徐曼丽旁边："阿姨，是您说还是我说？说啥来着，我怎么脑子一片空白……"

徐曼丽摇摇头，看着菲利普，反客为主道："坐吧！你叫什么来着，皮特？”

菲利普端来一杯水，听徐曼丽喊错名字，无奈地纠正：“菲利普。”

徐曼丽道：“小菲啊，今天这次谈话是很严肃的，也是很认真的，可能会给你心灵上带来沉重的打击。但这一击是避免不了的，你要有个心理准备。”

菲利普沉甸甸地坐下。毛亚平说自己和吴一洁是青梅竹马、两小无猜的关系，菲利普听傻了。二人说完起身要走，菲利普着急地拉住徐曼丽：“妈妈，不，听我说……”

毛亚平拦住菲利普：“别喊了，回美国去找你妈，好吗？十二点前赶紧退房，还能省一天房钱。”

菲利普说道：“我们恋爱是自由的……”

毛亚平“砰”的一声把门关上。到了门外，毛亚平建议说，虽然这次演得不错，但还需要把事情做到位，得让菲利普亲眼看到他和吴一洁在一起。

徐曼丽爽快地答应了：“行，这事我来安排。”

毛亚平笑着说道：“那我随叫随到。”

毕竟毛亚平进酒店是徐曼丽去找黄立鸣帮忙的，毛亚平此番表现也算是知恩图报。

第九章

上海的早晨，阳光明媚。吴中志打扮一新，揣着金波的戒指去酒店，决定公开向金波求婚。让他奇怪的是办公区一个人都没有。他看看前后空空荡荡的走廊，摇摇头，继续往里走，直到走进会议室，突然，“砰砰”两声，花筒响起。

同事们一拥而出，嘴里叫道：“Surprise！欢迎正式复职！”

吴中志还没回过神儿。黄立鸣从人群中走出来，笑脸相迎。毛亚平冲出来给吴中志一个熊抱。吴中志看着热情洋溢的同事们，知道是个欢迎会，也客气地笑笑，看着黄立鸣。

黄立鸣从身后拎出制服来，对所有人大声说：“我宣布，从今天开始，吴中志是我们和韩国洲际酒店合作项目的总负责人。”

毛亚平笑着说：“志哥，这是升了啊！”

大家跟着起哄。

吴中志一怔，皱起眉头，左看右看，没看到最想看到的金波的影子。于是挤过同事，凑到在熙旁边，问：“在熙，金波呢？”

在熙眼神躲闪：“好像在办公室……”

吴中志转身就走。在熙慌慌张张地回宿舍报信。金波收拾好行李，转身看着房间里的一切，恋恋不舍。

在熙说道：“金波，你就这么走了？志哥在找你呢！”

金波把一个包装好的礼物递给她：“我走了再给他。”在熙点点头，眼泪掉了下来，金波抱抱她，恋恋不舍地离开。

吴中志在办公室没看见金波，连忙给在熙打电话。

吴中志焦急地说：“在熙，金波没在办公室啊！”

在熙装糊涂道：“啊？是吗？哦，她好像说去前台了，美珠不舒服，帮她代个班……”

吴中志挂了电话又跑到前台，一直找不到金波，而金波正透过车窗太阳膜含泪望着他，只是他无法看到金波。

吴中志觉得不对，回头去宿舍找在熙：“金波到底去哪儿了？你不是说她跟前台调班吗？没有啊！”

在熙扭头看看墙上的挂钟，还没到和金波约好的时间，沉默不语。吴中志确定这里面有问题，冲了进去，发现金波的东西都没有了，急道：“金波呢？”

在熙没办法了，把金波留下的东西给了中志。

吴中志拆开一看，是两个人的合影，背面写着一行字：“希望你不会再遇到我这个倒霉蛋！”

吴中志看了一眼，吃惊地看着在熙：“金波什么时候走？”

在熙道：“十一点的飞机。”

吴中志抬头看挂钟，十点十五了。

吴中志抓狂：“你怎么不早说！”

在熙委屈：“我已经说早了，金波让等她起飞了才告诉你呢……她为了撤诉，答应了郑东旭的要求，只能回韩国结婚了！金波那么喜欢你，你真看不出来吗？还是你假装不知道？金波是爱你才离开你的……”

吴中志抓着照片转身就跑。

吴中志想方设法尽早赶到机场，十一点飞韩国的航班还是起飞了。正沮丧不已，他抬头发现了郑东旭的保镖，那保镖却躲闪着跑开，吴中志立刻振作起来追上去。原来郑东旭的护照不见了，一行人无法登机，这保镖要跑回酒店去取护照。

吴中志紧紧跟着保镖，保镖拿着护照回到郑东旭身边，吴中志也跟了过去，但是，他没看到金波。

吴中志问郑东旭：“金波呢？”

郑东旭狡黠地说道：“可惜，金波先走了，已经快到韩国了吧！”

吴中志呆住了，觉得再也没有办法追了，绝望地转身。就在这时，在他身旁不远处，金波含着泪水地笑着，在人群里看着他。吴中志的眼睛睁大了。两个人停在穿梭的人群里，相互凝望，眼睛里都是泪水。

吴中志突然跑过去，金波含着泪水，却难以抑制内心的快乐，她不好意思地说：“傻瓜，不知道我的飞机早就起飞了吗？”

吴中志笑道：“飞机经常晚点，我来碰碰运气。”

姜金波犹疑道：“那你是来送我的，还是……”

吴中志道：“我来求婚。留下来别走！嫁给我吧！”

姜金波瞪大了眼睛：“你确定吗？”

吴中志肯定地说：“我确定！”说着，吴中志掏出戒指。

姜金波感动不已，两个人像分别多年重逢的情侣一样，金波哭着紧紧把吴中志抱住，吴中志也紧紧抱着金波，好像一松手会再次失去。

郑东旭走到跟前：“我的护照已经到了，我们可以走了。”

姜金波对郑东旭道：“对不起，我没法儿跟你走了。”金波示意正在举着戒指的吴中志的手，道：“正求婚呢，怎么走得了呢？”随后接过戒指，对吴中志真诚地大声说：“我愿意嫁给你！”

四周围观的乘客，纷纷鼓掌祝福。

郑东旭还没回过神儿。

金波扑上去，给了吴中志一个吻。中志惊呆了，转而突然搂住金波的腰，把她拉回原位，回应了一个热烈的吻。金波害羞，轻轻闭上了眼睛。

这突如其来的公开求婚，让郑东旭不知所措。

吴一洁被徐曼丽管得紧紧的，只能和菲利普通过视频聊天儿，澄清自己跟毛亚平根本没有任何关系。菲利普也有了好消息，他得到美国《国家地理》杂志的聘书，有了一份令人艳羡的正式工作。

这天毛亚平奉徐曼丽之命，陪吴一洁逛街，制造假象，好让菲利普真正相信他们是一对情侣。吴一洁当然明白他们的用心，想要将计就计，去跟菲利普约会。

吴一洁千方百计想甩掉毛亚平，毛亚平却像牛皮糖一样黏着她。吴一洁转身怒气冲冲地看着他问：“你和我妈玩什么花招儿呢？有意思吗？”

毛亚平一脸无辜道：“你搞清楚啊，是你妈找我帮忙，我只是做个道具。”

吴一洁又问：“那你来家里吃饭，又死皮赖脸地跟我去逛街，是什么情况？”

毛亚平说："陪你散散心呗，都答应了你妈妈，我不能反悔吧？"

吴一洁一脸不悦："这哪是散心啊，明明是堵心！"

吴一洁突然改变战术，和颜悦色撒娇道："亚平哥哥……"

毛亚平一身鸡皮疙瘩："别，好好的，你这样还不如骂我呢！"

吴一洁趁机道："那你走走过场就算了，自己去喝杯咖啡，等我要回家的时候给你打电话，你说呢？"

毛亚平为难道："那怎么行，那不是欺上瞒下吗，这种事，我是做不出来……"

吴一洁不耐烦道："我听明白了，你是非要跟我死磕，是吧？真要死磕，你不是我的对手。"

毛亚平突然觉得不对头："我就不明白了，我怎么就搅和到你们的家事里了……"

吴一洁道："是吧，你中了我妈的计了！"

毛亚平双手一摊："不管中不中计的吧，反正我今天是跟定你了。"

吴一洁恨恨地看着毛亚平。

菲利普在二楼等着吴一洁，突然看到她从一楼上了电梯，正准备笑容满面地迎上去，又一眼看到她身后的毛亚平，于是站在原地不动，笑容逐渐消失。

另一边，在熙拎着包从另一侧电梯上来。

一洁看到菲利普，看着身后一直跟着的毛亚平，用嗲嗲的声音说道："亚平哥哥，求求你给我点儿私人空间好不好，拜托拜托！"

毛亚平一脸无奈道："不行啊，一洁，我已经跟你妈保证过了离你不能超过一米，不然你连门也出不了。"

吴一洁道："我妈是不会知道的，我是不会告诉她的，你也别跟她说，不就行了吗？"

毛亚平不假思索道："不行啊，你妈精得跟猴儿似的，瞒不过她。"

吴一洁一听逮住机会故意发难："什么，你说谁妈是猴儿？"伸手就打。毛亚平抱头躲避。吴一洁转身进了一家内衣店。毛亚平傻眼，犹豫着要不要进去，一咬牙跟了进去，走到吴一洁身边。

吴一洁瞪了他一眼：“你够执着的啊，这儿也跟进来。”

毛亚平硬着头皮说：“男子汉大丈夫，一言既出，驷马难追。”

吴一洁故意道：“给嫂子挑两件呗。”

毛亚平不好意思：“不用不用，还没女朋友呢！”

吴一洁点点头：“哦，这么惨啊，怪不得这么妒忌我们，非要把我们拆散了。”

毛亚平道：“我完全是响应你妈的号召。”

吴一洁拿过一条丁字裤比画着，故意放到毛亚平脸前：“觉得怎么样？喜欢吗？”她一心想赶走他，故意塞给他：“帮我拿着。”毛亚平无奈只好举着。

吴一洁又相中另一件，让毛亚平拿着两条内裤，比较，然后假装拿不定主意的样子问：“你觉得这个花的好，还是这个粉色的好？”

毛亚平无奈道：“别花的了，粉色低调一点儿。”

吴一洁说：“好，那就听你的，埋单去吧！”

服务员赶紧接话道：“先生这边请。”毛亚平无奈，只得默默掏卡。吴一洁趁机悄悄逃跑，找到菲利普，而菲利普却对她产生了怀疑。

毛亚平拿着内衣追上了吴一洁，说道：“一洁，那个丁字裤没有你的尺码了……”

菲利普看着毛亚平手里的内衣包装，对吴一洁责问：“什么情况？都送上内衣了，你竟然还说没关系！”说着推开吴一洁要走。

毛亚平看他动手很不爽：“你这文明社会来的，怎么这么不文明呢！”

吴一洁拉住菲利普死活不让他走。菲利普无奈道：“你讲清楚，他到底是谁？”

毛亚平立刻接话：“这还用讲吗？我是她男朋友！”

吴一洁气得不行，怒气冲冲地看着毛亚平，质问道：“毛亚平，你非要这样吗？我妈给你什么好处，你这么替她卖命！”

徐曼丽的声音突然响了起来：“没有好处，就是为了正义！”

吴一洁转身，才看到徐曼丽也在，惊问：“妈，你竟然一直都跟着？”

徐曼丽大声说："我在这儿，是为了让菲利普明白，他在这里是不受欢迎的。"

吴一洁生气地说："你竟然骗我！"

徐曼丽道："是你撒谎在先，你不是说不会跟菲利普见面吗？你不是说都分手了吗？"

菲利普看着一洁："分手是怎么回事？"

徐曼丽不屑道："我们家一洁已经当着家里人的面，答应和你分手，我看你还是做个明白人好。"

菲利普看看徐曼丽，看看毛亚平，再看看吴一洁，失望万分，无奈道："好吧，我确实是个不受欢迎的人。"他看着吴一洁，悲哀地说："一洁，我现在向你提出分手，谢谢你一直以来对我的帮助，希望你和你两小无猜的男朋友幸福。"说完，转身离开。

吴一洁要冲过去，徐曼丽赶紧去拉，没拉住，喊毛亚平帮忙："亚平，帮我拦住一洁！"

毛亚平上前抱住吴一洁，吴一洁喊着菲利普的名字。菲利普头都不回。

不远处，在熙拎着包朝这边走过来，她听到一洁的呼喊声，不由得看了过来，看到抱着一洁的毛亚平，还以为自己认错人了。

吴一洁没办法挽回，趴在毛亚平肩膀上哭了起来。

在熙喊道："毛亚平？"

毛亚平抱着吴一洁，听到有人喊他，回头一看，是在熙。

在熙看着他，同时也看到了他手里的内衣包装。

毛亚平赶紧把内衣装兜里。

在熙恨恨地看了他一眼："原来，世界上的男人都一个样！"说完，转身离开。

毛亚平急了，放开一洁就去追在熙。

徐曼丽连忙喊住毛亚平："哎，亚平，你这是……"

毛亚平道："阿姨，不行，出事了，后院起火了！我得去灭火！"

徐曼丽转身再看，吴一洁已经下了电梯，去追菲利普。徐曼丽气得直跺脚，马上去追吴一洁。

吴一洁追上菲利普，趁机约定和他私奔，说具体细节视频聊。

04

吴中志把金波带回家，金波不好意思，有些躲闪。

徐曼丽一愣："金波？你不是回韩国了吗？"

吴中志和金波相互看着，感觉气氛不对。徐曼丽坐在沙发上，一言不发，金波送来的礼物堆在一旁。

徐曼丽道："你们这是胡闹！回头郑东旭找来了，这日子还有法儿过吗？"

姜金波担心，没有说话。吴衍普拍拍徐曼丽的手，让她别生气。吴中志解释道："妈，我跟金波这次回来……是真的！"

徐曼丽生气道："真的才不行！"说着，扭身就回卧室了。

吴衍普对吴中志说："中志，你先送金波回去。这事……改天再说。"

吴中志和金波面面相觑。

吴一洁从自己房间里开门走了出来。吴中志高兴地说："一洁，过来见见嫂子。"

吴一洁眼都不抬，拿了瓶水边喝边说："告诉你们，我坚决反对异国恋！"说完扭身回去，把门重重甩上。

吴中志和金波都傻了。吴中志看着金波，金波没了主意。吴中志尴尬自语道："咱们这家人都怎么了？"

金波倒也明白情况，觉得不用着急。

回到宿舍，金波见在熙猛吃零食，不由得呆住了："不是声称要为毛亚平减肥十斤吗？"

在熙恨恨道："屁！他毛亚平算老几，还值得老娘为他减肥！"

金波不解："怎么啦，你们俩吵架啦？"

在熙道："要是吵架那么简单就好了。你走了，他说他比你好一百倍地疼我……"

金波更加不解：“那不挺好的吗？”

在熙拿出丁字裤，扔在地上：“我约他逛街，他撒谎说参加葬礼，结果被我撞见在陪一个女孩儿买内衣，性感丁字裤。”

在熙说着说着，要哭，用力踩着丁字裤。金波赶紧过去把她抱在怀里。

金波道：“你是不是误会他了？”

在熙哭哭啼啼地说：“没有，我还看了那个丁字裤了……他说送给我的。”

金波苦笑着，给在熙擦眼泪：“好了好了，我回来了，明天帮你去找他算账！”

05

安然跟吴中志分手后，试着交往了几个新男友，都没有找到感觉。这天她走进工作室，大家给她问早安，安然礼貌回应，助理丽丽端着早餐跟着进了她的工作间。

丽丽八卦道：“安然，赵总好几天不来送你了啊？”

安然脱下外套，轻描淡写地说道：“我们分手了。”

丽丽惊讶道：“又分了？这都第几个了，你妈不是对这个挺满意的吗？”

安然双手一摊：“没办法，不合适。而且发布会快开始了，工作重要。”

丽丽见安然不想细聊，知趣地放下早餐，离开了。安然拿过早餐，闻了一下，感到恶心反胃，皱了皱眉把早餐放在一边。到了晚上，安然突然又觉得反胃，捂嘴跑去厕所。

丽丽连忙跟去，关心道：“这是怎么了？”

安然道：“可能最近加班加的，应该是胃炎又犯了，而且整天晕晕的，烦死了！临到发布会了身体出状况。”

丽丽眼珠一转：“头晕、恶心，你不会怀孕了吧？”

安然一愣：“怎么可能？”

丽丽道：“可你这跟怀孕症状差不多，还是去医院检查一下保险。”

安然觉得没必要：“不用。”

丽丽走后，安然觉得不对劲，还想吐。到医院一检查，真的怀孕了。她回忆了好一阵儿，确定是吴中志的孩子，尽管已经知道吴中志和姜金波在谈恋爱，还是决定找上门去。

第十章

01

吴中志陪着姜金波挑选婚纱时，安然打来电话。吴中志生怕金波误会，决定不接。

姜金波穿着婚纱出来，吴中志看傻眼了。白色的婚纱、柔和的灯光，映衬得金波宛如仙女下凡。

他们决定就要这套婚纱，却被店员告知刚刚有别的客人抢先下单。他们如果要，必须另外预订。吴中志一转头，看到抢单的客人竟是安然。

安然似乎无意中看到他们，假装表现出非常吃惊的样子。姜金波也看到了安然，心里“咯噔”一下。

安然笑盈盈地走过来，说：“你也看中这套婚纱啦？太巧了！但是我着急用，要不等我结完婚送给你吧。婚纱这东西，反正只穿一次。”

姜金波不好意思地笑着说：“谢谢，不用了，我们再订其他的。”

吴中志感觉安然是故意的，警惕地看着安然。

安然看着吴中志：“怎么这么看着我？”

吴中志问道：“你要结婚了？”

安然说：“对啊！”

吴中志面无表情地说：“恭喜。”

安然意味深长地看了一眼吴中志：“同喜。”

空气里弥漫着火药味。吴中志觉得自己再多说，安然极有可能会甩出惊人之语，赶紧设法回避。他牵着姜金波的手，把她领到更衣室旁，说道："你换衣服吧，我们去另一家看看。"

安然看到吴中志如此呵护姜金波，心里十分不爽，酸溜溜地说道："婚纱店我都看过了，就这件是最漂亮的，其他的婚纱烂得不行，我劝你们不要去看了。"

姜金波看了一眼吴中志，听话地去换衣服。吴中志看着姜金波离开后，走回到安然这边，把安然拉到一旁，很不爽地发问："安然，你什么意思？"

安然假装不在意："当然是好意啊，你们时间那么宝贵，上海这么多婚纱店，逛一圈多浪费时间，最后肯定还是就这件最好……"

吴中志看着她："最好的让你选走了，剩下的都是垃圾。你结完婚，把婚纱再送给我们，成了二手婚纱，你非要这样恶心我们是吗？"

安然说道："这你就不对了啊，我是为你考虑，省钱……"

吴中志生气地说："我谢谢你！还有，以后别给我打电话，咱俩可是已经说好了，彼此不再干涉，彻底分手，以后谁也不要联系谁！"

安然双手叉腰道："问题是现在情况变了。下午三点，我在咖啡厅等你，有事要说，很重要的事。"

吴中志一愣："不用等，我是不会去的。"

安然威胁道："你想好了啊，别怪我没提醒你。如果你不来，我就让全世界知道一件事。"

姜金波已经出来，看到他们心里不舒服，她走到一边假装看另一套婚纱，远远地试图听清吴中志和安然的对话。

吴中志打破沉默："什么事你要让全世界知道？"

安然看着他："你来不来？你不来，我现在就去和姜金波说！"

吴中志赶紧挡着她："真的重要吗？"

安然一字一板地强调："特——别——重——要！"

吴中志看着她，皱起了眉头。

安然压低了声音："你如果不来，我能保证你和姜金波的婚结不成……"

吴中志傻眼了，立刻妥协道："好吧，三点。"

咖啡厅里，安然说着“那婚纱是为我们俩准备的”，随即把怀孕的化验单给了吴中志，启发道：“想起来了吗，去韩国之前的那天晚上？你再算一下日子，正好就是那天……”

这突如其来的消息，把吴中志愁坏了。

徐曼丽也知道安然怀孕了。

02

徐曼丽、吴一洁和奶奶坐在客厅的沙发上，高高兴兴地看电视。徐曼丽表面若无其事，心里想着吴中志的事。

奶奶高兴地说：“这一洁在家真好啊，就是个开心果，以后别再出国了。”

吴一洁想说话，徐曼丽接过话茬儿道：“一洁不会再出去了。”

吴一洁心里有鬼，赶紧给大家端茶倒水。

奶奶心疼道：“一洁，快点儿坐下！都忙活一晚上了，又拖地又刷碗的。”

徐曼丽道：“她一勤快，肯定马上开口要东西。一洁，你是不是又有什么无理要求？”

“妈，看你说的，我有那么势利吗？”吴一洁不满道，过了一阵儿到底开了口，要求第二天出门，说是给好朋友过生日。徐曼丽马上反对，吴一洁立刻向奶奶求救。

老太太当然替一洁撑腰：“不像话！我做主了，从现在开始，我们家一洁想去哪儿就去哪儿。”

吴一洁扑倒在奶奶怀里：“还是奶奶疼我。”

奶奶抚摩着吴一洁的头：“我最喜欢的就是我这孙女，但是别出国就行。”转头对徐曼丽道：“孩儿她妈，我这老太太都说话了，这个面子给不给？”

徐曼丽无奈道：“行，但是不能回来太晚。”

吴一洁撒娇道：“奶奶，她又加条件……”

徐曼丽说："好了，我不管你了，但就是不能去见那个菲利普。"

吴一洁不满道："菲利普早就回美国了！"

徐曼丽不信任地看了吴一洁一眼，吴一洁心虚。想着要和菲利普私奔，就得离开家人，心里特别难过。这两天，她抓紧找借口出去给家人买礼物。

03

吴中志不敢贸然把安然怀孕的消息告诉金波，跟毛亚平讨主意。

毛亚平想了想："我劝你还是别说。你想啊，如果你说了，肯定挨金波一巴掌，然后分手，你前女友怀了你的孩子，你俩这日子还有法儿过吗？"

吴中志发愁："不说也不行啊，哪天她自己知道了，事就大了！"

毛亚平说道："这事要是换了我，我就不管她怀孕不怀孕，生就生呗，都没感情了，能怎么着我？一看我不搭理不管不顾一副吊儿郎当的样儿，她直接就去医院把孩子做了，还生什么生！"

吴中志道："也就是你能干出这种事来！"

毛亚平双手一摊："这事你也别装伟大，谁都不想伤，最后一个结果——都伤了！只会落得鸡飞蛋打，煮熟的鸭子也飞走了！"

最终吴中志还是纠结着把事情告诉金波了。金波蒙了，一时不知道如何应对。

徐曼丽自从知道安然怀孕的消息后，也一直在想对策，这天索性找上安然工作室。

徐曼丽直截了当地问："你想怎么办？"

安然反问道："阿姨，您想怎么办？"

徐曼丽不屑道："我孙子在你肚子里，你当然是甲方了。"

安然道："阿姨，之前的事是我不对，我现在想明白了，先给您道个歉。"

徐曼丽皱眉，不明白安然的态度怎么突然变了，淡淡地说："道歉就没必要了，你就说你想怎么解决吧。"

安然坦率地说想和吴中志结婚。徐曼丽不同意，说吴中志要和姜金波结婚。

安然不依不饶道："阿姨，我就那么让你讨厌吗？"

徐曼丽稍加思索："我不讨厌你，但是也说不上喜欢。我听说你也找到合适的对象了，这才是往前看的正确方式。"

安然看着徐曼丽："为了孩子，我也要和吴中志结婚！"

徐曼丽劝道："安然啊，你和中志真的不是一类人，你不是从骨子里喜欢他这个人，而是喜欢你脑子里的那个影子，非要把吴中志打造成那个人。日子久了，你觉得他越来越难看，而他也会觉得你越来越苛刻，你们已经分过一次手了，都看清楚了，何必再纠缠不清呢？"

安然执迷不悟道："阿姨，你不要这样说。我现在越来越喜欢中志，我怀念和他在一起的日子。我们一家三口，肯定会特别幸福。"

徐曼丽摇摇头："既然你喜欢他，何必难为他呢？他现在有喜欢的人了，你说呢？"

安然道："阿姨，每个人都有追求幸福的权利，对吗？"

徐曼丽无奈："对，没错，但是也要看对方是不是真的幸福。如果只有你一个人感到幸福，而伤害了其他人，那你的幸福就是自私。"

安然无言以对，想了想，语气稍硬："不管您说什么，这个孩子我要定了。"

徐曼丽道："好，既然你这么坚定，这个化验单，我拿走，你不介意吧？"

安然想了想："拿走吧。"

徐曼丽起身："安然，阿姨跟你说一句诚恳的话，你要生下来，咱有生下来的方法；你要打掉，我们全家也会精心照顾你。哪一种方式对所有人都好，你自己去衡量。"

徐曼丽说完，转身离开，留下安然一个人发呆。

徐曼丽不跟任何人商量，开始发请帖，预备提前给吴中志和姜金波办婚事。

就在这时候，奶奶发现吴一洁留下的信，信封上写着："全家人启，不孝女吴一洁。"

奶奶读信："亲爱的奶奶、爸爸、妈妈、哥哥，你们发现这封信的时候，我可能已经在去往美国的飞机上了，我和菲利普最终还是决定在一起……"

徐曼丽大怒："什么？这孩子和菲利普私奔了？"

奶奶继续读："知道妈妈、爸爸看到这封信后不会原谅我，但我永远是你们的女儿，希望有生之年……"

奶奶读到这里突然问吴衍普："我有生之年见不到一洁了吗？"

读到这里，奶奶再也受不了了，突然晕倒。

吴衍普大喊："快叫救护车！"

徐曼丽一边和吴衍普送奶奶上医院，一边吩咐毛亚平去追回一洁。

这边奶奶好不容易脱离危险，那边毛亚平好歹追上一洁了。

毛亚平上气不接下气地说："你奶奶因为你心脏病发作了！是跟这个洋鬼子私奔看着你奶奶死，还是赶紧回医院看看，你看着办！"

吴一洁大吃一惊："你说的是真的吗？"

毛亚平指着吴一洁："你，你不是我妹妹，要是我妹妹，一个大嘴巴先把你抽醒！"

毛亚平拉着吴一洁大步走。走了几步，吴一洁回头看看菲利普，突然甩开毛亚平的手，朝着菲利普扑过去，紧紧抱着他。

一边是心脏病发作的奶奶，一边是心爱的人以及全新的生活，吴一洁的眼泪掉下来，最后还是跟着毛亚平走了。

第十一章

吴一洁喘着粗气找到病房，急着问："奶奶怎么样了？"徐曼丽上前一巴掌扇在吴一洁脸上，在场的人都傻眼了。

徐曼丽一气之下打了吴一洁，自己也是无比心疼。她看着女儿说：“奶奶刚过危险期，你知道自己做错了，就赶紧进病房跟奶奶道歉去！”

吴一洁走到奶奶面前，奶奶没睁眼，翻身，面朝里面，不搭理任何人。

吴一洁绕过病床，坐到奶奶面前，轻声道：“奶奶，我是一洁，我回来啦！”

奶奶一听是一洁，睁开眼，笑了起来：“哎哟，宝贝孙女，你可回来了，奶奶还以为再也见不着你了呢！”

吴一洁抱着奶奶，眼泪流了下来：“奶奶，我再也不走了……”

奶奶动情地说：“你可是奶奶的心肝宝贝，奶奶盼了你好几年才把你盼回国。你要是再走，奶奶就怕再也见不着你了。”

吴一洁道：“不会的，奶奶，以后我天天陪着你，再也不惹你生气了，对不起，奶奶……”

吴一洁哭着和奶奶相拥。

安然以怀孕前三个月需要特殊照顾为由，找徐曼丽商谈。徐曼丽只坚持一条，绝对不能让安然和吴中志结婚。

徐曼丽恼怒地说：“我们家也不是不讲理的，如果不讲理，你爱咋地咋地，肚子是你的，我们不管，你也没办法，不是吗？我现在讲理，好，这几年你折腾中志还不够吗？他什么都听你的，什么事都你说了算，折腾到最后，他向你求婚，你拒绝他，瞒着他去相亲。你说，你讲理吗？现在你们分手了，你跑来说怀孕了，非要再结婚生孩子。孩子我们负责，但是结不结婚不是你说了算的。”

安然道：“我现在看在孩子的分儿上，已经在和你讲理了。”

徐曼丽生气道：“那你说，让中志天天伺候你，他不上班啦？”

安然道：“人家怀孕身边围着一堆人嘘寒问暖，我这现在为参加设计大赛的事天天加班，一个人还得做饭，太累了，关键还是对孩子不好。”

徐曼丽眼睛一瞪：“行！好！我来给你做，我给你送，行不？”

安然得寸进尺：“那我现在孕吐得厉害，每天上下班又没法儿开车，让中志送我上下班，总可以吧？”

徐曼丽咬着牙：“安然，咱可说好，我们做了这些了，你就不能再提结婚的要求。”

安然道：“阿姨，你放心，我是讲理的人，不会无理取闹的。”

徐曼丽一狠心，拍桌子道：“好，就这么决定了。”

02

吴中志一听安然同意不结婚，非常高兴，但一寻思安然提的条件，犯难了：“可是这不好办啊。你这边给她做饭送饭，我这边接送她上下班，这让我怎么跟金波解释啊？”

徐曼丽一听，觉得在理：“也是啊，中志，我好像是上了安然的套了，这有点儿欲擒故纵的意思啊，这等于她一人怀孕，咱家里给出俩佣人，一保姆、一司机。我越想这事，越觉得堵得慌。”

吴中志道：“要不这样，妈，你去给她送吃送喝，我就别接送她上下班了，让我爸去。”

徐曼丽急道：“不行！你还想把你爸搭进来，一家人都给她使唤啊？”嘴里这么说，似乎又没有更好的办法。徐曼丽很担心吴中志和姜金波的婚事受影响，决定速战速决，让他们一周之内结婚。

这天安然大模大样堵在酒店大堂，让吴中志去她工作室帮忙搬东西。在熙恰好看见，赶紧告诉金波。

一大堆物品，吴中志一一搬运，累得不行，却又无可奈何。在熙和金波远远在出租车里看着，在熙小心翼翼地看着金波的表情。

金波看着吴中志的身影，再看看他旁边的安然，沉默不语。安然还不时体贴地给吴中志擦汗。吴中志想挣脱，安然却无比坚持。两个人像在演戏。

在熙不满道：“你们都要结婚了，这吴中志有点儿过分吧！”

姜金波看着吴中志，依旧沉默。

在熙替金波着急：“金波？没事吧？你要是想惩治这个脚踩两只船的渣男，我现在就去把他给你拉过来当面对质。”

金波连忙制止在熙：“别去，这事我知道。”

在熙瞪大眼睛："你知道？"

金波面无表情地掏出手机，给吴中志打电话，那边吴中志看了一眼连忙接起："喂？金波？"

金波问道："你在哪儿呢？"

吴中志迟疑了一下，撒谎道："哦，我在外面买点儿东西，马上回酒店。"

金波道："是吗？那你回来找我一趟，项目材料书出了点儿问题，咱们聊聊。"

吴中志马上回道："好嘞，我一回去就找你。"

03

回到千岛湖酒店，吴中志马上去找金波。金波毫不留情地揭穿吴中志的谎言，指出他明明是给安然搬东西，却故意说出去买东西。

吴中志赶紧求饶道："我这不怕是你生气吗？金波，你听我说，我有好消息告诉你。"

金波看了一眼吴中志，没好地说道："什么好消息？"

吴中志道："安然答应不和我结婚了！"

金波一听喜出望外。但是再听安然提出的其他条件，什么做饭、接送，金波马上不高兴了，直接背过身开始工作。吴中志委屈又为难，但也没有办法。

吴中志开车送安然回家的时候，安然想方设法要挽回这段感情。她兴致勃勃道："中志，我觉得我们可以开始给孩子取名字了，你说呢？"

吴中志无奈道："太早了吧？"

安然摇头说道："不早了，也就几个月。我都想好了，要是女儿呢，就叫小藤，我希望她兄弟姐妹如枝叶繁茂，不要像我一样孤孤单单的，儿子的话，你想一个？"

吴中志一言不发。

安然沉下脸："你要是这么不欢迎这个孩子来这个世界，何必还非要说自己能负责任。”

吴中志无奈：“欢迎，我当然欢迎。”

安然道：“那你是不想和我说话？以前你可不是这样的，以前咱俩在一起的时候你话多得我都嫌烦……”

吴中志打断她：“安然，那是以前了。”

安然一颗火热的心，被泼了冷水，一下子安静下来。

好一阵儿，安然摸着肚子道：“中志，你有没有想过，这个天使突然来到我们中间，就是老天爷觉得我们不应该就这样结束，所以才给了我们一个重新开始的机会。中志，我们是有感情基础的，这点很重要，你和金波只是一时的激情，你再好好想想，好不好？”

吴中志不耐烦道：“安然，别说了……”

安然突然想吐，吴中志连忙靠边停车，安然打开车门跑到路边，一阵干呕。

吴中志心里难受。

回到家，安然突然一把抱住了吴中志，号啕大哭着问：“你真的不要我了吗？”

吴中志沉默片刻道：“对不起，安然，是我亏欠你了。我一定会尽我最大的努力去补偿你，你说什么都行！”

安然转头道：“什么都行……除了娶我，对吧？”

吴中志去扶安然，不回应，安然苦笑。

发现纠缠吴中志不行，安然改变策略，去找姜金波，她说：“我挺佩服你的，如果我是你，可能早就歇斯底里了。”

姜金波道：“现在，你不是也在我的面前。”

安然上前一步：“但是，我现在理智很多。”

姜金波面不改色：“真理智的话就不会想把孩子生下来了。”

安然一副很骄傲的样子：“孩子是上天赐予的礼物，我当然要生下来，中志也会为我的孩子负责的。”

姜金波道：“只要责任不要爱，有意义吗？”

安然死不认输：“你怎么知道中志对我没有爱？你忘了我们在一起多久了吗？”

姜金波冷静地说：“你们分手也挺久了，我才是吴中志现在的女朋友。”

金波的反应太让安然出乎意料。安然本以为只要她一找上来，这个韩国女孩儿就会气哭，或者气得跟吴中志大吵大闹。这样一来，吴中志不胜其烦，迟早也会离开她。没想到自己的对手如此理性。

安然发现硬的不行，于是来软的，口气柔和地说：“金波，其实我今天来是想跟你道歉，我不是想故意破坏你们，但是这天意很难违背，是老天觉得我和中志的缘分未尽，所以才让我们有了这个孩子。”

姜金波一笑：“孩子是孩子。安然姐，你应该很清楚，中志是不会因为这个孩子重新爱上你的，更何况我们现在马上就要结婚了。”

安然奋力反击：“姜金波，你还考虑和吴中志结婚？你真的能做到不介意我们之间这个血缘纽带吗？我们中国有句古话，叫母凭子贵，难保将来中志不会因为这个孩子对我回心转意。”

姜金波没有被她的话吓到：“将来的事谁也说不准，我只要确定中志现在是爱我的就足够了。”

安然没料到姜金波如此强势，反被将了一军。

安然道：“这个孩子出生以后我肯定要和中志一起抚养的，你也无所谓？”

姜金波一顿：“如果中志爱这个孩子，我当然会全心全意爱他、接受他。”

安然冷笑：“你肯定比吴中志痛苦。我知道，我能感觉到，你爱他。”

姜金波被戳中软肋：“当然。”

安然用尽心思劝姜金波和吴中志分手，问：“我要是永远夹在你和吴中志之间呢？”

姜金波听到这里不由得一愣。说实话，这也是她内心的忧虑。她可以因为爱情而守候吴中志，但如果安然总是没完没了地横插一杠，那确实令人烦恼。何苦要自寻烦恼呢？但是离开吴中志就不烦恼了吗？金波不由得叹息一声。

安然强调道："我是不会轻易放弃的。"

金波想了想，道："你现在已经天天夹在我们之间了。我承认是有一些困扰，不过并不会影响我们之间的感情。"

安然道："你要知道，他现在还没有做最后的决定。一旦有了孩子，这男人是会有很大改变的。一旦你们结婚，将来就会有更多的问题，所以我劝你……"

姜金波打断她："应该是我劝你。你的问题出在自己身上。感情是两个人的事，你现在用孩子做筹码硬闯进我和中志之间……"

安然愣住了，吃惊道："姜金波，你才是闯入者，是你拆散了我和中志！"

姜金波看着安然："你心里明白，拆散你和他的不是我。"

安然也毫不妥协地看着姜金波。看姜金波一直态度强硬，安然转而换了一个方式，把手伸过来，拉住姜金波道："金波，中志现在很痛苦！你忍心看他这样吗？如果你真的爱他，就离开他吧，不要让他再这样纠结了。"

姜金波抽开自己的手，走到窗边，看都不看安然，道："我不会离开的。你走吧，我就当你今天没来过。"

安然一听，知道说服不了姜金波，也恢复常态："好，既然话说到这一步了，我也不强求什么了，只是希望你将来不要后悔。"

徐曼丽被迫给安然做饭，已经是忍气吞声，安然还非常挑剔。她用筷子挑了挑保温盒里的菜，面露愠色道："阿姨啊，你把这些拿回去吧，我吃不了。"

徐曼丽不解："怎么了？为什么吃不了？"

安然道："你看，西芹腊肉，您不知道孕妇不宜多吃这种腌制食品吗？吃多了对胎儿不好。"

总之，一大堆东西没有一样对安然的胃口。徐曼丽看自己辛苦做了一桌子的菜被嫌弃成这样，憋的一肚子气眼看就要爆发，安然反而一脸委屈道："阿姨，您不会生气吧？我都是为孩子着想，这些都容易导致流产。我知道您肯定不是故意的，但以后还是要多注意啊。"

徐曼丽反应过来，安然这是在没事找事。她努力克制住情绪，将最后一个保温盒打开，说道："那咱喝点儿桂圆红枣汤吧，这总可以了，大补。"

安然道："阿姨，一看就知道您没做功课。我都查过了，桂圆、荔枝这一类的热性食物会导致内热加重，有碍养胎的，唉……"

徐曼丽终于受不了了："安然，那你说说，这世界上还有你能吃的东西吗？这怀了孕的女人是不是都得饿死了！"

安然道："您干吗冲我发火啊，我说的都是实话。再说，我也是为了你们吴家的大孙子才这样小心翼翼的。您以为我不想吃啊，我是不敢吃，您要这么说我，我吃就是了。"

安然说完坐回桌前拿起碗勺就要开动，徐曼丽气急，一步上前夺过碗。

徐曼丽越想越生气："行了行了，不吃就不吃，你说你要吃什么，我回去给你重做，这下行了吧！"

安然不时找各种借口给吴中志打电话，好几次金波跟吴中志在一起，恰好安然的电话打过来，金波实在不高兴。

这天吴中志请金波看电影，表示歉意，没想到吴中志的电话还是响个不停，一会儿是徐曼丽跟他诉苦，说安然如何找碴儿、难侍候，一会儿是安然要这要那，看个电影都不安宁。

看了一阵儿，吴中志又接电话的时候，金波站起来就走。吴中志赶紧追出来。

姜金波气冲冲道："不用解释了，我知道你心不在这儿。你走吧，不然还影响其他人。"

吴中志歉疚地说道："明天，明天晚上我把时间腾出来。"

姜金波一脸不悦：“没关系，你赶紧去忙吧。”

吴中志道：“那我先送你回去。”

姜金波一摆手：“不用了，你自己去吧，我要回去把电影看完。”

吴中志看着姜金波的背影，无可奈何，安然的催命电话又响起，让他过去，吴中志只能离开。

姜金波回头看吴中志离开，伤心不已，她一个人在座位上看电影，默默流着泪。

06

侍候完安然，吴中志回酒店找金波，金波不接电话，也不开门。吴中志咬咬牙，决定从隔壁阳台爬过来。金波听到动静，大吃一惊。吴中志半个身子在外面探着，情况十分危险。

姜金波气得大骂：“吴中志，你不要命啦？”

吴中志困难地呼吸着：“金波，你听我说！”

姜金波看下去，不由得倒抽一口凉气，太高了，赶紧道：“好好，我听你说，你赶紧先过来！”

吴中志手一滑，姜金波心脏差点儿跳出来，赶紧一把拉着他，眼泪快下来了，喃喃道：“你这是干吗？疯了啊！”

姜金波终于把吴中志拉进了阳台，怒道：“吴中志，你知不知道你这种做法很幼稚？”

吴中志好话说了一箩筐，百般劝解，金波稍稍回心转意的时候，电话铃声炸弹般响起，吴中志知道是安然打来的，气得脸都要绿了。金波狠狠地看着吴中志，吴中志恨不得把手机扔出窗外。金波突然决定要和吴中志一起去见安然。

门铃响起。安然知道是吴中志来了，欢快地去开门。

打开门，安然傻眼了。姜金波手里拎着一大袋子食材，正冲自己笑得灿烂，后面的吴中志一脸窘迫。

“听说你想吃酸的啊……”姜金波说着，径直进了安然的家。安然抱着双手看着吴中志和金波，吴中志一语不发。

姜金波则挽起袖子开始准备，她对安然说："给你做泡菜锅吧，我很拿手的，绝对够酸！

安然黑着脸说："我不爱吃韩国菜。"

姜金波道："噢，那酸菜鱼，中国菜了吧？"

安然索性说不吃了。姜金波真诚地对安然说道："你应该知道，对中志很重要的一个项目开始启动了，这对他来说是个非常重要的转折点，机会难得，所以在这个节骨眼儿上他不能过多地分心。而你的各种要求已经严重影响了他的工作，这也不是你希望看到的吧，安然姐？"

安然道："然后呢？你打算怎样？"

姜金波一笑："既然我说了要和中志一起承担，那当然他的责任我应该负一半，所以从现在开始到孩子出生，这段时间你在生活起居上有任何问题，我来解决，我代替中志照顾你，没问题吧？"

安然一脸不悦："有问题，我不想你天天出现在我面前，我见到你就难受。"

吴中志和姜金波面面相觑。

第十二章

徐曼丽好几次认真做好的饭菜，安然一口都不想吃。一怒之下，徐曼丽不干了，甩手走人。

吴中志下班的时候带着盒饭过来，安然却吃得风生水起，一点儿都不剩。吴中志把自己碗里的给她拨一半，又吃光了。安然道："你也许不信，我跟你吃饭，感觉胃口特别好，米饭都能多吃一碗。"

吴中志道："你用我下饭啊？对了，你以后别气我妈了，她今天回去差点儿累病了，躺床上半天没起来。”

安然不断撒娇，软磨硬泡，想重新唤起吴中志的温情，而吴中志却有点儿软硬不吃的意思，安然终于怒道：“好，既然我让你这么看不起，你走吧，以后不用管我们娘儿俩的死活！你和姜金波去结婚度蜜月吧！”

吴中志深吸一口气调整情绪：“安然，你到底想怎么着？”

安然道：“我就想让你多陪陪我，难道这也不行吗？”

安然说着，突然想要呕吐，用手捂着嘴。

吴中志无奈，语气软了下来：“安然，我不想找借口，也知道这件事你是最受委屈的，那我们先维持现状吧，我会给你一个交代的。”

安然没有说话。

办公室里，吴中志埋头在工作，一杯热奶茶递了过来。

吴中志抬头一看，是金波。

吴中志道：“谢谢。”

两人互相望着，愁肠百结，这时安然的电话再次打来。吴中志看了一眼金波，金波没有说话，吴中志确实没办法，犹豫一下还是接听了。

电话里传来安然肉麻的声音：“亲爱的，你什么时候来接我？”

吴中志平常生怕手机音量太小接不到电话而误事，所以手机音量调得很大，身边的人都可以清楚听见电话里的声音。金波听到安然对吴中志撒娇，心里难受，不想再听下去了。吴中志也特别反感，皱眉道：“安然，好好说话。”

安然道：“好，我现在在逛街，突然特别累。你快来接我吧，再不来我只能睡大街上了。”

吴中志不耐烦道：“好，你等我一会儿，我就过去接你，你不要催我。”

安然说道：“我等你半天，你有什么不耐烦的啊？”

吴中志看着金波，金波看着吴中志，转身离开。

吴中志无奈：“我马上就来。”

02

夹在安然和金波之间左右为难，吴中志筋疲力尽，突然想打退堂鼓，让金波放弃他算了。而金波却真挚地说要和他共同面对。

吴中志感动地看着她道："金波……别再坚持了，这样对你的伤害只会越来越大，不管我怎么选，都是错的，反正都会伤害一方。我选择伤害你。"

姜金波道："长痛不如短痛，是吗？你想让我快点儿解脱……其实你的选择伤害最大的是你自己，因为你不爱安然。为了责任，你把自己的后半生放在一场你不愿意接受的婚姻里，这是一段更长的痛苦。你想用你现在的选择惩罚自己，来弥补对我的伤害，对吗？"

吴中志道："原以为可以让你成为世界上最幸福的女人，可我现在做不到了，而且还让你越来越痛苦。金波，我现在已经丧失了爱的权利，别等我了，分手吧。"

吴中志转身离开。

姜金波眼泪涌出，看着吴中志的背影，大喊："吴中志你浑蛋！我不同意！"

这个把爱情看得非常重要的女孩子，好不容易爱上一个人，却要面对如此多的烦恼，放手吧，不舍得；不放吧，特别痛苦。她觉得，早知如此，还真是不该来中国。

安然要求吴中志带她到以前经常吃饭的地方去。到了之后，她一脸幸福地看着熟悉的环境，说："你还记得吗，咱俩一有好事庆祝的时候，就会来这里，吃一碗小馄饨。上次生病，你还大半夜出来给我买回去了……"

吴中志没有说话。服务员端上来两份馄饨。

安然将馄饨放在吴中志面前，递给他勺子。吴中志不接，说："你吃吧，我不饿。"

安然默不作声地自己吃。吃了几个，她突然感叹："这么多年，这家店的馄饨还是那个味道，怎么会不变呢？"

安然吃着，眼泪掉了下来，她说："咱俩本身好像也都没变，还是这家店，还是这个地方，可是我们在一起的感觉却变了。感情似乎还没有这个馄饨长久，从什么时候产生了隔阂呢？"

吴中志求饶般叫道："安然……"

他们都很清楚，人与人之间的感情是需要好好维护的，不然一旦变质，很难反转。

吴中志坐在沙发上。小小的家，被安然收拾得很温馨。

安然道："我去换衣服，你自己随便喝东西吧，冰箱里都有，还在原来的位置。"

吴中志坐在沙发上，没有动，旁边的书架上，还放着两个人的合影。一侧的书桌上，放着两个马克杯，杯子的印花是两个人的心形图像。

安然换完衣服出来，顺着吴中志的视线，看到那两个杯子。

安然苦笑道："这是去年过生日你送我的吧，又俗气又土，关键是便宜。早知道让你送我个钻石项链什么的了，宰宰你。"

吴中志心里一阵难受。

安然看吴中志没动，说道："怎么，你又不是没来过，还真把自己当客人啦，自己吃什么、喝什么，冰箱里有。"

吴中志打开冰箱，看到几瓶啤酒，问："你还喝酒？"

安然笑了一下："没有，你之前来我家里不总是抱怨没有啤酒吗？所以我常备着几瓶啤酒，怕你哪天来了，没想到你今天真的来了。"

吴中志心里说不出的难受："安然……"

安然热情地说道："喝一瓶吧，我都准备了这么久。"

安然把两个人的杯子拆开，放一个在吴中志面前。

马克杯上，象征爱情的心形特别显眼。

吴中志道："我开车，不能喝。"

安然热情没了："哦。"

吴中志又说：“你去睡吧，我在客厅随便坐一会儿。”

安然有意开着卧室的门，背身躺在床上。吴中志坐在沙发上，看着安然孤单的背影。安然心里难过，眼泪都要流出来了，拼命抑制。不一会儿，听到吴中志的关门声。他还是走了。

半夜，安然突然肚子疼，赶紧给吴中志打电话求援。吴中志进门，看到安然躺在地上低声呻吟着，疼得浑身是汗。吴中志抱起安然就跑。

吴中志焦急地等在走廊里，看到医生出来，赶紧跑上前。

医生说道：“孩子没事，多亏你送来得及时，没有大碍，这大人怎么还天天加班到半夜，不知道这个时候要保胎啊？赚钱不要命啦！”

吴中志看着熟睡的安然，心疼不已。他握着安然的手，趴在床边，渐渐睡着了。早晨，安然醒来睁开眼，看到疲惫的吴中志，伸手摸摸他的脸庞，也是无比心疼。

03

酒店里，记者们的镁光灯闪耀。书写着“韩国洲际酒店和中国千岛湖酒店的合作仪式”大字条幅迎风招展。

会场上的氛围非常热烈。黄立鸣、金波、在熙和毛亚平都在焦急等着吴中志。金波穿着漂亮的礼服，每个人穿得都很正式，而吴中志却还没有到，电话也打不通。

黄立鸣亲自上阵，布置任务，让姜金波去接待韩国代表。

长会议桌的尽头，背身坐着一个人。姜金波道：“您好，我是这次中韩合资项目的韩方负责人姜金波。欢迎您来参加我们中韩合作的发布会！这是会议流程……”那人转过身，竟然是郑东旭。

姜金波一愣，郑东旭起身，笑着说：“姜金波女士，你好。我是韩方的代表，郑氏集团的郑东旭。”

姜金波惊讶道：“你怎么又来了？”

郑东旭道：“这次真的不是为了你来的，我现在代表郑氏集团来参与合作，我的身份是股东。”他得意地解释，郑氏集团已经收购了韩国洲际酒店。

姜金波心头一紧。

郑东旭堆起笑脸："不管是谁，都是为了项目尽心尽力嘛，我提前祝咱们合作顺利，发布会圆满成功！"

姜金波傻眼，她知道郑东旭肯定是醉翁之意不在酒。

安然看着熟睡的吴中志，摸着他的头发。看着这张熟悉的脸庞，有些不舍。吴中志从病床边迷迷糊糊地醒来，看到的是安然的一张笑脸。突然想起新闻发布会，吴中志急得马上拨打金波的电话号码，请她准备一下正式的衣服，说自己马上赶过去。

吴中志挂了电话，对安然说了句"照顾好自己"，马上冲了出去。安然担心地看着。

姜金波挂了电话，看着郑东旭道："郑先生，发布会马上就开始了，请您入座。"

郑东旭别有意味地看着金波，金波故意避开他的视线，郑东旭点点头，起身，从金波身边走过。姜金波正好抬头，两个人彼此视线交错，又飞快地避开。

姜金波立刻出去找到毛亚平，让他把自己的衣服脱下来给吴中志应急。

吴中志飞快地开车，终于在最后时刻赶到。

金波穿着礼服，在大堂等他，示意他跟着自己走，然后拿出毛亚平的西服、领带、衬衫、皮鞋，用最快的速度帮助吴中志换好。

吴中志换衣服的时候，台上的黄立鸣介绍着项目和公司状况，台下不时传来掌声。等到他换好衣服来到会场，黄立鸣说道："现在，有请我们韩方合作伙伴，韩国商会代表，也是我们千岛湖酒店新入的股东——郑东旭先生！"

吴中志一听郑东旭的名字，惊呆了。他用眼神询问金波，姜金波摇摇头，表示自己也不太明白状况。

郑东旭从对面缓缓走上台："各位来宾，早上好！'今天很荣幸'这种话我就不说了，直接一点儿。现在我宣布韩国洲际酒店和中国千岛湖酒店的合作项目正式启动！”

掌声雷动，镁光灯闪耀。黄立鸣和郑东旭握手，留影。

郑东旭开始控场，他用中文说：“下面，我介绍合作项目的韩方负责人，姜金波女士。”

听到这里，吴中志和姜金波都彻底傻眼了。吴中志率先反应过来，鼓掌，示意金波上台，并十分绅士地把她扶上台。

姜金波被迫走上台，漂亮的礼服映衬得她非常美丽。她大方地接受媒体拍照，然后走到中间。

黄立鸣说道：“下面，隆重介绍我们的中方代表，吴中志先生。”

灯光亮起。吴中志一身西装革履分外帅气地走上台，果然是一表人才，在灯光下更显帅气。金波从旁边悄悄打量，越看越喜欢。

黄立鸣继续道：“吴中志先生和姜金波小姐，为中韩项目顺利进行，将共同携手！”

吴中志和姜金波走到舞台中间握手，掌声响起，镁光灯闪烁。

吴中志悄声问道：“金波，这到底是怎么一回事啊？为什么郑东旭会出现在这里？”

姜金波悄声说：“我也不知道，等回头再说。”

两个人握手，对媒体微笑，心里却疑虑重重。

另一边，郑东旭看着两个人，也露出微笑。那笑容非常勉强和尴尬。

第十三章

新闻发布会之后，举行酒会。郑东旭已经忍了很久，渐渐无法掩饰对吴中志的敌意，两人差点儿吵了起来。总经理黄立鸣只好打圆场让他们暂时离开会场，去私下里交流。

郑东旭发难，责备吴中志让姜金波陷入痛苦。吴中志辩解道：“我一直都爱金波，从来没有改变过，以前是，现在是，将来还是！”

郑东旭怒道：“那孩子怎么办？难道你还幻想着和金波结婚吗？那安然怎么办？把人家肚子搞大了想不负责任，你还是个男人吗？你还有一点儿的责任心吗？”

吴中志沉默。

郑东旭继续道：“你怎么能让这么漂亮的女孩儿从韩国大老远嫁给你这种不负责任的男人？你怎么给金波一个交代？让自己的前女友怀孕，又和别人结婚，真是畜生都不如！”

两个人怒目而视。

姜金波闯了过来，走到两个人中间，分开他们，责备郑东旭道：“你别太过分了，我的事情跟你没一点儿关系！”

郑东旭又气又恨，掉头就走。姜金波和吴中志亦是相对无言。

奶奶出院回来，看到家里有一只小泰迪狗，很是惊喜。小狗摇着尾巴过来，特别可爱。奶奶喜欢得不得了，抱起小狗。吴衍普也凑过来道：“妈，你给这狗起个名吧。”

奶奶脱口而出：“就叫丽丽吧。”

徐曼丽尴尬不已，脸上的笑容僵了。吴衍普赶紧打圆场：“妈，换一个吧，这和曼丽的小名一样。”

奶奶这才醒悟过来，狗和人重名确实不够妥当，想了想，说让小狗叫“懂事”。徐曼丽一听，脸上看起来仍然不高兴，心里多少也不爽，暗想这老太太是不是嫌自己这个儿媳妇不懂事，所以故意叫小狗懂事呢？这么多年来这对婆媳明争暗斗，又要维护好表面的和平，也实在是够了。

吴衍普凑过来打圆场：“行啦，你都把狗买回来了，取名你就别操心了。”

吴一洁笑道：“奶奶，你这名取得好，懂事！”她没心没肺地教奶奶逗狗，对小狗叫道：“懂事，给奶奶作个揖！”

小狗已经接受过简单的训练，竟然真的表演作揖，逗得奶奶合不拢嘴，不住地说：“懂事真可爱，懂事真聪明。”

徐曼丽听着奶奶和吴一洁一口一个“懂事”地叫着，心里不爽，说道：“吴一洁！我看你先给我懂事点儿吧，一天到晚宅在家，赶紧出去找工作。没出息！”

一洁想了想，眼珠一骨碌，装可爱卖萌，从徐曼丽手里要到了毛亚平的手机号，说是要请他吃饭，对他表示“感谢”。这毛亚平又是帮着徐曼丽拆散她和菲利普，又是亲自到机场把她追回来，一洁恨他恨得牙痒，发誓要报复。

吴中志新官上任，换了宽敞的办公室。金波、在熙和毛亚平在帮他整理，大家嘻嘻哈哈地开玩笑。后来毛亚平还没明白怎么回事，被在熙连拉带拽地拖出去了。

办公室里只剩下吴中志和金波，两个人并肩站在落地窗前，吴中志特别认真地看着金波。

姜金波不得不面对这样一个事实——安然时刻横在他们之间，于是别的什么也不想说，只是问问安然的情况。吴中志如实相告，说安然昨天晚上突然晕倒住院，孩子暂时保住了，但是要进一步观察。

这个消息令姜金波更加紧张。一方面她对安然当然也同情；另一方面，她很担心吴中志会因此过于劳累。想了想，她下决心道：“后面项目会非常紧张，如果你现在身体累垮了，会更麻烦，一会儿我去照顾安然吧。”

吴中志觉得金波这样做，也太委屈自己了，何况，安然那边也难以对付，于是干脆地拒绝。姜金波态度更坚决，说道：“我已经决定了。你不要再跟我说什么分手啊，长痛不如短痛的话了，我要和你一起来面对这件事情。”

医院里，安然看着吴中志，再看看姜金波，不满地对吴中志道：“你怎么让她来了？”

吴中志把补品放在一旁，嘴里说：“金波给你买的补品，补身子的。”

姜金波补充道：“你这个时候最需要补一下，也需要静养。”

趁着吴中志出去倒水，安然非常直接地发难：“我不喜欢你出现在我面前，难道你非逼我不礼貌地说出来吗？”

姜金波一笑：“你可能要习惯一下我的存在了。后面中志会非常忙，可能大部分的时间都是我来照顾你……”

安然气得不行，口不择言道：“你怎么老是像个跟屁虫一样？”

姜金波毫不退让道：“中志是我男朋友，我当然要陪着。”

安然咄咄逼人道：“那是我肚子里孩子的父亲！”

姜金波并未退缩：“那我算后妈吧。”

安然怒道：“之前我已经说过了，我不想你来。”

姜金波道：“你想把中志累垮吗？他现在白天要负责整个项目的相关事宜，晚上还得来照顾你，今天早上的发布会他险些迟到……”

两个女人针锋相对，姜金波道：“安然，我知道你的想法，中志是不可能跟你结婚的。”

安然仍不松口：“但是我知道，只要有这个孩子，你想嫁给他也不太可能。”

这时吴中志已经急忙拿着水杯快步进来，他生怕她们打起来。看到两个人在敌意对峙，吴中志喘着粗气打圆场道：“你们俩聊什么呢？”

安然道：“瞧把你急得，水洒了一半了吧？你是担心我欺负金波啊？我们俩聊得挺好的，赶紧坐那儿歇会儿吧。”

金波瞬间觉得安然其实也挺不容易的，于是对安然突然生出歉疚之感，觉得自己是个多余的人。

安然的母亲李桂芬知道女儿怀孕了，大吃一惊又火冒三丈，给吴中志打电话骂道：“你小子还真是阴险啊！我让你们分手，你表面上同意，暗地里给我们安然使这招儿。”

吴中志慌了：“没有，阿姨，你听我解释……”

李桂芬怒道：“解释什么，你赶紧给我过来，把孕妇一个人扔在医院，你放心得下吗？”

吴中志赶到医院，徐曼丽恰好也过来了，两个当妈的在一旁针锋相对争执起来。

徐曼丽心目中的好儿媳妇当然是姜金波，于是强调安然已经答应不结婚，除了结婚，其他什么都行。而李桂芬坚持吴中志必须和安然结婚，其他什么都不行。

徐曼丽瞪大了眼珠子：“李桂芬，你什么意思，逼婚是吗？”

李桂芬叉腰道：“逼什么婚啊，你们家中志耽误我们家安然多少年，你心里没数啊！”

徐曼丽道：“我可是找人算了多少遍了，他们俩八字不合，我不让他们结婚也是为了安然好。你不是也让他们分手吗？而且，他们分手也是你一手策划的。我儿子现在已经有女朋友了，而且都已经订婚了，马上要结婚了！”

徐曼丽和李桂芬都很生气，声音不断提高，旁边渐渐有人看过来。安然大叫着让她们别吵，两个人都不说话了。

徐曼丽喝水，镇静了一下，心平气和地说：“好，那我们好好聊聊。你说这个事还有其他解决方案吗？”

李桂芬不依不饶：“没有！结婚，就这一条路。”

徐曼丽毫不示弱：“好，那我也告诉你，除了结婚，其他都能谈。”

李桂芬怒而起身：“别说我没有好好跟你说话，等你来求我的时候，别哭丧着脸！”

李桂芬拎包就走，徐曼丽没搭理她。吴中志根本不敢直接面对李桂芬，尽量躲开她。

李桂芬直接找到酒店去，恰好遇到黄立鸣叫姜金波一起接待韩国专家小组。

李桂芬对黄立鸣抱怨道：“黄总啊，您是不知道这个吴中志有多么过分，为了这个姜金波，把怀了孕的女朋友抛弃，人品问题这么大，你们怎么让这种人在你们公司工作呢？”

黄立鸣对李桂芬说道：“大姐，这事您也别上火。所谓清官难断家务事，您还是找吴中志家里好好商量商量，肯定有解决方案。”

这时，郑东旭带着一队韩国专家走了进来，黄立鸣赶紧上前迎接。在熙、金波和毛亚平也准备去迎接，结果李桂芬突然拉住黄立鸣。

李桂芬叫道：“黄总，既然你是吴中志的领导，你得给评评理啊！现在安然怀了吴中志的孩子，到底该怎么办？吴中志是不是该负这个责任？现在把我女儿一个人扔在医院里……”

说着说着，李桂芬哭了起来。

郑东旭一行人已经到了跟前，几个人看着李桂芬在抹泪，都不知道怎么办好了。

黄立鸣赶紧说：“这样，我们去旁边的咖啡馆单聊！”

李桂芬看到这么多人，立刻来了精神，把嗓门儿放大道：“你们大家给评评理，我女儿跟你们同事吴中志处对象，结果现在怀孕了，吴中志不负责，坚决不同意结婚，把她一个人扔在医院，自己却躲得无影无踪，不敢见我们，是不是太过分！”

专家们看着这场纠纷，都不明白怎么回事。郑东旭看看金波，又看看黄立鸣。黄立鸣无奈，亲自给吴中志打电话。

吴中志接到电话后赶紧从医院赶过来，气喘吁吁的，低声下气地想让李桂芬换个地方好好跟她解释。李桂芬就是来闹事的，当然不会轻易妥协，大声道：“干吗换地方啊，正好你们领导都在，把事都说清楚了，让领导们都给评评理。”

吴中志为难，金波同情地看着他，但是又帮不上忙。郑东旭看着眼前的热闹，来了兴致。

李桂芬对所有人说：“这个人，把我女儿扔在医院。我女儿怀着孕，肚子里是他的孩子，他却不结婚，孕妇急性肠胃炎疼得不行，身边连个照顾的人没有。我问你吴中志，你干什么去了？不管不问的，还是男人吗？”

郑东旭要给韩国专家组翻译，姜金波上前把他拉到一边，用中文说道：“郑东旭，我警告你，你要是敢给专家组翻译，这辈子我再也不理你！”

黄立鸣拉过李桂芬：“这样吧，去我办公室，我们好好聊一聊！”

这才把李桂芬暂时稳住了。

吴一洁千方百计想到千岛湖酒店来工作，在网上投了简历之后，娇滴滴地打电话让毛亚平帮忙，毛亚平知道她的用意，假装答应，然后问同事："有没有一个叫吴一洁的投简历过来？"

同事翻看邮箱，说道："有。"

毛亚平道："赶紧删了，这个人是我朋友的一个表妹，据说精神有问题，平常还好，发病的时候把上一家公司都给坑了。"

同事一惊："那肯定不能要。"

毛亚平趁机道："不仅不能要，面试都不能面！"

同事点头，点击删除。

毛亚平确认，露出久违的笑容，背着手，哼着小曲走了。

人事部门口，毛亚平的手机响了，是吴一洁追电话过来，他标注的名字竟然是"扫把星"。毛亚平接起，假笑着说："一洁啊，人事部我都打好招呼了，你就安心等他们的电话吧。"

毛亚平坏笑着，挂断电话。

李桂芬这一大闹，郑东旭马上借故做文章，去找黄立鸣，说韩国专家组非常疑惑。黄立鸣有些歉然道："真不好意思……家丑外扬了。"

郑东旭道："这对我没有任何影响，但是对整个项目负责人来说，威信度多少会打点儿折扣。"

黄立鸣急忙道："我会尽快把事情解决的。"

郑东旭道："我们韩国方面是看好吴中志先生的工作能力，私生活方面确实不便评论，但是最起码希望这事不要牵扯他太多精力，否则怎么能管理好整个项目？"

黄立鸣马上保证说："郑先生放心，这件事肯定会尽快结束。我们会让吴中志尽快进入工作状态，请您一定不要和韩国专家组说。"

郑东旭道："我不希望出现任何差池，否则我要求你们中方把所有的事情都写进报告里去。”

姜金波非常担心郑东旭对吴中志不利，但郑东旭信誓旦旦地说保证不插手。

安然哭着劝李桂芬不要再去逼吴中志，说：“妈！你这样做，结果真的会适得其反的，反而会把中志越推越远！你要对你女儿有信心，我有把握让中志重新爱上我，你就别瞎着急了！”

李桂芬道：“行啊，等你把结婚证领了，你们俩结婚，孩子有爸爸了，我自然就不急了。”

安然好说歹说，希望李桂芬不要逼吴中志跟她结婚。李桂芬态度异常坚决，说道：“你错了，女儿。这件事情，他们就是在拖延时间。男人跟女人不一样，女人爱上一个人，就惦记一辈子，男人都是见异思迁的，从来都是只听新人笑，谁会去管旧人哭啊！”

安然无奈道：“妈，中志不一样，我有信心。”

李桂芬自己当年遭遇过跟安然类似的经历，无论如何不想让女儿成为单亲妈妈，苦劝道：“你妈当年就是这么跟你姥姥说的，跟你现在说的一模一样。可是结果呢，你爸再也没有回过头。”

李桂芬为了能够让安然顺利跟吴中志结婚，还给郑东旭打电话，希望得到他的帮助。郑东旭一口答应，授意李桂芬写一封信控告吴中志。

第十四章

01

李桂芬不但写了一封信，还再一次跑到酒店来找黄立鸣，要求给吴中志施压。

作为徐曼丽曾经的仰慕者，黄立鸣当然向着徐曼丽。他打电话透风给徐曼丽说，如果中韩项目顺利完成，吴中志就会被提拔为集团副总，这简直是一步登天的机会。希望她能够稳住安然妈，不能让她来酒店闹，不然吴中志的职业前途就真的可能毁于一旦。

黄立鸣对李桂芬避而不见，于是姜金波去接待李桂芬。姜金波请李桂芬喝咖啡，李桂芬一边慢慢喝着咖啡，一边打量女儿的情敌。

为了稳住李桂芬，姜金波承诺道："阿姨，我可以和吴中志分手。中志是个有责任心的男人，他没有了我这方面的负担，肯定会义无反顾地照顾安然和孩子。这点，我相信您也不会怀疑。"

李桂芬一愣："你能做到吗？"

姜金波郑重说道："我能做到。"

李桂芬又端起咖啡喝了一口，左思右想。突然，李桂芬的手机响了，是徐曼丽。李桂芬不想接，把手机放一边。

李桂芬对金波道："好，那我们就说定了。"

姜金波道："那您……再也不能打扰吴中志。"

李桂芬承诺道："我也说到做到。"

姜金波鞠躬，离开。达成协议后的姜金波心碎不已。李桂芬心满意足地看着金波离开的背影。这时手机又响了，徐曼丽竟也来到酒店。

李桂芬一副胜利者召见投降将领的姿态，得意地看着徐曼丽道："还是来求我了吧！"

徐曼丽道："你用这种手段，有点儿卑鄙吧？"

李桂芬道："都是女人，你被逼上绝路的时候，肯定比我有过之而无不及吧！"

说来说去，李桂芬坚持要让安然和吴中志结婚，徐曼丽也有所坚持，她道："别怪我说话难听，你逼我们结婚也行。你证明安然肚子里的孩子就是我们中志的，拿出证据来，我就同意结婚。"

李桂芬大怒，她没想到徐曼丽竟然会对安然肚子里的孩子产生怀疑，这简直是对自己女儿的侮辱。徐曼丽却道："现在的社会，有各种交友软件，小年轻保不齐去个酒吧之类的，我是以防万一。"

李桂芬指着徐曼丽道："你们这家人啊！如果不是安然怀孕了，我绝对不会同意她跟你们吴中志结婚的。"

徐曼丽道：“那咱就好说了。等孩子生下来，鉴定DNA，如果是中志的，第二天办婚礼。”

李桂芬怒道：“孩子生下来办婚礼？门儿都没有！你让一个没结婚的大闺女挺着大肚子上班下班地招摇过市？我孩子的脸往哪儿搁啊？”

徐曼丽道：“要是生下来，我们带着，却发现不是我们的孙子，你让我们的老脸往哪儿搁？”

李桂芬一口答应一定拿出证据，并且承诺不再到酒店闹。

吴一洁迟迟等不到面试通知，索性直接找酒店的总经理黄立鸣，黄立鸣简直是看着吴一洁长大的。她开门见山道：“黄叔叔，我是来请您帮忙的，我这不是刚从美国回来吗？我妈就看不得我在家里闲着，想让我赶快找个工作，念叨得我耳朵都起茧子了。”

黄立鸣既高兴又意外，吴一洁在美国留学多年，来他这家酒店工作似乎有些屈才。转而仔细考虑了一下酒店各个岗位的情况，说：“行是行，翻译我们现在已经招满了，其他岗位你也屈才了……”

吴一洁道：“没事，让我妈高兴高兴，我哥那工作不是您帮忙的吗？我这工作，我妈不好意思来找您。叔叔，您别想那么多，我就是想出来锻炼锻炼，省得在家听我妈批评我好吃懒做。”

黄立鸣笑道：“那没问题！年轻人有上进心是好事！”

吴一洁要求黄立鸣保密：“最好先别告诉我妈，我准备发了工资给她买个礼物，给她个惊喜！”

黄立鸣道：“一洁真懂事，你妈最近也没时间管你，你在我这儿，她就算知道了也应该放心。”

很快，吴一洁站到毛亚平面前，说是奉黄总之命，来给毛亚平当助手。毛亚平叫苦不迭。

韩国来了一纸调令，调姜金波回去做总经理助理。金波曾经答应李桂芬要离开吴中志，这下子更是觉得自己必须回韩国了。她约吴中志见面，提出要分手。

没想到吴中志断然拒绝分手，他说："曾经我也跟你现在一样，也打算放弃，打算去伤害我最爱的女人。经过了这段时间，我不那么想了，尤其安然妈妈的出现，确实给了我很大的压力，但越是这样，反倒让我更坚持自己的内心。我不想再逃避，更不想失去你。人生总会出现这样或那样的困难，但不管有多难，一切都会过去的，我们不是说好了吗？一起面对。"说着，吴中志伸手揽过金波，金波的头靠在吴中志的肩膀上，深深明白这个男人内心充满痛苦。

吴中志道："我们一起经历的痛苦，也是幸福的，会是将来既美好又珍贵的回忆。"

金波把头埋在吴中志的怀里。吴中志看着湖边渐渐下沉的夕阳。

金波道："但是，我不想看你现在疲惫的样子，项目已经够你忙的，还要去照顾安然。"

吴中志坚定地说："工作，是我为了我们将来的生活努力。照顾安然，是为我的曾经还债。我每天只要看到你，所有的辛苦和疲劳都会消失。所以，以后别再说分手了，我不同意！"

金波笑了。

想起自己马上要过到中国的第一个生日，金波兴致勃勃地问吴中志的生日安排，吴中志只透露了计划的一部分："好吧，告诉你一部分，晚上我们在摩天轮上，把蜡烛点在空中，放上浪漫的音乐……在空中来个两个人的生日 Party……浪漫吧？再多了就不能说了……"

姜金波担心地说："到时候万一安然给你打电话呢？"

吴中志道："我已经提前和安然请好假了，天上下刀子这生日都得过！把一整天都空出来，好好陪你！"

两个人说笑着，享受着久违的轻松和快乐，突然，吴中志的电话响了。

又是安然。吴中志一脸尴尬地看着姜金波，无可奈何地接电话。

03

为了各自孩子的前程，两个妈妈都没闲着，分头行动。李桂芬询问医生胎儿是否可以做亲子鉴定，得到了肯定的答复。

徐曼丽决定亲自跟金波谈谈，让她离开吴中志。她对金波说："这话说出来可能没有人情味儿，我也知道对不起你，可阿姨真的没办法了！对不起啊，金波，让你受这么多的委屈……"

徐曼丽说不下去了，自己有沉重的负罪感。

姜金波笑着说："阿姨，你不用觉得内疚，本来我也该走了。其实，我也许根本就不应该出现在中志的世界里。他在上海生活得好好的，我却漂洋过海地出现在他的生活里，真的是太不应该了……"

姜金波说着，脸上的笑容变成了泪水。

徐曼丽走到她身边，把她搂在怀里，心疼道："金波啊，你千万别这么说，说得阿姨心都碎了……"

姜金波抹着脸上的泪水，强作欢颜道："阿姨，我知道了。您放心，我知道该怎么做。为了中志，我都是心甘情愿的。"

徐曼丽抬头看着金波，感动又难受；金波转身离开的一刻，眼泪下来了。

徐曼丽看着金波瘦削的背影，心里为金波感到难受。她也克制不住自己的情感，泪如雨下。

金波决定接受调令回韩国，临行前特意跟郑东旭告别，希望他以后别再为难吴中志。

姜金波道："这次我回了韩国，就会彻底了断和吴中志的关系，以后请不要再做任何事去威胁吴中志了。你能答应我吗？"

郑东旭笑笑："其实我只是不希望看到危及酒店项目的事情发生。我现在比谁都想让项目快点儿步入正轨，不得不承认的是，吴中志的确是这方面的人才。如果他自己不再出差错，我自然不会为难他。"

姜金波要回举报信，当着郑东旭的面撕毁，扔进垃圾桶。

郑东旭伤心道："这么多次了，每一次你主动来找我，都是因为他。"

姜金波道："不然呢？"

郑东旭苦笑："是，没有他，可能连这仅有的跟你见面的机会我都没有。"

金波不说话，郑东旭又换上了笑脸，高兴地说："这周六是你的生日，我帮你过吧！以前在韩国，每个生日我都给你过，也算是为你送行。"

姜金波拒绝道："不必麻烦了。"

金波离开，郑东旭看着眉头一紧，喊道："不麻烦！我等你！"

金波没回话。郑东旭久久地看着金波离开的方向，感到胜利并没有自己想的那么痛快。

04

晚上，吴中志利用非常难得的休息时间给金波准备生日礼物——一个房屋建筑模型。

这时手机里进来金波的短信："中志，明天我在摩天轮底下等你。"

吴中志回复："不见不散。"

没想到第二天突然间天空乌云密布。金波先到摩天轮底下，想拿出手机给吴中志打电话，发现手机忘在出租车上了。金波焦急却没办法。郑东旭远远看着金波，不动声色。

吴中志上车，给金波打电话，对方一直处于关机状态，吴中志慌了。他发动汽车，天空电闪雷鸣。吴中志把辛苦拼好的模型放在副驾驶座上，发动汽车，却一路拥堵。

医院里，安然突然流血，被紧急送往急救室。安然脸色苍白，让自己的助手丽丽找吴中志。

金波一个人躲在摩天轮旁的树下，冻得瑟瑟发抖。郑东旭默默站在远处的树下，静静守护着金波。

吴中志终于停好了车，远远已经能够看到摩天轮。他抱起模型，朝着摩天轮的方向奔跑着。这时吴中志的手机响了，他犹豫一下，还是拿出手机，一看是安然来电。吴中志犹豫着要不要接起，抬头看着摩天轮。终于接听电话，却是安然助手丽丽慌张的声音："吴中志，你快来，安然姐……安然姐流血过多进了手术室！她可能流产了！"

吴中志看一眼摩天轮，急忙上车，朝医院狂奔。他急匆匆地走进医院，李桂芬和丽丽焦急地等在手术室门口。

吴中志气喘吁吁地问道："怎么会这样？"

李桂芬看到吴中志，眼泪就下来了。她哭着说："中志啊，赶紧想想办法救救安然吧，医生说是先兆性流产。"

这时，几个医生匆匆地冲进手术室。吴中志和安然妈妈着急地看着。

吴中志扶着安然妈妈坐到一侧的椅子上，他和丽丽焦急地等在手术室门口。这时徐曼丽也赶了过来，她走到安然妈妈身边，握着她的手。

医生递过来一张通知单，说道："大人没事了，但是……孩子，保不住了……"

吴中志一愣，转头去看房间里的安然，表情复杂，要求医生暂时对安然保密。他低头看手里通知单上的"终止妊娠"。

孩子没了，吴中志眼角流下泪水。

安然虚弱地醒过来，朝着吴中志伸手，吴中志赶紧上前握着安然的手。

安然气若游丝地问："宝宝……怎么样？"

吴中志眼睛里含着泪："他没事，你要赶快好起来，他才能好。"

安然笑着，眼角流下眼泪："没事就好，我这个妈妈不合格……"

吴中志握着她的手："别这样说，你很坚强。"

两个人的手紧紧握着。徐曼丽看着这一幕，眼泪掉了下来。她分不清这泪水是因为心疼自己的儿子，还是因为不舍那个根本没有谋面的孙辈。

安然已经睡得很沉了，吴中志走过来看安然的情况，拿衣服，准备离开一阵儿去找金波。

徐曼丽跟出来道："安然还在那儿躺着呢，哪儿也不许去！"

吴中志着急要走：“妈，求你了，我很快就回来！我今天不去，会后悔一辈子的！”

吴中志看到了摩天轮，再过一个路口就到了，他拼尽最后的力气跑着。

摩天轮就在眼前，却不见金波的身影，吴中志慢慢走向摩天轮。摩天轮下，一个人影也没有，金波已经离开。

树下，吴中志站到金波刚刚等待的地方，心痛不已。树梢上一处亮晶晶的，吴中志仔细去看，看清后三步并作两步上前抓住，竟然是那枚求婚戒指。

吴中志将戒指放在手心，终于大哭了起来。他跑到酒店宿舍找姜金波，没有找到，只能又去安然病房。

一直远远守着金波的郑东旭亲眼看着金波昏倒在地，于是背着金波走了。到了他自己的房间，给金波盖好被子，静静地守在她身边。他拉着姜金波的手，怜香惜玉地看着她。

05

病房里，安然突然在梦里大哭起来。吴中志本来拿着戒指在发呆，这时赶紧收起戒指，拉过安然的手，百般安慰。

安然泪眼婆娑地问：“你能陪我一起睡吗？”吴中志一愣。安然往旁边挪了挪，给中志腾出一个人的地方，说：“就陪在我身边……”

吴中志不得已，躺在安然的被子外面，安然朝中志靠过来，握着他的手。

安然道：“中志，我害怕，你千万不要离开我……”

吴中志笑着说：“放心吧，我这不是在这儿吗？我不会走的。”

安然安心地闭上眼睛。吴中志看着病房的天花板，难以入睡。

第二天早晨，李桂芬拿着饭过来的时候，医生遇到李桂芬，问：“上次您申请的亲子鉴定的结果出来了，您还要吗？”

李桂芬一愣：“嗯，不要了。孩子都没了，还要什么鉴定啊！”医生点头离开。李桂芬走了几步，想了想，又回过头，朝着医生办公室走了过去。

人生中总有一些特定的事物，它的出现，足以改变命运，比如李桂芬就要拿到的这份鉴定结果。

姜金波病恹恹地回到宿舍，看着桌上她和中志的合影，把相框扣在桌上，一阵头晕。门外，有人在敲门。姜金波以为是吴中志，去开门，进来的却是郑东旭。

郑东旭拿着各种药，手里端着水，道："金波，先把药吃了！"姜金波不搭理他，径直回卧室去睡觉，把郑东旭一个人扔在客厅。

郑东旭看着手里的药，转身，看到吴中志站在门口。吴中志进门就想去姜金波房间。郑东旭把药和水都放一边，阻挠两人见面。郑东旭往外推吴中志，吴中志坚决不肯走，两个人开始拉扯。

吴中志朝着卧室大喊："金波！金波！你出来！"

"砰"的一声，金波开门出来了。郑东旭愣在原地。吴中志看着金波，金波也看着吴中志。四目相对，虽有万语千言，却不知从何说起。

吴中志等着金波开口，金波道："没错，我们分手了。"

郑东旭高兴坏了，得意扬扬地说："听到了吧！金波亲口说的，你们分手了！"于是动手往外推吴中志。吴中志推开郑东旭，对着金波喊道："为什么？"

姜金波道："没有为什么，也不需要问为什么。我累了，不想跟你在一起了，我们分手吧。"

姜金波说着把卧室的门再次关上。吴中志伤透了心，任由郑东旭把他推了出来。郑东旭笑着看着吴中志，把门关上。

吴中志心灰意懒地走远。卧室里，金波靠着门，眼泪止不住地流了下来。

第十五章

为了方便照顾安然，吴中志在医院加了一个床位，夜里也陪护着。这天他用心给安然喂饭，安然竟然提出来要他陪着去做产检，吴中志赶紧搪塞过去。

安然好像明白发生了什么，故意说一些好事，假装情绪很高的样子，东拉西扯说别的话题。她看起来很高兴地问："你知道我设计获奖的事吗？"

吴中志心疼地说道："安然……"

安然道："我还收到了邀请信……我还接到好多鲜花……"

安然说着说着没了情绪。两个人沉默着。吴中志终于鼓起勇气道："安然，有一件事，一直没告诉你。"

安然看着吴中志，突然就流泪了。吴中志把手里的东西放下，过去抱住了她。

安然哽咽着说："我不想听。我知道，我感觉不到他了，我觉得他离开了我……我在欺骗自己，我知道，他已经不在了……"

说着，安然的眼泪落了下来。吴中志抱紧安然，安然在吴中志的怀里大哭。

吴中志安慰道："你还有我，我会一直陪着你的。"

安然继续哭着，抱紧吴中志。

病房外，李桂芬一个人心事重重地坐在长椅上。她拿到了亲子鉴定的结果，那个已经流产的孩子竟然不是吴中志的。这件事，她跟任何人都不能提。安然刚刚流产，身体虚弱，李桂芬根本不敢对她说一个字。

其他人就更不能说了。

关于安然的病情，医生对吴中志交代道：“这位病人有抑郁症，最害怕流产之后被你遗弃，你一定要经常陪在她身边，并给她你不会抛弃她的心理暗示。我今天也和你妈妈说了，一定要想方设法让她高兴，一悲伤就容易加重抑郁症的状况。”

医生认为安然需要继续在医院住一段时间，而安然自己却吵着要出院。她哭着说：“中志，让我出院吧，我受不了了……我想回去工作。我不能再这样下去了，我也知道这样下去不好，再这样下去，我怕真的成了病人，那就成了你的累赘。”

吴中志只好答应第二天就出院。

夜里，安然做噩梦哭醒，对吴中志道：“我们的孩子，他又来了，他不让我睡觉，硬把我叫醒，让我陪他玩，一直朝我跑过来，喊妈妈……”

吴中志道：“好了，那是因为他喜欢妈妈，我们一起陪他玩。”

安然慌张地说：“可是他一下就掉河里了，我怎么都找不到他了……河面上结的都是冰，我拼命地喊……”

吴中志抱着她：“那是梦，没事，我陪着你呢，睡吧。”

吴中志把安然扶着睡下。

安然突然起来：“孩子的衣服呢？”

吴中志拿过衣服，安然抢了过去，还在不停地哭。吴中志扶她躺下，安然抱着小衣服慢慢睡去。

郑东旭把安然流产的消息告诉了金波：“安然因为流产，伤心过度，现在抑郁了。”

姜金波吃惊地看着郑东旭。

郑东旭肯定地点点头。他把这个消息告诉姜金波，重点想说的是安然更加离不开吴中志，好让姜金波彻底断念。郑东旭道：“她可能是把这个孩子看得太重，她现在是一步也离不开中志，你跟中志分手真的是帮了她，听说她这种抑郁症非常可怕，很多人都走不出困境而……”

姜金波知道严重性了。

郑东旭道：“金波，安然这段时间太需要吴中志了。很难想象，她如果没有吴中志在身边，怎么才能挨过这段时间……”

金波难受，转身离开。

02

吴一洁和毛亚平暗中较劲，彼此折磨对方。毛亚平让吴一洁做资料，吴一洁就让毛亚平搬东西，总之这两个人谁都不是省油的灯。

毛亚平忍不住对在熙叫苦连天：“黄总也真是的，安排这徒弟，这哪是来找我学习啊，明明是来夺我命的。”

在熙道：“你赶紧想想办法，要不找吴经理说说，让他把这个极品妹妹调走。再不调走，你们俩肯定出事。”

毛亚平不想给吴中志找麻烦：“这种小事就别麻烦中志了，他那边的事情已经够多了。”

在熙建议道：“那你去找吴一洁谈谈，让她申请调走。”

毛亚平头疼：“我拿这个一洁，一点儿办法没有。”

在熙着急道：“你不去说，我就找吴一洁去说！”

毛亚平问：“你找她干什么？”

在熙没搭理他，转身走了。

吴一洁一听在熙以工作名义跟她谈，立刻堵回去：“要是说工作，轮不到你来跟我说吧？”

在熙道：“作为同事是轮不到，但是作为毛亚平的女朋友，我得警告你，你现在的工作状态已经严重影响了他的工作。”

吴一洁撇嘴：“我师傅让你来的？”

在熙被吴一洁满不在乎的样子气得半死：“不是。”

吴一洁撇嘴：“那你在这里自作多情什么呢？我师傅都没说话……”

在熙气死：“别以为我不知道你为什么来酒店工作，就是因为毛亚平让你和你那个男朋友分手了你记恨在心，现在才故意来酒店报复他！”

吴一洁道：“我报复他？他也配？”

在熙看着吴一洁打死不承认的样子，愤怒道：“那你说你来酒店工作是为了什么？”

吴一洁道：“我在外面学的也是酒店管理，当然是想工作了！”

在熙完全不是吴一洁的对手，被气得不行。

03

徐曼丽和吴衍普觉得亏欠安然，想要吴中志赶紧跟安然结婚。吴中志马上以最近项目比较紧张为由，说这时候不适合谈婚论嫁。

徐曼丽却站在安然的立场考虑问题，说道：“这事，你要为安然考虑。安然因为失去孩子，这段时间都抑郁了。你说她一个女孩子多么不容易。今天我一说和你结婚，她立刻精神就好了。我都能感觉她是真心喜欢你，她想嫁给你。”

吴中志无可奈何。

徐曼丽劝道：“中志啊，做人不能自私，你说是不是？”

吴中志道：“我不是自私，我是还没准备好。”

第二天吴中志接安然出院去缴费的时候，发现一张奇怪的单子，价格特别贵，还看不出究竟是什么医疗项目，于是向护士咨询。护士瞥了一眼，道：“DNA 亲子鉴定。”

吴中志一愣：“亲子鉴定？”他狐疑道：“我们没有申请亲子鉴定啊！”护士头都懒得抬，答道：“那就是你的家人申请的。上面是你的名字，不会错。”吴中志问结果，护士指着单子上的一行字。

吴中志瞪大眼睛仔细看着单子，鉴定结论一栏写着“排除吴中志与××的生物学亲子关系”。他彻底呆住了。

吴中志表情平静地面对安然，给她开车门，把行李放到后备厢。安然突然看到副驾驶上的模型，以为是给自己的礼物，惊喜道：“中志，谢谢你！”

吴中志很懊悔自己忘了把送给金波的礼物收好。此时已不能拒绝安然，不知道该怎么说。

安然跑过去亲了吴中志一口："上次求婚没送成，现在专门又做了一个？"

吴中志无可奈何，只能点点头。

一起陪安然出院的李桂芬是知道鉴定结果的，心虚地看了一眼吴中志，闷声不响地上车。安然高高兴兴地进门，抱着模型直接回了房间，找了个最好的地方，放好模型，自己欣赏着。

李桂芬想跟安然谈谈亲子鉴定的事，但没有直接告诉女儿结果，只是问："你除了中志，外面还有没有其他人？"

安然苦笑："妈，你说什么呢？"

李桂芬追问道："有还是没有？"

安然道："没有！你把你闺女想成什么人了！"

李桂芬忍了忍没有说出口。她闷着头做家务，觉得这件事不可思议，摇摇头，弄不明白问题出在哪里。

04

吴中志心事重重，拼命忍住没有去参加金波的欢送会。

郑东旭非常满意，跑来建议吴中志好好对待安然，还说安然是个好女孩儿。吴中志突然想起上次在韩国，安然喝醉酒，是郑东旭送她回酒店的。再联想亲子鉴定结果表明孩子跟自己无关，一时疑虑丛生。

金波马上要走了，黄立鸣却急匆匆进来，把姜金波拉到一边说："金波啊，你的调令下来了，但是有个事，可能要耽误一下。"

姜金波疑惑道："怎么了？"

黄立鸣道："韩国方面已经打招呼了，让你协助敲定设计师再走。韩国方面这次选定了亚洲第一的著名设计师。"

黄立鸣把一本杂志递过去，照片上是个日本设计师，名叫铃木一郎。姜金波沉默着，还没有表态。黄立鸣拍手对所有人说道："先别欢送了，金波暂时走不了了！"

所有人都愣住了。郑东旭傻眼了："怎么了？"

黄立鸣说道："姜金波将协助我们签下室内设计师铃木一郎。"

郑东旭问道："必须是金波吗？"

黄立鸣道："还有吴中志，他将全力配合。"

在熙高兴地扑向金波，大家都很开心金波能再留一段时间。

姜金波心里打鼓。郑东旭气得不行。

吴中志设法拿到郑东旭的一根头发，交给医生，再做亲子鉴定。

医生道："当时我就和你妈妈说，我们不会弄错，错，只能是你们样本出错。"

吴中志不好意思，应付道："是，我们家里因为那个化验单都闹成一锅粥了。"

医生看资料，说是还能测。在医院，亲子鉴定的所有样本都会保留一个月，以便重新鉴定。这次拿到的化验结果，果然是匹配的，也就是说，孩子竟然是郑东旭的！

吴中志马上给郑东旭打电话，约他拳击。

两个人站在拳台上，郑东旭戴着拳击套，看着吴中志，冷笑道："和金波分手，恨死我了吧，今天想报复我？"

吴中志慢慢戴拳套，冷冷地看着郑东旭，不搭理他。

郑东旭得意道："你应该感谢我才对，我替你挽回了名声，不然都骂你是畜生，把人家肚子搞大了，不负责任。现在挺好，皆大欢喜！其实你跟安然在一起挺合适的，也保住了你的名声，你娶了她，现在传出去也不太难听。"

吴中志不接话茬儿，只是问："好了吗？"

郑东旭道："随时开始！"

吴中志上去一拳，打在郑东旭脸上，道："这是给金波打的。"

郑东旭起身反击，被吴中志压制。

吴中志瞅准机会，又是一拳，道："这是替我自己打的，你害得我成今天这样子！"

郑东旭不解："我怎么害你了？"

吴中志怒道："怎么害我了？你他妈害得我和金波分手！"

郑东旭越发不解："你自己乱搞，让安然大肚子，怎么是我害的？"

吴中志听到这里愤怒不已，上去连着好几拳，嘴里叫道："你还有脸提安然，这是替安然打的。"

吴中志对着郑东旭一顿臭揍。

两人坐下来，吴中志终于说出亲子鉴定的事。

郑东旭冷笑，根本不信。吴中志告诉他医院还有样本，如果不信随时可以再检测，同时启发他道："上次去韩国的时候，安然喝多了，你把带她走了，你自己好好想想！"

这件事郑东旭其实记得很清楚。当时，郑东旭把安然放到床上，安然醉得不行，拉着郑东旭，嘴里道："中志，别走……"

看着安然傲人的身材，平常不把跟女孩子上床当回事的郑东旭真不走了，回头把门关上，抱着安然……

但此刻郑东旭不肯承认，摇头道："我想不起来了，根本没有的事……"

吴中志看着郑东旭："安然孩子的样本，医院还保存着。你不承认没关系，我让金波带你去验！"

吴中志说完转身就要走，郑东旭赶紧拦住吴中志求饶："别别别！我想起来了！想起来了！咱们有事好好聊……"

吴中志上去就是一拳，直接将郑东旭打倒在地："畜生！你刚才说的是人话吗？"

郑东旭道："当时是她先喝醉了，勾引我的……"

吴中志挥拳头又要打他，郑东旭捂着脑袋躲："你别打了！别打了！我错了还不行吗？你现在让我怎么办？孩子也没了，你总不能让我娶她吧？我们这个家族……你让我娶个外国人，怎么可能呢？"

吴中志怒道："我问你打算怎么解决！"

郑东旭说要给钱，又说从韩国请顶级专家给安然治病。吴中志咬牙切齿："你真是个人渣！禽兽不如！"

郑东旭摊手道："我知道我错了，那你说我还能怎么办？"

吴中志指着郑东旭道："你给我听好了，这件事情，你给我烂在肚子里，绝不能让安然知道！不然以她现在的身体状况，会给她带来致命的打击。"

郑东旭愣住了。

吴中志吼道："听见没有？"

郑东旭道："对对对，保密！咱俩都保密……哎？安然不知道吗？"

吴中志冷冷地看着他："安然当时喝断片儿了，她什么都不记得，我希望她永远都不知道。"

郑东旭点点头："对！这样对她好！我绝对不会说，我发誓！"

吴中志转身就要走，郑东旭拉住吴中志，求他也不要让姜金波知道这件事。

安然的设计获奖，要去三亚参加颁奖典礼，她希望吴中志跟自己一起去。

阴差阳错，安然在毫不知情的情况下，将李桂芬拿回来的亲子鉴定结果和领奖资料一起整理起来，放进包里。

第十六章

徐曼丽去酒店劝吴中志陪安然到三亚领奖，遭到吴中志以工作在关键时期为由坚决拒绝。此行她意外地发现吴一洁居然背着自己进了酒店工作。

儿女似乎都反了，徐曼丽气得不行，对着吴一洁暴跳如雷："堂堂一个海归大学生跑到酒店来工作？你想什么呢？我和你爸花钱培养你出国念那么贵的学校都白念了？"

吴一洁道："妈，行行出状元嘛！我很喜欢酒店的这个工作，在哪儿上班不一样，重要的是我对这份工作有热情。”

徐曼丽死活不同意，甚至威胁要去找黄立鸣直接开除吴一洁。吴一洁只得妥协道：“妈，你先听我说，我干完这个星期就辞职，然后我重新找工作，和你商量着找……”

徐曼丽道：“说话算话。”

徐曼丽离开，吴一洁这才松了一口气。

安然满心欢喜地拿过建模模型放在桌子上，非常开心，却突然看到了建模里的一个白色纸片，上面写着“宝贝，生日快乐”。她知道姜金波刚刚过完生日，呆住了。

夜里，李桂芬发现安然房里没开灯，却有动静。

月光下，安然穿着婚纱站在镜子前面，长长的头发披散下来，在镜子前面孤芳自赏，拉着裙摆转圈，脸上似乎有泪。

站在房门外看着的李桂芬担心，不敢出声，不知如何是好，最后只能先关上门离开。李桂芬回到客厅，连忙拿出手机给徐曼丽打电话。徐曼丽大惊失色，李桂芬急得眼泪汪汪。

两个妈商量了好一阵儿，决定天亮就订酒店，订好了就去发喜帖。

酒店办公室里热火朝天，大家传着吴中志和安然的喜帖，在熙看到，则直接把喜帖丢进了垃圾桶。

金波进来，大家突然都不说话了。

在熙非常心疼姜金波，为她抱不平。而姜金波却似乎很淡定，她说：“我什么也不想说，只想着很快就可以回家了，想想正宗的泡菜和辣米条，口水就要流出来了。”

金波眯着眼睛对在熙笑，在熙看金波强颜欢笑，很生气。

在熙道：“我要是你，一定不放过他。凭什么你就这么走了，他要和别的女人结婚？总得要个说法吧！”

姜金波拉住在熙：“在熙，以后这个人和我没关系了，不要在我面前再提起他了。回到韩国，我就要开始新生活了。”

姜金波抱起箱子：“快去工作吧，我走啦！”

在熙看着金波离开，心里恨死吴中志。

02

徐曼丽来给黄立鸣递吴中志和安然的喜帖，她并不知道一洁已经背着她求过黄立鸣当说客，一洁想继续留在酒店工作。

黄立鸣接过喜帖开玩笑道："这回是真定下来了吧？"

徐曼丽点头道："没跑了，再出意外我就该疯了。"

聊了一阵儿，徐曼丽起身要走，黄立鸣站起来说要请她吃饭表示答谢。两人到餐厅坐下来，徐曼丽不解地看着黄立鸣："什么事谢我？"

替吴一洁当说客的事，黄立鸣是思考了一阵儿才决定怎么跟徐曼丽说的。此时他给徐曼丽夹菜，做出很随意的样子道："前段时间我招进来一个员工，哎呀，在酒店管理方面特别有天赋，结果你猜怎么着，我一看居然是一洁！曼丽姐，你说你培养出来的两个孩子都成了我的左膀右臂，我可不得谢谢你！"

徐曼丽一听，脸沉下来："吴一洁？她还有天赋？"

黄立鸣点头："是啊，这孩子……我这么说你别介意啊，她平时看着毛毛糙糙不太靠谱儿，不过工作起来很有劲头，认真踏实。可能主要是喜欢这份工作吧，我准备让她参与酒店这个季度的新项目，年轻人，锻炼锻炼……"

徐曼丽不相信："真的假的？我跟你说你别被她给骗了，她不给你添乱我就阿弥陀佛了！"

黄立鸣道："怎么是添乱呢，她可是我的得力助手，我要好好培养的人才！"

徐曼丽半信半疑，决定不再逼着一洁辞职。

03

安然把婚纱退掉，约吴中志去他们的初吻之地，还带上了模型。

安然幸福地回忆道："当时我就想，等我们老了，一定还要来这里看日落。当时的想法是，我们一定会在一起一辈子，一定会结婚，一定会生一个儿子、两个女儿，当时的想法真的好简单……"

吴中志没有说话。

安然感慨着："人是会变的，当时的我完全没想过有一天我们会不爱了，或者说这份爱变得沉重，变得复杂。其实我知道，你曾经尽了最大的努力去维护我们之间的感情，我们之所以会变成今天这样子，我才是罪魁祸首。"

吴中志安静地看着说话的安然。

安然继续道："我知道，如果我没有怀孕，也没有流产，你现在根本不会出现在这里和我坐在一起。原来我一直以为这个孩子就是老天爷给我们的机会，给我的机会，让我可以有一次后悔的权利。但是没有，世界上没有重来的机会，对不对？"

吴中志道："安然……"

安然说："我知道你妈妈和我妈妈在筹备婚事了。"

吴中志没有说话。

安然又说："我还知道，你心里有别人，你想结婚的人，不是我。"

吴中志依旧不说话。

安然道："所以我不能嫁给你。"

安然将建模拿过来放到吴中志面前："这个，是你给金波的生日礼物，还给你。"

吴中志愣住了，抬头看安然，安然也大方地看着吴中志。

安然如释重负地说："我要的是爱，不是同情，不是愧疚，不是逼不得已。我要的是一个真正爱我的吴中志。我知道，你是因为我得了病才妥协和我结婚的，但其实完全不必这样啊，我没事，根本没有我妈说得那么严重。”

安然希望先取消婚事，让吴中志陪她一起去三亚，如果回来的时候，彼此找回了原来的感觉就结婚；如果吴中志真的已经不爱她，他们就重新做回朋友。

吴中志欣然同意，觉得安然还是原来的安然。

金波递交完人事报告，准备离开，看见等在一边的郑东旭。

郑东旭缠着要陪金波散散心，金波拗不过，抬头看着郑东旭：“那行，你陪我去个地方玩玩。”

郑东旭道：“哪里都可以。”

没想到金波把郑东旭带到跆拳道馆。金波是跆拳道黑带，郑东旭胆怯。

郑东旭整理着衣服：“有来这种地方散心的吗？一般不都是喝酒，或者去 KTV，或者开车走走也行啊。”

姜金波站在对面：“你怕了？”

郑东旭逞强道：“怎么可能！”

姜金波道：“那就来吧，别手下留情！”

两人对着鞠躬，同时说：“请多多指教。”

郑东旭全神贯注，左右跳着，显然明白自己不是姜金波的对手。

姜金波朝郑东旭猛扑过去，一个招式，把郑东旭摔在地上。

郑东旭龇牙咧嘴。

姜金波道：“起来！再来！”

郑东旭想跑，金波一把抓住郑东旭的衣领，郑东旭只得勉强应战，却一次次被摔得够呛。

姜金波坐在一边压腿，做结束运动的活动。郑东旭浑身散架，躺在地上一动不动。

姜金波表明自己的心志，说明自己始终不爱郑东旭。她说：“以后你会找到一个真心爱你的人的，在对的时间和地方，那个人不会是我。”

郑东旭坐起来想反驳，姜金波已经站起来走了。

04

吴中志送安然回家，竟然遇到郑东旭来给安然送礼物。

安然打开一看，是一套奢华的钻石首饰，惊讶地看着郑东旭，吴中志也很意外。

郑东旭有些难为情："你们别这样看着我啊，怎么了？"

安然皱眉道："郑东旭，你到底想干吗？这礼拜第四回了，这回又是什么原因送礼物？"

郑东旭道："庆祝你要去领奖了，你可以领奖典礼的时候戴。"

安然拒绝道："拿回去，太贵了，我不要。"

郑东旭道："别啊……"

吴中志突然开口："收着吧，也是一番心意。"

郑东旭赔着笑，安然奇怪地看着吴中志。吴中志接过礼盒递给安然："快回去吧，早点儿休息。"

郑东旭道："是啊，你现在一定要休息好。"

安然在两个人的目送下上了楼。

安然的身影刚一消失，两个人之间的气氛立马变了。

吴中志看着郑东旭："你的错不是钱能补偿的，以后少来骚扰安然。"

吴中志回家，徐曼丽正在整理婚宴酒店的宾客名单。

吴中志走过去坐在徐曼丽旁边，阻止道："妈，别弄了。"

徐曼丽道："不弄怎么行？马上就要用了，这名单明天就要给酒店，等你们从三亚回来就要举行婚礼了。哎，跟上班工作一样累，我真是为你操了一辈子的心……"

吴中志拉住徐曼丽的手，告诉她安然的决定，暂时取消婚礼。

徐曼丽急了："这到底怎么回事？她不是一直心心念念想和你结婚，怎么突然又不想结了？我这一切都准备好了，请柬都发出去了，这不是折腾人吗？是不是你又做什么了？你给我说清楚！"

徐曼丽放下手上的活儿就要起身，吴中志连忙拦住："妈，妈你别急。真不是我，是她，她说她不想我因为同情和她结婚。她想再给我们之间一次机会。"

徐曼丽生气地离开，吴中志无奈，但是心里觉得从未有过的轻松。

05

黄立鸣把姜金波和吴中志同时叫到总经理办公室来，说道："金波，虽然你已经办了离职手续，但韩国方面决定让你和项目的中方负责人中志一起出马，去把著名设计师铃木一郎请回来。"

姜金波抬头，大吃一惊。吴中志也急了。因为铃木一郎是室内设计业界最神秘的人，没留任何联系方式，经常在全世界旅行，没人知道他的行踪。要找到他很困难。

黄立鸣道："韩国集团总部今天刚来的消息，铃木先生过两天会破例出席三亚举办的室内设计大赛的颁奖典礼。这件事情集团公司非常重视，因为这是能请到铃木一郎的唯一机会，你们俩回去好好做功课，一定要到三亚去把他给请回来。"

吴中志突然明白了，这个铃木一郎和安然是参加同一个颁奖典礼。他和金波相互看了一眼，都不知道该说什么。

安然很抵触金波的出现，却又无可奈何。到了三亚，三个人在前台等着办理入住，却被告知没有房间了。

吴中志道："我们公司提前给订了房间啊，您再查一下吧。"

前台歉疚地说："对不起，因为明天晚上的颁奖典礼，所有的预订都已经取消，我已经跟贵公司沟通过。房间只预留给了嘉宾和受邀请者，对游客开放的房间，现在都住满了。"

安然拿出邀请函："我有邀请函。"

工作人员核实之后，安然朝他们摆了个"OK"的手势。

前台递给安然一张房卡："安然小姐，这是给您预留的房间。"

安然一愣："他们不能跟我一起吗？"

前台道：“对不起，一位邀请者只留了一间房。”

此时郑东旭突然出现，道：“跟我住！”三个人看过去，郑东旭拎着行李箱过来了，他得意地对前台道：“总统套！”

前台看着他说：“对不起，总统套已经被订了。”

郑东旭道：“那就是我订的，我叫郑东旭。”

前台耐心地解释道：“对不起，总统套是这次组委会主席的房间，您的预订顺延到明天，我们已经提前联系过您这边了。”

郑东旭傻眼，到一边打电话，大骂手下道：“订个房间都能闹乌龙，你让我睡大街上啊？”

郑东旭皱眉听着对方解释，慢慢笑逐颜开道：“聪明，不错，我知道了，那地方我能找到……”原来管家已经临时调来郑东旭家的游艇。

郑东旭挂了电话，看着前面的三个人。他本来想单独把金波带走，遭到拒绝，于是决定请大家都住到游艇上去。

郑东旭过来拉着安然的行李箱，对吴中志道：“志哥，那就都一块儿吧！反正也是一起来的，走！”

安然展开笑容挽住吴中志就走，吴中志无可奈何地看了一眼金波。金波面无表情，也没有别的办法，只得跟在郑东旭身后一起走。

几个人拿着行李箱走进来，游艇中层船舱很宽敞，有客厅和餐厅，边上还有一个酒吧台。

郑东旭以主人的姿态招呼大家道：“房间都在下面，你们自己去挑房间吧！”

过了一阵儿，游艇的广播突然传来郑东旭的声音：“欢迎大家出海打鱼！”

三个人相互看了一眼，跑上楼梯。只见郑东旭一身花哨的沙滩度假服，在顶层的驾驶室驾驶着游艇，看到三人上来，朝他们挥挥手。

吴中志调侃道：“郑大少爷，你搞什么鬼，忘了我们是来干什么的？”

金波对他怒目而视。郑东旭走了下来，颇感委屈，解释说反正在颁奖典礼之前找不到铃木一郎，不如等到颁奖典礼开始的时候，大家一起做好全方位围堵，应该可以找到他。这位花花公子满不在乎道："大好景色，浪费就是罪恶，我们去大海上吧！"

三个人相互看了一眼，还是不放心。

郑东旭对安然道："安然，我保证绝对不会耽误你领奖的，你就放下心好好放松一下吧！明天颁奖典礼之前，我保证能够把你安安全全送回去！"

郑东旭又对吴中志和姜金波说："真的不用担心，我知道咱们这次来的正事是什么。万一完不成任务，我这个做老板的也不好交差啊。"

三人这才放下心来。

吴中志也换好度假服，大花的沙滩裤和花色的衬衫，一个白色礼帽，墨镜一戴，像是美国电影里的大咖。姜金波和安然也都换上了性感的比基尼，外面披上一件简单的丝巾。姜金波走到前甲板欣赏着大海，吴中志从后面走来，坐在了金波身后的沙发上。

安然和郑东旭在上层驾驶舱，她看到吴中志和金波在一起，颇有些不快。

郑东旭反倒有些关注安然，问道："你觉得这游艇怎么样？"

安然回过头："你老管我干什么？你该操心的人在下面呢！"想了想，她索性说得更明白，道："郑东旭，既然我知道你喜欢金波，你也知道我喜欢吴中志，这么浪漫的游艇之旅，咱俩应该各取所需，相互配合，你觉得呢？"

郑东旭点点头："怎么配合？"

安然没好气地说："隔离，隔离知道吗？让他们尽量少接触，尽量别像现在这样单独在一起，这个环境太浪漫，很容易旧情复发。"

郑东旭看看船头的两个人，觉得安然说得很对。

前甲板上，金波在前排晒着日光浴，享受着蓝天白云和清爽的海风。吴中志还在看金波。

安然端着水果走到吴中志身边，要给吴中志喂水果吃。吴中志躲开，安然不依，往吴中志嘴里硬塞。吴中志顾及金波的感受，拼命摇头，就是不吃。

吴中志看金波，两个人的视线碰在一起，金波移开。

安然叫道："你不吃我不高兴了啊！"吴中志只好张开嘴，安然这才笑着，喂着中志。姜金波看不下去，起身离开前甲板。

吴中志无奈道："安然，你这样故意跟我秀恩爱，有意思吗？"

安然自己吃着水果，坐在甲板上，装作无辜道："怎么了，你在医院里不就是这么喂我的吗？"

吴中志道："这不一样，你现在明摆着故意气金波。"

安然不屑道："她已经不是你女朋友了，有什么可生气的？"

四个人坐在餐桌上吃午餐，安然给吴中志夹菜，吴中志给金波夹菜，金波面无表情地把中志夹过来的放到郑东旭盘子里。郑东旭受宠若惊，吴中志斜眼看着郑东旭。郑东旭把菜又夹给安然："还是给病人吧，病人需要多补充营养。"

安然生气又伤心地看着吴中志，把筷子一放："我不吃了。"吴中志看着金波，金波不看他，也把筷子一放："我吃饱了，你们慢用。"

四个人在船上钓鱼，郑东旭钓得最多。突然金波脚下踩到鱼竿一滑，侧身摔了下去，掉进海里。吴中志立即纵身一跃，跳进海里。郑东旭着急，对船上的工作人员喊："有人掉海里了，快点儿救人！"然后四处找救生圈。

吴中志没看到姜金波的影子，潜入海水中。海水里，姜金波好像晕了，在往下沉。

吴中志终于看到金波，拼命往下游，拉住姜金波，往上游去。

两个人终于露出水面。后甲板处，郑东旭朝他们扔救生圈。郑东旭和安然都看到吴中志已经抱着金波了，不免失落。众人把金波拉上船，吴中志紧接着跳了上来，赶紧去看金波，姜金波已经昏迷了。

吴中志设法救人，喊着："金波！醒一醒！"他一下一下按着她的胸口，要把水按出来。

郑东旭急道："我来做人工呼吸！"他话音没落，吴中志已经开始口对口给姜金波做人工呼吸。

郑东旭和安然只能表情复杂地看着。安然看到吴中志如此紧张，心生妒意。

终于，姜金波突然咳嗽，醒了，所有人都松了一口气。吴中志紧紧抱住姜金波，激动不已。金波一把推开吴中志，挣扎着起身走了。郑东旭连忙追去，安然则默默地看着吴中志。吴中志眼眶湿润，分不清是海水还是泪水。

第十七章

01

郑东旭独自一人坐在沙发上喝着红酒，安然看到他，走过来。

郑东旭倒酒，递给安然。安然接过，问道：“郑东旭，你有多爱金波？”

郑东旭道：“多爱？我可以把全世界都给她！”

安然揭穿他：“别说这些虚的，爱是需要实际行动的。刚才金波掉海里你怎么不跳下去啊，假模假样地找游泳圈。等你找到游泳圈，人都淹死了！别说金波了，换任何一个人都不会爱上你！”

郑东旭支支吾吾道：“我……我不会游泳啊！我要是跟着跳下去，不但帮不了忙，还会淹死……”

安然打断他：“行了，别给自己找借口了。”

郑东旭辩解道：“不是，如果我当时跳下去，吴中志肯定不救我，救金波，我上不来怎么办？我不成了他们爱情的牺牲品了？再说，你们女人都是什么思维逻辑？难道我一定要用自己的生命打赌来证明我爱一个人吗？”

安然道：“只让别人牺牲，自己得利。像你这么自私的人，一辈子都找不到真正爱你的女人。”

安然放下酒杯离开，郑东旭被安然最后一句话说蒙了，拿着酒杯愣住了。

金波披着毛巾被从船舱房间上来，吴中志朝这边走来，金波看见他后，转身回去，吴中志追上她。

吴中志想跟着一起进去，姜金波不理他。

吴中志道："金波……我们聊聊。"

姜金波一摆手："我们之间没什么可聊的了。"

吴中志着急："我和安然现在只是朋友而已。安然跟我说了，不结婚了！"

姜金波生气地说："事情已经到这一步了，你觉得我会相信吗？你们这次一起出来什么意思？我如果不来，你们不就在一起了吗？"

吴中志解释道："不是，这是安然说不希望我因为同情她跟她结婚，她只是想争取找回原来的感觉……"

姜金波打断他："那这意思还是要结婚啊！"

吴中志道："你觉得这感觉我们还能找回来吗？"

姜金波道："那你们慢慢试试去呗！"

突然安然端着两杯热气腾腾的可乐姜汤过来了，递给吴中志和金波。安然拿吴中志那一杯吹着，嘴里道："中志，慢点儿喝，小心烫。"

金波看着心里不舒服。郑东旭从甲板上下来，走到金波面前，讨好地说："烫吧，我帮你吹吹。"

郑东旭说着伸手去拿金波手里的杯子。金波瞪了郑东旭一眼，转身离开。

晚上，在茫茫的大海上，整个游艇的灯光亮起，非常温馨。海上的风很凉，吴中志和安然都穿上厚厚的衣服在甲板上看星星。

安然失望道："中志，不是说好这次旅行是要找回我们之前的感觉吗？"

吴中志看着安然，淡淡道："我们这不是正在努力吗？"

安然一撇嘴："之前我绝对有信心，谁知道你会带着金波！"

吴中志道："这不是公事吗，我有什么办法！"

安然承认自己非常嫉妒金波，说："嫉妒得我都想落一次水了。"

吴中志道："你可别，你忘了你刚……"

安然听着吴中志没有说出那两个字，接口道："流产。你干吗不说出来？不说出来，以后你更说不出来了。再久了，就成了我们两个的禁忌。"

吴中志点点头："对不起。"

安然伸过手，拉着吴中志："中志，我真的很想很想要这个孩子，我经常梦到她是个漂亮的小姑娘，穿着粉色的小裙子，站在你和我面前，软绵绵地喊爸爸妈妈……"

说着，安然流泪。吴中志伸手帮她擦眼泪，安慰她。

安然伤心地说："我现在时时都会感到害怕和无助，我每天都好不开心。中志，我会不会好不了了？"

吴中志道："不会的。"

船舷处，姜金波恰好走过来，听到他们的谈话，慢慢靠在了舷窗上。

安然流着泪："中志，我害怕失去你，害怕没有你的生活。刚刚看到你救金波，我觉得自己再努力也没有用，我永远也不会再得到你的爱了。"

安然哭得很凶，吴中志不得不抱她入怀，嘴里安慰道："不会的，我会陪着你的。"

听到这里，姜金波泪流满面。

吃饭的时候，金波一杯又一杯地喝酒，说道："多谢吴总救命之恩！"又道："这杯，祝你和安然白头偕老！"

安然端起酒杯也要干。

吴中志抢了过去："你不能喝酒。"

郑东旭也担心："对，你不能喝。"

大家有些奇怪地看着郑东旭，郑东旭忙打圆场道："女士们都少喝点儿，伤身体啊……"

吴中志端着酒杯："我奉陪！"

说着，吴中志干了他和安然的两杯酒。金波气呼呼地还要倒酒，被郑东旭夺了过去，故意找借口说："这酒这么喝就浪费了。"

金波看着郑东旭，激将道："浪费这点儿酒就心疼了，以后怎么娶我啊？"

吴中志愣住，郑东旭则立刻把酒瓶一放，道："我把酒窖里的好酒都拿上来！"

金波看着吴中志，吴中志也不示弱地看着她。

郑东旭看情况不好，继续打圆场道："哎呀，我看喝得差不多了，来跳舞吧，都别太拘谨了！"

郑东旭打开音乐，船上的音乐响起。

郑东旭伸手邀请姜金波："能否赏脸？"

对峙的气氛被优美的乐曲打散，金波看了一眼郑东旭伸来的手，赌气似的将自己的手放了上去。

吴中志不甘心地看着金波被郑东旭拉入舞池。

吴中志看着两个人跳舞，心里不舒服，自己坐下，继续喝酒。安然伸手，邀请吴中志："我们也去跳吧？"

吴中志摇头。

安然道："就当是陪我放松放松，我现在需要放松！"

安然生硬地把吴中志拉起来，两人也步入舞池。

两组人跳舞，移动舞步的时候，吴中志一直都在看着姜金波，而姜金波故意不看吴中志。

安然故意把头埋进吴中志的怀里，享受着。

金波吃醋，故意道："既然都来了，我们还是放开玩吧！"

说着，姜金波脱了一件外套，跟着节奏起舞。姜金波对郑东旭说："我想喝酒！喝个烂醉！"

郑东旭端酒上来。吴中志傻眼，眼睁睁看着姜金波和郑东旭喝酒。

安然见吴中志的视线始终没有离开过金波，急了，找借口道："中志，我有点儿冷。"

吴中志连忙脱了衣服，给安然披上，还是不时转头看着欢快跳舞的姜金波和郑东旭。安然看到，心里很不舒服，故意扶住头，摇头晃脑地皱眉。

吴中志问：“怎么了？”

安然道：“海风吹得我头有点儿疼，你送我回去吧。”

吴中志没办法，扶着她进入船舱。姜金波看着他们进入船舱，心里难受。

郑东旭端过来酒：“喝这个吧，这个酒度数低。”

姜金波赌气道：“我要喝度数高的！这个没味道！”

吴中志坐在床边的椅子上，等着安然入睡。外面的音乐声嘈杂，吴中志起身把门关严，立刻安静了。

安然突然从后面抱紧吴中志，热烈的情欲蔓延，喃喃道：“中志……”

吴中志拉开她的手，转过身面对着她。安然再次扑上来吻他，吴中志躲避。热烈的安然像是燃着的火焰，而吴中志一把扶住她，让她清醒下来，无奈叫道：“安然！”

安然眼角流下一滴眼泪。吴中志把她扶上床，给她盖好被子。

安然道：“别留我一个人行吗，能不能等我睡着再走？”

吴中志点点头。安然闭上眼睛，手还想拉着吴中志。吴中志挣开，道：“我在门口守着，一直到你入睡，你如果有什么需要，喊我。”

吴中志说完，转身出去了。

安然听着开门时传来的音乐声，又听到关门的声音，听天由命一般，把被子紧紧抓在手里，她此刻太孤独了。

太阳升起，四个人开始吃丰盛的早餐。桌上大虾到蔬菜、水果，应有尽有。

安然给吴中志夹了一个大虾，温柔地说道：“谢谢你！昨天辛苦了，我一晚上都睡得特别舒服。”

姜金波一听，把手里的刀叉停顿一下。

吴中志赶紧澄清，对安然道："要是这样你能睡得好，以后我天天晚上到你房间门口站着。"

安然一听，讪讪地，手里却继续剥虾，一定要喂给吴中志。中志伸手要自己拿。安然不依，说："你张开嘴，别脏手了。"

吴中志没办法，只能张开嘴。金波看在眼里，低头吃东西，心里不舒服。过了一阵儿，也拿过一个虾，开始剥。

安然对吴中志道："今天的颁奖典礼，你跟我一起上台吧。"

吴中志道："你获奖，我跟你上去算什么。"

安然道："你是我最重要的人。"

姜金波吃醋得不行，故意大声叫道："郑东旭！"

郑东旭回头，金波把刚刚剥好的虾往郑东旭嘴里使劲儿一塞，郑东旭开心地吃着。姜金波回过头来毫不示弱地看着安然。

04

颁奖典礼上，吴中志和姜金波寻找铃木一郎。主持人走上台，掌声响起，而铃木一郎的位子还是空的。

主持人面带微笑地说："今天的重头戏，是颁发最佳新人奖。颁奖人，是我们最神秘的设计大师铃木一郎。请铃木一郎先生上台颁奖！"

场内掌声四起。

主持人道："今年的最佳新人奖的获得者是——安然！"

安然非常兴奋，和身边的吴中志、姜金波还有郑东旭抱在一起。

安然上去领奖，颁奖的竟然就是铃木一郎。吴中志和姜金波都站了起来。铃木一郎和安然握手，在安然耳旁说了句什么。吴中志和金波面面相觑。安然开始致辞。

安然看着吴中志的眼睛说话："我第一次在这么多人面前讲话，有点儿紧张，本来要说的都记在一张纸条上，现在纸条找不到了。"

大家笑了。

安然一脸深情地说："除了给予我帮助的同事，还有生养我的妈妈，我还想感谢一个人，我的爱人吴中志。"

吴中志傻眼，姜金波和郑东旭也傻眼。台下的人知道安然在说谁，吴中志身边的人，纷纷向他投来注视的目光。

安然道："我的设计灵感，来源于我的爱人，吴中志的眼睛。"

大屏幕上播放安然的设计图，是一只抽象的眼睛。

安然继续说："他给我无私的帮助，给我灵感之源，给了我别人不可能给予的温柔与包容……"

姜金波看着台上，铃木一郎悄悄离开了。

姜金波着急："中志，铃木一郎走了！"

吴中志看看金波，再看看台上的安然，起身要去追铃木一郎，突然安然的声音传来："中志，不要走开，你听我说完，一定要听我说完。"

姜金波看中志不走，自己快步跑出去。郑东旭一看姜金波追出去，也跟着追了出去，可惜他追了几步就扭了脚。吴中志站在观众席中间的走廊上，看着安然的眼睛，慢慢坐了回去。

安然道："我们曾有过的一切，都是美好的，不管它是否带了伤痛。即便是伤痛，也是我们两个人之间的财富，我希望，和你共同走下去！"

说完，台下的观众席有人喊着："一定要走下去！"热烈的掌声响起来。吴中志尴尬地点头回应，内心万分焦急。

姜金波追出来，铃木一郎乘坐的车已经开走，不见影子。很快吴中志也跟着跑了出来。姜金波累得气喘吁吁，回过头去，恨恨地看着吴中志道："吴中志！你不是来秀恩爱的，也不是来专门看女朋友的颁奖礼的。你是来为你自己的项目邀请设计师的！"

吴中志也怒了："那你呢？你也是来请设计师的，不是随随便便就酒后乱性的！"

姜金波回手给了吴中志一巴掌。吴中志一愣，姜金波看着他。

姜金波大声说："我已经不是你女朋友了！我想干什么就干什么，用不着你管。我是一个人，我不为别人负责任，你懂吗？"

吴中志道："你太自私了！你还是我认识的金波吗？我会顾及身边

所有朋友的感受，你为什么不行？你为什么不能考虑一下我的感受？”

两个人对峙着。姜金波眼里含着泪，气呼呼地看着吴中志。后面，郑东旭气喘吁吁，一瘸一拐地赶了过来，问道：“铃木一郎人呢？”

姜金波和吴中志转头异口同声道：“走了！”

郑东旭一屁股坐在地上，冲着金波和吴中志发火：“你们是干什么来了？说好盯着盯着，连个老头儿都盯不住，我们怎么和董事会交代？你们知不知道，这个铃木一郎一旦消失，你们永远都找不到他了！”

吴中志清醒过来，知道惹了麻烦，赶紧说：“对不起，郑总，是我的责任。”

郑东旭生气地说：“现在不是追究责任的问题，而是必须找到这个人。我都给董事会打包票了，现在连影子都没见到！”

金波沉住一口气，帮着吴中志说话，道：“先别着急，我去向组委会打听一下，他应该不会这么快回日本。”

郑东旭道：“我已经问过组委会了，他们没有铃木一郎的任何信息，他这次过来就是专程颁一个奖项，只上台五分钟。”

吴中志道：“那这样吧，你去附近的交警队，看看能不能让他们帮助调一下监控；我去一趟机场，看能不能找到……”

郑东旭和金波都没有说话。吴中志着急道：“现在只有这个办法了。”

安然拿着奖杯跑了过来，看着三个人的气氛不对，问道：“怎么了？没找到铃木一郎吗？”

三个人分头行动，郑东旭往酒店方向走，金波朝右边走，吴中志朝左边走。

安然着急道：“中志，你们这是去哪儿啊？不是要找铃木一郎吗？我知道他在哪儿。”

三个人都定住了，转身看着安然。

安然举着奖杯一笑。颁奖的时候，铃木一郎已经告诉安然他住在海景酒店。

05

铃木一郎和安然坐在海边，两个人在谈话，聊安然的设计灵感。铃木一郎道："我很吃惊这个作品出自一位这么年轻的姑娘之手，我四十几岁才达到你现在这个作品的高度。我想知道，你的灵感是哪儿来的。"

安然坦白说是因为爱情。铃木一郎道："我也经历过刻骨铭心的爱情，但仅仅如此还是不足以呈现出你现在作品的魅力。"

安然想了一会儿："在创作这个作品的过程中，我经历了过山车般的爱情，从高峰到低谷，从甜蜜到苦涩，从希望到绝望。"

铃木一郎点点头："你应该感谢这个男人。"

安然伤心道："可是，我快要失去他了。"

铃木一郎诚挚地邀请安然加入他的工作室，去日本。安然答应会好好考虑。随后，安然挽着铃木一郎走了过来，介绍吴中志和他相识。

铃木一郎对安然说道："这就是你的灵感之源吧？"安然不好意思地低下头。铃木一郎于是邀请大家第二天中午到他的住处喝茶。吴中志看着安然，安然笑着，吴中志对铃木一郎道："谢谢您抽出宝贵时间，我们一定准时到。"

到了游艇上，安然邀请大家一起去跟铃木一郎喝茶，姜金波道："你们去就行了，我就不去了。"

安然热心道："铃木一郎先生说了，邀请大家一起去。"

晚上，郑东旭抱着被子挤进金波的房间，说道："昨天我不是在地上睡了一晚吗？今天我不来，中志会怀疑的吧……你别担心，我就是来睡沙发的。"

金波急了："睡什么沙发，出去！"

金波把郑东旭推了出去。

郑东旭恰好遇到吴中志，要求谈谈。

郑东旭道："现在安然拿到铃木工作室的邀请函，她因为你，纠结去还是不去。金波更是，她等你和安然的结果，等着你宣布，跟等着宣判一样煎熬。这些你都不想吗？你心里应该也明白，就算我消失了，你们三个人还是一样纠缠。”

吴中志为难地说：“我怎么选？不管怎么选，所有的痛苦加在一起还是一样多，怎么选都没答案。”

郑东旭道：“那你就让这些人都煎熬着？为了让你死心，金波昨天是故意把我拉到她房间里去的，你知道吗？”

吴中志一愣。

郑东旭道：“还不懂？金波想让你死心，想让你选安然！不行，你跟安然去日本吧，对所有人都是一件最好的事。集团公司这边我去解释，我给你在日本重新立一个项目。”

吴中志转身就走了。

铃木一郎入住的旅舍，咖啡厅是建在外面的，和绿色花园融合在一起，令人赏心悦目。

一杯工夫茶，放在金波面前，接着是吴中志、郑东旭和安然。

铃木一郎给大家沏茶，展示日本茶道。在场的人都为之一惊，真是美和优雅融为一体的表演。四个人喝茶，赞叹不已。

金波看了一眼吴中志，再看了一眼郑东旭，准备说正题。

铃木一郎打断道：“我听安然说过你们的事情了，我想和大家交朋友，不谈生意。”

吴中志赶紧说：“铃木老师，我们是慕名前来，特别想和您一起合作，与其说做一个项目，不如说做一件艺术品。”

铃木一郎笑着：“很遗憾，我现在已经没有精力做这么大的项目了，先喝茶。”

吴中志和金波，还有郑东旭都傻眼了。

铃木一郎道：“喝茶吧，只有忘了凡尘烦恼，品茶才成了享受。”

大家喝着茶，铃木一郎力主让安然做设计，他说："如果你们的设计师是安然的话，在设计方案方面，如果安然愿意，我可以提供力所能及的帮助，我会把我的联系方式留给安然，当然这件事还要看安然的决定。"

安然反问道："您不是邀请我去日本加入您的工作室吗？"

铃木一郎道："这个事情，你只能二选一。要么去日本，要么留下做设计。"

几个人把目光同时对准安然，安然不知所措。

安然走向自己的房间，姜金波在她房间门口站着。姜金波看着安然道："我找你谈项目合作的事。"

安然道："你们真的相信铃木老师的推荐啊，我没有做大项目的经验。"

姜金波道："中、韩双方的董事会都已经决定，请你来做这个项目的设计师。我个人也希望你能够留下来参与这个项目。"

安然抬头静静地看着姜金波，问："你真的希望我留下来和中志一起做这个项目吗？"

姜金波把意向书推了过来，说："这是意向书，你留下来，可以和吴中志一起工作，而我离开上海，再也不会和吴中志有交集。"

安然看着姜金波道："你们俩为了彼此都可以割舍最爱的东西，我真是羡慕。"

姜金波苦笑道："不必羡慕啊，你和吴中志最终一定会走在一起，而我早成了一个多余的人。"

安然道："我懂，这滋味不好受，我曾经也是个多余的人。"

姜金波不接她的话茬儿："这个条件可以吗？"

安然还在考虑。

姜金波道："还需要考虑吗？签了字你就可以得到想要的一切了。"

姜金波把笔放在意向书上，看着安然。安然看着姜金波，缓缓签好名字。她不确定自己这样做对不对。

07

安然整理文件资料的时候，突然发现了那张亲子鉴定的化验单，又尴尬又崩溃。

吴中志和郑东旭突然发现姜金波和安然都不见了。

吴中志道："我们俩兵分两路，你赶紧问问前台金波有没有订机票，我去找安然。"

吴中志到了安然房间，看到桌上压着两个东西：一个是千岛湖酒店和洲际酒店合作项目的设计意向书，已经签了安然的名字；一个是那张亲子鉴定化验单。

看来安然是因为这份鉴定结论离开的。这时郑东旭冲了进来叫道："不好了……金波订了回上海的机票，现在已经起飞了。"

郑东旭看到吴中志的表情，凑了过来，问："这是什么？"

郑东旭看着安然留下的意向书，说道："太好了，安然签字了，看来金波已经说服安然了……"转念一想，说："不对啊，安然怎么把意向书留下来了呢？"

郑东旭接着看到旁边的化验单，傻眼了，抬头看着吴中志，结结巴巴地问："她……知道了？"

吴中志分析，安然之所以把意向书留下，说明她拒绝受聘为设计师。郑东旭担心安然知道孩子是他的。

而吴中志明白安然只知道孩子不是他吴中志的，但还不知道孩子是郑东旭的。

两个女人都不见了，只能先回上海。

第十八章

01

郑东旭和吴中志回到上海，分头找金波和安然。吴中志来到安然的工作室，奖杯在明显的位置摆放着，安然却不在。

徐曼丽还蒙在鼓里，上安然家找李桂芬说孩子们结婚的事。李桂芬犹犹豫豫，终于照实说道：“安然怀的孩子，不是中志的。”

徐曼丽再次吃惊，尔后无奈地笑了，认真道：“亲家，都这个时候了，别开这种玩笑。”

安然妈一脸严肃：“是真的。这事怪我，你不是说要证据，要确定安然肚子里的孩子是中志的吗，我就委托了医生做亲子鉴定，谁知道化验结果出来，不是中志的。”李桂芬说着，去找自己放在茶几最底下的单子，却怎么也找不到。她当然不清楚那张单子被安然无意中和别的资料一起带走了。

徐曼丽意识到是真的，没了笑容。她开始喝茶，一言不发。

李桂芬有些不适应了，嗫嚅道：“中志妈，你该说的说，该骂的骂，再不行就打，你别……别不说话啊！”

徐曼丽道：“安然不是个坏孩子，肯定事出有因。我相信她不是事先知道故意折磨我们的。”

安然妈道：“但是，这事我们也不能瞒着他们，如果现在不告诉他们，硬让他们走到一起，早晚还是个雷，所以我们还是把事实都和他们说清楚。”

徐曼丽停顿了片刻，心里不放心。

安然妈看着徐曼丽，不知道她在犹豫什么。

徐曼丽犹豫着说道：“我担心的是安然。如果她知道了这件事，恐怕很难和中志再走下去了……”

安然妈听完，停下来看着徐曼丽，没想到徐曼丽对女儿如此了解。

徐曼丽道：“即便如此，不管他们做什么样的选择，我们都支持就是了，如果中志还是选择安然，我一点儿也不反对。”

安然妈听到这里，眼泪就下来了。安然妈握着徐曼丽的手，掏心窝道：“妹妹，有你这句话，我们娘儿俩真是没话说。遇到中志这孩子，遇到你们家人，真是我们的福气。只可惜，我们家安然，没这个福分和你们成一家人了。”

徐曼丽过去，抱着安然妈。

徐曼丽不解地说道：“是我跟不上这个时代了吗？我怎么就理解不了现在的孩子们了呢？”

安然妈歉疚地说：“曼丽啊，这件事，真是我们家的错，和你们没有关系，所以这婚礼，我们暂且放一放。等中志把安然找回来了，我们和孩子好好谈一谈。”

徐曼丽问道：“安然去哪儿了？”

安然妈担心地说：“哎，他们俩不知道在三亚发生了什么，安然就跑不见了，中志今天来家里我才知道。”

徐曼丽也急了。

酒店大堂里，好几个旅行社的人在争论，好多人都在要求酒店给说法。导游举着旗子，要求入住。

前台一头大汗，说是没有收到旅行团预订房间的信息。而导游却一口咬定有预订，而且收到过酒店回单。双方各执一词。

毛亚平走过，正好看到混乱的场面，赶紧过问。

前台解释道：“正好您来了，这位导游说他们早就在上周预订了酒店房间，而且收到过回单，可是我们的订房记录里没有。”

毛亚平问道："他们是哪个旅行团的？"

前台道："蓝云旅行公司。"

毛亚平皱眉："你让他们别着急，我去客房部查一下记录。"

毛亚平转身就去查原因，结果是吴一洁工作失误，没有把那张订单送到客房部。毛亚平气愤地叫道："你闯大祸了！"他把订单叠好放兜里，往外面跑去。吴一洁看毛亚平那么紧张，跟着跑了出去。

毛亚平跑到酒店大堂，对客人解释道："对不起大家，昨天我们电脑出了点儿问题，确实没登记上。"

客人甲说："你们的错不能让我们没地方住吧！"

毛亚平道："大家别急，放心，我们会给大家安排好的，所有人都有房间！"

毛亚平对前台说："小吴，赶紧安排客人入住。"

吴一洁紧张地看着毛亚平处理这场危机。毛亚平等着前台给出能安排的旅客人数，转身看到吴一洁。

吴一洁看着毛亚平，低下头，她知道这次确实是自己错了，也不再嘴硬。这时前台为难地凑过来："毛经理，房间不够，还差十间。"

十几个游客闻声虎视眈眈地看着毛亚平，一个个吵着说就要住这家酒店。导游生气酒店工作失误，懒得多说话，袖手旁观。

吴一洁只得立刻向自己的哥哥求救。最终，吴一洁闯下的祸，由吴中志出面，跟旅行社社长沟通，后来把游客安排到别的酒店，总算是平息了。

03

安然站在楼顶边缘，看着远方层层叠叠的楼群。吴中志走上来，看到安然在这里，松了口气。但是看到她离楼顶边缘很近，又紧张起来。

安然道："你终于还是找到我了。"

吴中志一笑："当然了，你躲到哪里我都能找到你。不过，这里太危险了，你过来，咱俩好好聊聊。"

安然没有动，转身看着前面的楼群，嘴里说道："我不想见到你了。"

吴中志慢慢地靠近安然。安然扭过头看着吴中志，吴中志赶紧停下脚步。

安然道："不对，应该说，我没脸再见到你了。"

吴中志微微一笑："别傻了，你就这么讨厌我？"

安然苦笑道："这种对话仿佛又回到咱俩以前在一起的时光，你哄我开心的时候就像现在一样认真。"

吴中志道："没有，安然，我说的是真话。"

安然问道："你怕我跳下去吗？"

吴中志担心地说："怕，我不想失去你这个……"后面的话，吴中志一时想不出合适的措辞。

安然接话道："朋友？"

吴中志道："是，你是我一生中最不一样的朋友，最不愿意失去的朋友，所以我怕……"

安然伤心地说："如果我跳下去，你会为我流眼泪吗？"

吴中志思索了一会儿，然后说："会！但是我也会恨你，你这样会让我觉得自己曾经爱错了人。"

安然看他一眼。

吴中志沉声道："因为我曾经爱过的安然不是这么懦弱。她很坚强、很善良、很骄傲，你还是那个安然吗？"

安然流下眼泪，默不作声。

吴中志道："你恨我吗，安然？如果你恨我，你可以跳下去，这样我会内疚一辈子，我这一生都不可能再幸福快乐。"

安然看着他，喃喃问："你爱过我吗？"

吴中志道："我不想回答你这个问题。你心里应该有一个坚定的答案。"

安然慢慢朝中志这边走了两步，鼓起勇气说道："你明明早就知道……孩子不是你的。你为什么没有离开我……反而一直陪在我身边照顾我？"

吴中志道："安然，你是我的朋友，更是我的亲人。我们无怨无悔地爱过一场，我觉得我依然对你有责任，我不想让你受到伤害……更何况，你那天喝醉了，是因为我，我怎么可能在那个时刻抛下你不管？”

安然哭了，流着眼泪走向吴中志，嘴里说着：“你为什么不骂我，为什么不质问我，为什么不揭穿我……你明知道孩子不是你的，你还那么照顾我，你还陪着我，你家里人还给我做饭，你妈妈还在张罗我们的婚礼。而这一切，你都知道，但是你却沉默着接受。”

吴中志道：“安然，这是我心甘情愿，也是我应该为你做的。因为错不在你一个人，我是有责任的。”

安然过去抱住吴中志：“吴中志，你为什么这么好……这么好的男人，我居然没有珍惜，我是不是特别傻？”

吴中志没有说话。

安然哭着说：“我想你和我在一起。我知道这是不可能的了，我自己都看不起我自己，你的高尚把我们俩毁了……”

吴中志安慰道：“你现在已经做得很好了。你的作品获了大奖，你受到设计大师的邀请，这不是你一直想要的生活吗？我不是你的唯一，你还有你的理想，成为顶级的设计师，那才是你生活的支柱。”

安然在吴中志怀里大哭。平静下来之后，安然道：“金波找我签了意向书，为了成全我，我们。但是我知道，她还爱着你，去找她吧。”

分别时刻，安然抬头看着吴中志：“中志，能不能再抱我……”吴中志微笑地张开双臂，安然也笑着，两个人依然有从前的默契，安然扑在吴中志的怀里。

吴中志把安然抱在怀里，安然的眼泪流了下来。安然想要留住这最后的感觉，十几秒钟之后，她毅然决然头也不回地走了。

吴中志目送安然离开。

郑东旭和吴中志全力以赴寻找金波，他们先后来到韩国。

金波拉开窗帘，外面已经大亮。她开门要出去，几个彪形大汉站在门口，把金波吓一跳。接着进来的是郑东旭。

金波惊讶地问：“你怎么来了？”

郑东旭笑着说：“原来藏到这么小的地方啊，怪不得找不到。”

姜金波不高兴：“你找我干什么？”

郑东旭看四周环境，马上令手下给金波搬家，嘴里道：“我是公司老板，你忘了啊，你工作，当然由我来提供宿舍，我的项目负责人怎么能住这种地方，影响公司形象，懂不懂？”

姜金波道：“我已经离职了！”

郑东旭道：“你调回韩国了，在韩国，我还是你老板！”

姜金波要求郑东旭不要告诉她的家人她回韩国的消息，得到同意后，才说道：“你让他们出去，我自己收拾。”

为了进一步稳住旅行社，吴一洁出马，和毛亚平一起陪社长喝酒，结果大家都喝得烂醉。意外收获是社长承诺把下一年度的订单也交给他们酒店。

吴一洁醒来，发现自己跟毛亚平睡在一起，恐惧地大叫：“毛亚平，你不会不对我负责吧？”

毛亚平睡得很死，被吴一洁捶打半天才醒来，搞清楚情况之后，慌张道：“一洁，负责什么，我什么都不记得了。”

吴一洁冷冷地看着他道：“我要是没记错，是你先吻我的。”

毛亚平慌忙否认，直说自己不是那种人。吴一洁吓唬他：“不行，这事我得和我妈说。”

说着，吴一洁手机响了，竟然就是徐曼丽打来的，吓了吴一洁一跳，电话都不敢接。这时毛亚平的小聪明开始起作用了，说道：“接，就说昨天加班。”

吴一洁这才按了接听键，吞吞吐吐道：“我……加班，我们这边出了点儿小意外……”

徐曼丽道：“你让毛亚平接电话。”

吴一洁吃惊，手机差点儿吓掉了：“妈，你让毛亚平接什么电话？”

毛亚平也以为露馅儿了，吓得找地方躲。

徐曼丽道："你加班肯定和毛亚平一起啊，他在不在，不在你就是骗我！"

吴一洁松口气，马上把手机递给毛亚平。

毛亚平接起电话："阿姨……"

徐曼丽问道："你们真加班啦？"

毛亚平硬着头皮说道："唉，是，有点儿忙。"

徐曼丽道："行，只要你在就行，我以为吴一洁又骗我，跟哪个浑蛋小子去鬼混了呢。"

毛亚平无奈："没……怎么可能呢……一洁，不是那种孩子……"

徐曼丽这才放下心来："好，那你们忙吧，有你照顾她，阿姨就放心了。"

毛亚平挂了电话，死的心都有。吴一洁翻着白眼："我妈还说我傻，这可好，自己闺女都掉狼窝里了，她还放心呢。"转头又开始骂毛亚平："看着你人模狗样的，竟然做出这么苟且的事。"

毛亚平道："吴一洁，你别太过分啊，一个巴掌拍不响，就和没你事一样。"

"毛亚平，过分的是你吧，我还是个小女孩儿，你是我师傅，你怎么能……"吴一洁说着要哭，毛亚平赶紧劝："我对不起你，行吧？这不是喝醉了吗？我也没想到，要放在平常，我怎么可能看上你！"

吴一洁怒了："毛亚平，你说什么？信不信我把事真告诉我妈，然后再向黄总说说你的丰功伟绩！"

毛亚平赶紧转移吴一洁的注意力，看着手表道："完蛋了，咱俩要迟到了。"

吴一洁没好气："这就是咱们酒店，楼下就打卡，晚不了。"

毛亚平点点头，看房间，还真是自己酒店，转而想不对，问道："吴一洁，你怎么还知道是咱们酒店啊，你到底喝醉没喝醉？"

吴一洁道："你傻啊，这房间不是我和菲利普住过的吗？"毛亚平暗暗叫苦，担心事情让同事们知道，更害怕在熙知道。

05

郑东旭带金波进入房间，把行李箱放在一边。这里各种设备齐全，显得非常豪华。姜金波不知道郑东旭居然就住她对面。

姜金波马上劝郑东旭回上海，因为项目确实很缺人手。而郑东旭却说他根本不需要回上海。金波傻眼：“那项目交接怎么办？我走了，你也走了，只剩下……”然后，“中志”两个字没有说出口。

郑东旭不爽：“心疼吴中志啦？”然后吩咐姜金波有事就去对面喊他。

姜金波一愣：“对面？”

郑东旭一脸淡定：“对啊，我住你对面。”

姜金波惊讶道：“你为什么住我对面？”

郑东旭道：“住你这里不是不方便吗？”

姜金波气死：“你要这么死皮赖脸吗？”

郑东旭坏笑道：“我主要是想保护你，不是怕吴中志再来骚扰你吗？”

姜金波失落地说：“他和安然马上要结婚了，不可能来。”

郑东旭一愣：“哦，对啊。他不会再来骚扰你了。”

姜金波无语：“骚扰我的是你吧？”

郑东旭道：“你忘了我在三亚说过的话吗？我要让你爱上我，否则我们连手都不会拉一下。你不用怕我，你放心好了，我在这方面还是挺君子的。”郑东旭说完就走了。

姜金波收拾行李，把玩具熊拿了出来，放在桌上，看着，想了想，把玩具熊装进行李箱，拉上拉链，放到一边的角落。

她想要忘记吴中志，却不知道，吴中志已经从中国追了过来。

第十九章

01

金波一放松下来就大病一场，病得拿水的力气都没有。这时郑东旭趁机来照顾她，给她喂水。

金波伸手想自己接，但真的没有力气，也不想吃东西。

郑东旭拿着小勺喂金波喝水，不时给她擦嘴角，道："还是有亲人在身边好吧，一个人，病了没个人端茶倒水。"

看着虚弱的金波，郑东旭心疼道："金波，这次病好了，你就彻底好了吧！"

金波眼里湿润："我……我不知道。"

郑东旭给她盖好被子："不管你好不好，我会一直守在你身边，等你变好。"

郑东旭握着金波的手，金波没有抽回来，点点头。

姜金波叮嘱郑东旭一定不要告诉家人自己已经回国。

郑东旭同意了："我就在你身边，你随时喊我。"

金波点点头，闭上眼睛，一滴泪滑下来。

虽然吴中志已经发现了金波的大概位置，但要靠近她却困难重重。

金波住的是高档公寓，必须有卡才能启动电梯；郑东旭又严格防守，命令保镖随时挡住吴中志。正因为发现郑东旭的保镖，吴中志才确定姜金波一定就在这里。

郑东旭决定趁金波还比较虚弱的时候向她求婚。

这天，金波身体已经好转，胃口好了，愿意吃饭。郑东旭包下整间餐厅，准备隆重求婚。

这时吴中志也已经甩开保镖，从楼梯狂奔上来。

郑东旭单膝跪地，从兜里掏出戒指。金波明白他要求婚，紧张地看着郑东旭，不知所措。郑东旭深情地看着金波道：“金波，你别怕。你应该相信，我不会伤害你，从小到大都是这样的。在我这儿，你可以为所欲为，就像上帝将使命交付给我一样，我都愿意接受，并且盼望你能够永远地在我身边任性下去，这是我最渴望的幸福。其实我心里很害怕，怕我说完之后你会转身离开。”

金波感动万分，她看着真诚的郑东旭，看着那枚戒指，有些犹豫，不再像从前那样断然拒绝。

郑东旭道：“给我一次机会吧，只要这一次，我会让你成为世界上最幸福的女人。我不会让你流泪，不会让你委屈，更不会让你后悔。”

乐队的温柔音乐，感人至深的话语，加上优美浪漫的环境，金波动摇了。

郑东旭举高了戒指道：“嫁给我吧，我会用生命来爱你！”金波看着郑东旭，郑东旭紧张地等着金波开口。

这时，吴中志突然出现，大声道：“她不会嫁给你！因为她不爱你！”

郑东旭循声而去，还没看清楚身后的人是谁，只见那人如风一般跑了进来，不顾一切抓住金波的手腕就走。

金波看着吴中志进来大吃一惊，还没搞清楚状况就被吴中志拉走，一起奔跑。金波看着吴中志，心里说不出什么滋味，傻傻地被他带着跑。

郑东旭没等来金波的回答，却眼睁睁看着金波被人抢走，他赶紧起身，这才看清楚是吴中志拉走了金波。

郑东旭身边的几个保镖慌慌张张地走过来。郑东旭大叫：“笨蛋，给我拦住他们！”

自从两人醉酒之后，毛亚平对吴一洁的感觉发生了微妙的变化，觉得吴一洁其实非常漂亮。

这天，毛亚平跟在熙一起吃饭，居然发生口误，他喃喃道：“一洁啊，我们不能再这样下去了……”

一抬头，坐在对面的竟然是在熙。在熙握着手里的叉子，怒气冲冲地看着毛亚平，质问道：“你刚才喊我什么？”

毛亚平慌张地说：“啊？我喊你什么了，不是喊你在熙吗？”

在熙火冒三丈：“你在办公室已经喊错一次了，这是第二次。如果你再喊错一次，我就拿这叉子叉死你！”

毛亚平赶紧躲避：“口误，口误！”

在熙收拾餐盘气呼呼地离开。

毛亚平不明白自己怎么喊错名字，抬头看对面，远处对面一张桌上，坐着的正是一洁，她和其他几个同事有说有笑地吃饭。毛亚平远远看着一洁，不由得愣了一下，然后拍着自己的脸：“醒醒，我和吴一洁不可能！”

吴一洁正好看向这边，毛亚平和她对视，立刻躲避。

在熙一个人在办公室发愁，还在生毛亚平的气。突然，面前伸过来一束玫瑰花，抬头一看是毛亚平。在熙板着脸，不搭理他。

毛亚平央求道：“在熙，我深刻意识到自己的错误，你就原谅我吧。”

在熙生气地说：“先把你和吴一洁的事情讲清楚再说！”

毛亚平心虚地说：“你怎么就是不信我呢……”

在熙板着脸道：“没错，就是不信任你！”

毛亚平道：“这样，一会儿下班，我带你去吃正宗的韩国菜，然后好好跟你说明白。”

在熙看着他，不说话，也不要他的玫瑰花。毛亚平无奈，拿着玫瑰花走了，在熙看着他的背影，噘嘴生气，想出一个主意。

饭店包厢里，在熙抱着毛亚平递过来的玫瑰闻，很喜欢，然后问道：“今天是你的生日？”

毛亚平笑着摇头。

在熙又问：“是我的生日？”

毛亚平摇头。

在熙很不解："那是什么日子？"

毛亚平说道："是我们认识的第八十三天。"

在熙撇嘴："那有什么好庆祝的。"

毛亚平激动地说："当然要庆祝了。以后，每个有特殊意义的日子都是我们的纪念日，比如今天，是我第一次送你玫瑰的纪念日。"

在熙笑道："那每一天岂不是都成纪念日了？"

毛亚平打了一个响指："对我们俩来说，每天都是纪念日。"

在熙道："我怎么听着就跟人生倒计时一样呢！"

毛亚平道："别瞎说。"

在熙怀疑毛亚平有事瞒着她："你是不是做了什么亏心事，最近对我这么好。又送花又请客的，突然变得这么大方，用你们中国话来说，就是黄鼠狼给鸡拜年——没安好心。"

毛亚平赶紧说，是为了给她一个惊喜。没想到，突然开门，一个人进来，果然是惊喜来了。毛亚平扭头一看，是吴一洁一张笑脸，嘴里道："Surprise！"

毛亚平愣住了。在熙笑着说："惊喜吧！"

毛亚平道："这就是你说的惊喜？"

在熙说："我看你和一洁最近剑拔弩张的，让你们缓和一下。"

吴一洁一屁股坐在毛亚平这边，毛亚平不舒服地朝旁边挪了挪，在熙不自然地看着毛亚平。

吴一洁问："今天谁请客？"

毛亚平看着她说："不是该你请客吗，我可是帮你保住了饭碗。"

吴一洁看着毛亚平："你是让我保住了饭碗，可是也让我失去了更重要的东西。"毛亚平明白吴一洁话里的意思，立刻不敢招惹她了。

在熙却听不懂，愣愣地看着他们两个。

毛亚平坐到在熙一侧："今天我和在熙请你，主要是给你道歉，回头我就和黄总说，把你交给有资格的经理带，我这师傅当得不好。"

吴一洁道："你这师傅当得挺好的啊，顺利拿下重要客户。"

毛亚平压制着火气，在熙听着，看着两个人，越来越感觉出两人之间有些暧昧。

吴一洁吃着饭，突然发话道："在熙姐，有些事，我不想隐瞒你。"

在熙放下筷子，看看吴一洁，看看毛亚平。毛亚平紧张地看着吴一洁。吴一洁瞟了一眼毛亚平，脱口道："你是不是想脚踩两只船啊？"

在熙一下就明白了，她把大束玫瑰往毛亚平怀里一塞，玫瑰刺扎得毛亚平跳了起来。

在熙生气地说："今天果然是个纪念日，是咱俩分手的纪念日！你一个人庆祝吧！"

说完，在熙起身就走了。毛亚平赶紧追出去。吴一洁看着桌上的菜，夹了两片牛肉，放到烤盘上，自己吃了起来。

毛亚平追上在熙，拉住她。在熙流着泪。

毛亚平解释道："在熙，那天喝醉了，我什么都不知道。那是误会，你再给我次机会，别这么快下结论好不好？"

在熙道："我们俩何必要彼此欺骗呢？"

毛亚平急道："吴一洁只是在整我，她不是真的喜欢我，这你从一开始就知道。"

然而好说歹说，在熙根本不信，转身就走。毛亚平看着在熙的身影，着急道："我跟你回韩国！"

在熙停下脚步，毛亚平看着在熙："我申请去韩国交流，我们一起回韩国，这样总可以了吧？"

在熙转过身："但是，我一看到你和她，脑子里都有让人恶心的画面，所以，我们还是分手吧！"

说着，在熙转身走了。毛亚平死的心都有。

毛亚平气急败坏地回头找吴一洁算账。吴一洁终于说实话道："你把我和菲利普的爱情搞黄了，你知道那是我的初恋吗？"

毛亚平沉默不语。

吴一洁道："如果你要我放过你，你就还我一个初恋。你当我男朋友。"

毛亚平忙拒绝道："别胡闹！我有女朋友。"

吴一洁道："那咱俩就没完了！"

说完，吴一洁拎包走了。毛亚平要追，被老板拦住，要他埋单。毛亚平看着吴一洁的背影，气得不行。

03

出租车停下，姜金波和吴中志两人下车，吴中志抬头看到摩天轮，非常高兴。游乐场一个人也没有，夜色下灯火通明，璀璨得犹如白昼。姜金波看到摩天轮，不由得露出笑容，两人坐了上去。

摩天轮下面，保镖们的车队依次到达，他们看着吴中志带着金波上了摩天轮，知道他们无路可逃了，不知道他们为什么来这里。

郑东旭的车也缓缓到了。他一下车，看着这浪漫的环境，明白吴中志想求婚，于是气急败坏地叫道："把摩天轮停了！"

几个保镖四处找控制室。郑东旭脸色铁青地看着高处的吴中志和金波。

摩天轮缓缓上行。金波突然又变了脸，怒气冲冲地看着吴中志道："不是说了吗，这辈子不见面了，你又来干吗？"

吴中志道："你能做到不想我吗？我做不到！"

姜金波打断他："做不到又怎么样？你已经要和安然结婚了！"

吴中志道："我和安然彻底分开了。"

姜金波怒道："多少次了，你们分得开吗？"

吴中志忙说："安然怀的不是我的孩子！她现在已经知道了，所以我们不可能在一起，她已经决定去日本了！"

吴中志有点儿紧张，赶紧去拿身上的戒指，戒指却不小心掉在地上。金波认识那个戒指，心生感动。

吴中志单膝跪地，跪在金波面前，高举那枚戒指道："我没有郑东旭的鸽子蛋，我也没有那么浪漫的音乐和烛光晚宴，我能想到的就是这个摩天轮，因为这是我们幸福开始的地方。我相信，你想要的幸福，只有我能给你。金波，嫁给我！"

金波感动不已，看着吴中志严肃的表情，不由得笑了，一把抢过戒指道："这是我的戒指！"

吴中志起身就扑上去抱住金波的脸开始亲吻，金波挣扎一下，随后笑了，两人在摩天轮上拥吻。这时，烟花四起，绽放在深蓝色的天空，异常美丽。金波吃惊地看着，在摩天轮上，烟花正好在这里绽放，就好像开在他们身边的花朵。

摩天轮下面，郑东旭看着四处缤纷的烟火，万分沮丧。

吴中志拉起金波的手，拿起戒指，不由分说地给金波戴上。

吴中志道："先借你的用一下，回去一定给你补上！"

姜金波道："像做梦一样，怎么会有人放烟火啊？"

吴中志轻声笑着说："我请的。"

姜金波笑了，吴中志把她揽进怀里，嘴里说两人再也不分开了，同意跟吴中志回上海。

04

毛亚平被吴一洁整得苦不堪言，找她谈判，诉苦道："你这不是故意拆散我和在熙吗？"

吴一洁道："等一下，你把话说清楚，你趁我喝醉占我便宜是不是事实？"

毛亚平欲死："我也喝醉了！我比你醉！你公平一点儿好不好？"

吴一洁轻声说："我是女孩儿，你是猥琐大叔，你觉得咱俩能公平吗？"

毛亚平看周边没人："我给你钱。"

吴一洁伸手："十个亿！"

毛亚平瞪了她一眼："你真敢说，这么大的胃口，怎么不撑死你呢！"

吴一洁道："这样吧，你陪我吃一个月的饭，晚上下班陪我溜达溜达。我们家小区黑，我害怕遇到流氓。"

毛亚平不屑道："就你还能遇到流氓？流氓看到你都绕着走吧！"

吴一洁生气地说："毛亚平！你不要太过分！"

毛亚平道：“就没见过你这么不矜持的女孩子……非追着别人当男朋友……”

吴一洁用手指挑着毛亚平的下巴，挑逗他：“谁让爷就是看上你了呢！”

在熙正好进来，看到吴一洁挑逗毛亚平，怒气冲冲地看着毛亚平。毛亚平离吴一洁远一点儿，保持距离。吴一洁挑衅地看着在熙，在熙没有说话，转身离开。

毛亚平喊在熙，追了出去。吴一洁看着毛亚平追出去，皱起了眉头。

毛亚平拉住在熙，在熙甩开他的手。毛亚平叫道：“在熙，刚才是误会！”

在熙道：“我已经说过，咱俩分手了，你们俩愿意怎么样就怎么样，别和我说！”然后郑重地看着毛亚平，重申道：“你听好了，从今天起，咱俩分手，各走各的！明白？”

在熙看了毛亚平一眼，绕开他走开了。毛亚平看着在熙离开的背影，无可奈何，两个人擦肩而过。

在熙眼睛里含着泪，毛亚平也十分难过。晚上，毛亚平去宿舍找在熙，在熙并不开门。毛亚平只得无趣地离开。

这天徐曼丽在拖地的时候，吴中志把姜金波带回家。

徐曼丽拉着金波的手，看着金波手上的戒指道：“真漂亮，你们这次可算是板上钉钉了，中志这块大石头，在我心里可真的就放下了。”

姜金波温柔地说道：“阿姨，不用担心中志。”

徐曼丽对金波充满歉疚感，说道：“安然的事情，现在已经彻底解决清楚了，我和安然的妈妈也谈妥了，她和中志的婚事，你别怪中志，中志是一直反对的，都怪我……”

姜金波拉着徐曼丽的手，安慰道：“阿姨，之前的事您做得对，任何一个母亲都会这么做。”

吴中志趁势说要和姜金波去领结婚证。徐曼丽看着金波问：“你爸妈都知道了吗？”

姜金波一愣，看着吴中志。

吴中志赶紧把话接过去：“金波的哥哥已经知道了，我们今天和她爸妈说。”

徐曼丽道：“好，最好两家亲家见见面。”

吴中志和金波面面相觑。

05

情场总算安稳，吴中志又面临职场难题。他需要去找安然签约做项目，而安然却已经决定去日本。这件事令吴中志非常为难，他建议总经理黄立鸣换一名设计师。黄立鸣坚决反对另外找设计师的想法，数落道：“再找？你想的也太容易了吧！董事会上下都同意了你们的方案，你们现在又说重新找，我怎么和董事会开口啊？”

吴中志道：“我们再想想办法，铃木一郎的地址我去找一下……”

黄立鸣大声说：“神仙都找不到铃木一郎，你就行了？别废话，趁着安然还在，你给我拿下！”

吴中志无奈道：“我和金波马上要结婚了，躲还躲不及呢，我怎么能去找她？”

黄立鸣道：“吴中志，事业重要还是面子重要？我跟你实话实说了，你现在面临的不是一个小事。董事会已经发布公告说安然是我们的设计师了，如果你搞不定安然，你这个中方项目负责人是要负责任的。说难听一点儿，是要扛雷的。”

吴中志无可奈何，转身要走，又折了回来。

黄立鸣不耐烦道：“又怎么了？”

吴中志犹豫道：“黄总，还有个小事，金波现在，能不能暂时还在宿舍住一下……”

黄立鸣不解：“她不是你未婚妻了吗，住什么宿舍啊？”

吴中志道：“这不是还没结婚呢吗，我家里不方便，这里怎么也算是中国的娘家，到时候您也是证婚人。”

黄立鸣想了想，说：“只要你能拿下安然，让金波住总统套都行。”

吴中志道："不用，就宿舍，挺好的。"

吴中志赶紧跑出去。

事实上吴中志还是不想去找安然。金波劝他以事业大局为重，她说："这个项目是你三年的心血，征集方案费时费力，还不一定能够找到合适的。一个好的设计师对我们这个项目来说，至关重要，甚至直接影响项目成败。"

吴中志拒绝道："那也不行，我下定决心了，我不会去找安然的。"

姜金波犹豫着："可是……"

吴中志打断她："别劝我了，安然去日本，对她是好事，我不能自私，这个项目还在施工，我可以在全世界继续寻找设计师，不能再耽搁安然的事业了。"

姜金波摇摇头："我担心你……黄总刚才已经说得很清楚了，你能当上项目负责人，也是他过五关斩六将帮你争取到的，这是你人生的一个转折点。如果你不服从董事会的决定，会被你之前的竞争对手抓住把柄，把你拉下马的。"

吴中志看着姜金波，郑重地宣布："金波，我决定辞职。"

姜金波吃惊地看着吴中志。

吴中志道："如果我们都在这个项目里面，也要执行之前的轮班制度，一个人一个月很难见面，我们的爱情一路上磕磕绊绊，我可不想再出什么乱子了。我辞职挺好的，可以留在你身边陪着你，帮你打下手，过过幸福的小日子，不好吗？"

姜金波为难地说："我不希望你为了我牺牲事业。"

吴中志道："别说那么严重，我是重新寻找一个事业，将来可能做得更好。老婆，你支持我吗？"

姜金波害羞地说："别乱叫。"

吴中志笑着说："本来就是，不是马上就要结婚了吗？"

两个人抱在一起。

06

郑东旭闷闷不乐地重回上海，遇到安然。安然说自己准备出发去日本，郑东旭很意外：“你不是答应要做千岛湖酒店和洲际酒店合作项目的内部装潢设计师了吗？董事会已经审核通过了，等着吴中志跟你签合同盖章呢！你一走，他应该没法儿和董事会解释了。”

安然说吴中志没来找过她。

郑东旭道：“吴中志应该知道，如果他苦口婆心地求你，你说不定会留下。但去日本是你一直以来的梦想，他不想阻止你，董事会这边的压力，他顶着。等你去了日本，他应该只有一条路走——辞职。”

安然完全没想到这一点，半天不出声。郑东旭送安然去机场的路上，接到电话，说是公司召集股东召开紧急网络会议。郑东旭知道可能涉及吴中志的去留问题，选择弃权。

公司会议室里，前面的大屏幕上，四个大人物都在线。

他们都看着吴中志坐在会议室中间，面对着他们。

董事长开口道：“这次邀请的设计师，我们都对外公布了，现在又闹出乌龙，谁来负责？”

另一位董事道：“这次事件太严重了，一定要严惩负责人！这件事是谁负责的？”

吴中志想说话，没想到坐在旁边的黄立鸣先说话了：“这件事情的主要负责人是吴中志……他确实有责任！但是如果说严惩，恐怕还到不了那个地步。”

董事长道：“黄立鸣，你不要袒护手下，这次的事件如果不是董事会压住，都会上升到商业欺诈，毕竟听说我们找到安然做设计，股市大涨，如果宣布是假消息，你想想后果吧！”

黄立鸣解释道：“这件事情发展到现在，真的是事出有因。安然是吴中志的前女友，本来确实已经签了意向书，要签合同的时候，因为他们个人的感情问题，最后失败，责任不能全推给吴中志。”

董事长一脸严肃：“个人感情我们不管，我们只想问责，到底谁来承担这个责任？”

黄立鸣还想说什么，吴中志打断道：“我来承担。”

在场的人都抬头看着，几位董事也一愣。

吴中志道：“对不起各位，我的私生活确实不可避免地卷入了这次邀请设计师的计划之中，我对此表示惭愧，请接受我真心实意的道歉。”

吴中志起身，鞠躬道歉，然后抬起头说：“在这之后，我想了很多，为了公司、为了集团，也为了我们这个项目的未来，我为邀请设计师失败的事情负责，这是我的辞职信。”

在场的人开始窃窃私语。

黄立鸣着急，小声劝道：“别啊，中志，我跟他们掰扯掰扯，你别辞职，快收起你的辞职信。”

这时，身后的门突然开了。几个人都回头，唯独吴中志没有回头。所有人看着进来的安然都十分诧异。她径直走到吴中志身边，对众人说：“对不起大家，我来晚了。”

看到安然，吴中志意外极了。

第二十章

金波的父母一直以为自己的女儿会嫁给郑东旭，没想到突然冒出一个中国准女婿，都不同意，急急忙忙飞到中国来试图阻止。

姜金波、徐曼丽和吴衍普本来准备去机场迎接，没想到他们把航班提前，直接找上门来，快到家才电话通知，就是想来个措手不及。

于是三个人到楼底下等着，一辆出租车缓缓开过来，就停在他们身边。徐曼丽、吴衍普笑脸相迎，金波走上前去。

姜金波父母在车里不动，哥哥姜仁秀下车，也不和徐曼丽他们打招呼，直接走向金波。徐曼丽看着他们，感到十分奇怪。吴衍普看向徐曼丽，也是一副不知所以然的表情。

徐曼丽道：“金波父母怎么不下车啊？还要我们过去请？”

姜仁秀拉着姜金波道：“金波，你过来，妈妈有话跟你说。”

姜金波感到奇怪：“什么话要现在说？先让爸爸妈妈下车啊。”

姜仁秀不松手：“你先来。”

姜金波一脸疑惑地跟过去。姜仁秀开始拉着金波往车里送，崔心爱在车里拉住金波往里面拽。金波用力挣扎。

徐曼丽和吴衍普看着这一家人，傻眼了，觉得阵势不对劲。金波叫着不愿意走，姜仁秀使劲儿把金波往出租车里推，徐曼丽急了。

姜金波对徐曼丽大喊：“阿姨，救我！”徐曼丽叫道：“放手！金波是我们家媳妇！”然后朝着车跑了过去。吴衍普也赶紧追过去。

徐曼丽拉住金波大叫道：“你们大白天的怎么抢人呢！”崔心爱也急了，下了车，拉着金波另一边。姜正德一看情况不好，也跟着下了车。出租车司机为了摆脱麻烦，一溜烟儿跑了。

姜仁秀道：“这是我们家的家事，您别插手了。”

吴衍普道：“金波是我们家媳妇，现在也是我们家的家事，我必须得管。”

一家人拉拉扯扯，姜仁秀还想来抢金波的护照。姜金波怒了，大叫道：“都停下！”

姜金波急中生智，用中文怒吼：“我们已经领了结婚证了！”

徐曼丽、吴衍普、姜正德和姜仁秀一愣。

金波继续用韩语对着崔心爱大喊：“我们已经领了结婚证了！”

崔心爱一愣，放了手，几个人都愣住了。姜金波趁机站远一点儿。四个老人各自整理衣服。

崔心爱追问金波：“你什么时候领证的？你这孩子！”

徐曼丽小声问着吴衍普：“他们什么时候领证的啊？”

吴衍普道：“我哪知道。”

02

吴中志给金波打电话，说是在酒店等他们。

那边姜仁秀的电话响了，郑东旭也说订好了房间，在酒店等他们。姜仁秀挂了电话，转身高兴地对崔心爱说："东旭已经订好了房间，准备好了晚饭。"

崔心爱和姜正德互相看了一眼，点了点头，崔心爱道："既然东旭订了房间，那就先住下来吧，我也累了。"

姜正德依旧面色严肃，点了点头。

酒店门口，吴中志抬头看到郑东旭也站在一边，两个人一人一边，谁也不搭理谁，就那么站着。

金波陪父母来到酒店，车刚停下，吴中志高高兴兴地走上前去，没想到却被郑东旭挡在身后。

郑东旭毕恭毕敬地鞠躬："叔叔阿姨辛苦啦！"

姜金波拉着吴中志给爸妈介绍道："爸、妈，这是吴中志。"

吴中志对姜正德和崔心爱礼貌地问好："叔叔阿姨好！"

没想到崔心爱不搭理他，和郑东旭问候着。姜正德看看吴中志，点点头。姜金波拽过郑东旭，横眉冷对道："郑东旭！这事和你有什么关系，别在这里乱凑热闹！"

郑东旭一脸无辜："叔叔阿姨大老远从祖国跑来，我略尽一下地主之谊，不算凑热闹吧？"

姜金波咬牙说道："他们是来见中志的，轮得着你尽地主之谊吗？要尽也是中志尽。"

郑东旭一脸得意地说："可是我看叔叔阿姨好像并不喜欢吴中志啊！"

吴中志拉着姜金波："别跟他生气，阿姨、叔叔，进去休息吧。"

吴中志礼貌地要搀扶崔心爱，崔心爱装作没看见。郑东旭对崔心爱献殷勤道："里面我都安排好了，伯母先进去休息一下吧。"

崔心爱高高兴兴地跟着郑东旭进去了。

吴中志看看金波，金波一脸的无奈。吴中志问道：“到底怎么了？”

姜金波把事情的原委说了一遍，两人决定真的去把结婚证领了。

03

毛亚平远远看到在熙向她走过来，而在熙根本不停下脚步，当作没看到毛亚平，两个人擦肩而过。毛亚平回头看着在熙离开，无可奈何地叹了一口气。

此时，吴一洁已经被总经理黄立鸣调去当助手。

毛亚平一身休闲装，花格衬衫，草帽，风流倜傥的泡妞造型，坐在泳池边的休闲区等着刚刚通过微信认识的美女，想要一睹芳容。

旁边，三三两两的比基尼美女在泳池边晒着太阳，毛亚平心花怒放。

毛亚平微信问道：“你到哪儿了？”

对方微信回道：“在你身边（附加一个害羞的表情）。”

毛亚平心酥了，自语道：“这么好的女孩子，真是太温柔了，比那个一洁……（对自己大骂）我干吗想起她来了。”

一扭头，一个戴着墨镜的长发女孩儿走了过来。毛亚平看着女孩儿的身材，凹凸有致，线条没得说，妆容艳丽，红唇扎眼。毛亚平看得目瞪口呆。

女孩儿走近，娇滴滴地问：“请问你是毛亚平吗？”

毛亚平鼻血差点儿流出来：“是！你就是 Lucy？”

女孩儿点点头，坐下。毛亚平看着女孩儿的长相，有点儿面熟，又不知道在哪里见过。毛亚平笑着问：“你习惯聊天儿戴墨镜吗？”

女孩儿道：“我又不是盲人，当然不习惯。”

毛亚平笑着说：“何不摘了墨镜，让我目睹真容？想必姑娘这么好的身材，长得也一定十分漂亮吧？”

女孩儿也笑了：“我怕你看了受不了。”

毛亚平道：“别逗我了，我就一个优点，只要是女孩儿，绝对不会吃惊。”

女孩儿收起了笑容：“我怕吓死你。”

毛亚平拍胸脯说道：“我要是屁股从这个椅子上离开，接下来的两天，你说什么我就做什么。”

女孩儿道：“这可是你说的。”

毛亚平笑着。女孩儿摘了墨镜。毛亚平脸上的笑容僵化，消失，变成恐怖的表情。在他面前，竟然是吴一洁的一张笑脸。她拿过一杯果汁，咬着吸管。

毛亚平尖叫：“鬼啊！”

毛亚平起身就想跑，吴一洁一伸脚，把毛亚平绊倒。毛亚平脸先着地，摔得很惨。吴一洁笑着凑过去：“你说屁股不离开椅子的哦，你输了。”

毛亚平抬头看着吴一洁，爬起来还想跑，被吴一洁一推，掉进泳池。

毛亚平在泳池里挣扎着，吴一洁站在泳池边，看着毛亚平，冷笑了一声。

毛亚平大喊：“姑奶奶，你能饶了我吗？”吴一洁最后逼着毛亚平背着她绕泳池一圈，毛亚平大呼倒霉。

姜仁秀和郑东旭坐在一起商量对策。

姜仁秀担心地说道：“东旭啊，我这走了没几天，怎么发生惊天逆转了啊？他们怎么还把结婚证领了呢？”

郑东旭摆摆手：“假的！”

姜仁秀道：“假的就好。”

姜仁秀一想不对，问道：“你怎么知道是假的？万一他们真把证领了可就完蛋了。”

郑东旭自信地说：“我怎么会不知道，他们刚从韩国回来，根本来不及，今天周末，他们要领证也要周一呢，中间谁知道会发生什么事。”

姜仁秀诧异道："他们回韩国？什么时候？"

金波之前短暂回韩国，因为心思不定，完全没让家里人知道。郑东旭不耐烦："哎呀，这个回头再说，先把吴中志的事解决好。"

姜仁秀一门心思站在郑东旭这边，嘴里道："妹夫，我觉得你这事可能要成了！"于是添油加醋把刚刚一家人想把金波扯上出租车强行带回韩国的事说了一遍，他道："你当时不在，我妈和他妈，我爸和他爸，打得都扯头发了，你说这亲家能成吗？我觉得你的机会来了，你要把握住啊！"

郑东旭着急道："我该怎么做？"

姜仁秀道："你今天表现得太好了，又是安排饭局，又是订了房间，已经胜了吴中志，我爸妈可是赞不绝口。"

郑东旭打断他："别说这没用的，说重点！"

姜仁秀给他出主意："我爸爸妈妈来得着急，行李都没拿，你可以趁机给他们买礼物……"

姜金波和吴中志也在一起思考对策。吴中志建议双方父母在吴家正式会面，他说："你想啊，家的感觉多温馨啊，又亲切，无形当中就拉近了人与人之间的距离，再说，家里不是还有奶奶坐镇呢嘛！我家人都喜欢你，你爸妈一看多放心啊，没准儿一高兴就当场拍板了！"

吴中志马上给姜正德夫妇买了许多礼物和用品，回家去跟家人通气。徐曼丽起初不答应在家里会面，她还在介意金波父母一来就抢人的做法。

吴中志没办法："妈，您想想金波，金波多可爱啊，我要娶的是她又不是她爸妈，咱就委屈一次行吗？要不等我爸晚上下班你跟他商量？他肯定同意。"

徐曼丽道："你爸是君子，凡事都爱主动退一步，他当然同意。我可事先说好，这顿饭我不做，碗我也不刷，我不想丢中国儿媳妇的脸。"

吴中志马上说："我刷！所有的活儿，我都包了，所有的碗我全刷了！"

徐曼丽起身就走："还有，这顿饭别想让我顺着他们的意思，也别想让我讨好他们！"

吴中志松了一口气。

姜金波为了劝父母同意去吴家也下了一番功夫，她对姜正德道：“爸,你不是有一篇关于中国民俗的论文一直找不到好的民俗样本……”

姜正德一愣，点头道：“果然是我的女儿，居然知道爸爸的关注点。”

姜金波趁机说吴中志的奶奶是个传统手艺人，好像是苏州刺绣的嫡系传人，还说上海是民俗集中的地方，有许多中国历史文化名迹。

姜正德立刻心动不已，马上同意道：“哎呀，女儿啊，我们那是要去家里拜访一下，你和中志家里人说，打扰了！”还转头做老婆的工作：“心爱啊，你要给每个人平等的机会，我们都知道东旭不错，但是我们不能因为东旭不错就拒绝金波和中志的爱情。在这件事里面，我们是给孩子们未来的幸福指路的人，而不是独裁者。如果金波和中志不合适，我们指出他们的不足；如果他们合适，两家人和睦相处，不是更好吗？”

崔心爱嘟嘴，扭过头去。

姜正德道：“这样，我们就去吃顿饭，如果你不高兴，还是按照原计划，订票回韩国！”

崔心爱道：“那可说好了，我不高兴的话，我可不给他们面子！”

姜金波担心地说：“妈，你也别太过分……”

姜正德给金波眼色，金波明白，拿手机出去给吴中志打电话。崔心爱先稳住姜正德，让他对女儿的婚事一个字都不要再说，然后自言自语道：“我要看看这个中志妈妈有什么方法说服我！”

两家长辈见面，刚开始表面上还是保持了一团和气。

寒暄过后，姜正德和奶奶正在奶奶房间聊着刺绣，奶奶给他讲着刺绣的故事。

姜正德拿着本子记着，手里还握着录音笔。

奶奶道：“这个是我师傅留下来的，这是苏州刺绣的传家宝。”

姜正德小心翼翼地拿起，拿着放大镜，认真看着。

客厅里，徐曼丽和崔心爱有一句没一句地聊天儿，姜金波翻译着，她趁机缓和矛盾，专门翻译成好听的话。

姜仁秀陪着郑东旭买好东西，才知道自己的爸妈已经到了吴家。郑东旭神情黯然，姜仁秀把东西拿好，承诺一有情况就打电话。结果郑东旭为韩国长辈买的东西被徐曼丽误以为是买给自己的，姜仁秀只好吃了这哑巴亏，然后暗暗跟崔心爱达成统一，千万不能同意吴中志和金波的婚事。

吴衍普和吴中志拿出看家本领做了一桌好菜，一家人热热闹闹地坐在一起。

徐曼丽道："大家别客气啊，今天难得人这么齐，中志他爸还是专门请了假，就为了给大家露一手，大家都别客气，开动开动。"

奶奶坐在长条桌的主座上，她左手边是崔心爱，崔心爱旁边是徐曼丽陪着，金波坐在徐曼丽旁边，再往下是姜仁秀。

奶奶右手边是姜正德，旁边是吴衍普作陪，再往下是吴中志。

徐曼丽和崔心爱在金波的翻译下，聊得火热。

徐曼丽道："我就不喜欢韩国电视剧，说什么来着，跟老太太的裹脚布一样，又臭又长。"

金波给崔心爱翻译："中志妈妈最喜欢韩国的电视剧，感人肺腑，看着特别感动。"

崔心爱道："我觉得韩国电视剧好，我今天看了几集中国电视剧，画面都很差。"

金波翻译道："我妈妈觉得中国电视剧更好，画面和拍摄都好很多。"

徐曼丽高兴地说："喜欢就好！"

崔心爱也高兴。

姜仁秀对崔心爱说："妈，金波说得不对，中志妈妈说……"

姜金波一个鸡腿塞他嘴里。

姜金波低声用韩语说道："哥哥，如果你今天晚上坏了我的好事，咱俩从此再也不见面了。"

姜仁秀无奈地看着金波，金波眼睛瞪得很圆，不是闹着玩的。

姜正德对崔心爱道：“这家人有意思。”崔心爱附和着：“我也还算喜欢！”姜金波高兴地对徐曼丽说：“我爸爸妈妈说，特别喜欢你们一家人。”

徐曼丽一拍手：“太好了，我就是说，能教育出金波这样的好姑娘，这家人差不了。”

大家都很高兴。

奶奶提议道：“既然全家人都聚在一起了，让我们一起碰杯吧，欢迎远道而来的客人。”

姜正德道：“也祝奶奶身体健康，寿比南山！”

奶奶一脸高兴，全家人碰杯。

姜正德指着桌上的一盘菜问：“这是什么？”

吴衍普答道：“这是野兔子肉，这不快过端午节了吗？我去买菜的时候恰好遇到有人卖野兔子，幸亏动作快，买到了最后一只……”

姜正德看着吴衍普：“怎么会有卖野兔子的？你为什么要买野兔子啊？”

吴衍普道：“这不是要过节了吗？让餐桌丰富一点嘛！”

姜正德一愣，停顿了片刻，用一种礼貌的口气继续说：“请你以后再也不要买野生动物吃了。这样很残忍的！”

吴衍普笑着解释道：“我们平常也很少买的，既然买来了，您就尝尝吧！”

姜正德正襟危坐：“我才不尝呢！吃野生动物，多野蛮啊！我不想变成野蛮人……”

吴衍普不悦道：“你怎么一口一个野蛮，好像你自己多有文化似的！我看你是装模作样！”

姜正德也不高兴了：“我才不是装模作样！我们家几乎吃素食的，你看看你们家，野兔子、虾、鸡鸭鱼肉，就一个青菜，这不是野蛮是什么！要素食为主，不知道吗？”

吴衍普道：“你知道点儿好歹，行不行？我们这是为了表达热情，隆重地招待你们，才多买荤菜！我们平常也是荤素搭配的！”

吴中志和姜金波面面相觑，感觉不太对。

吴衍普越想越生气，道："嘿，你这个人，太自以为是，假正经。我和你真是没法儿聊！"

姜正德也生气道："我也不想和你说话！没文化，没素质。"

吴衍普急了："你说什么？"

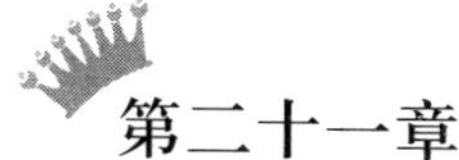

第二十一章

01

这次家庭会面，原以为会大吵的两个妈妈竟然一团和气，两个温文尔雅的爸爸却因为一盘菜吵得不可开交，让人大跌眼镜。

徐曼丽把吴衍普面前的酒杯拿走，嘴里道："老吴，多喝了几杯酒，怎么要起酒疯来了？"

吴衍普道："什么要酒疯，我清醒得很。"

崔心爱对姜正德说："你们在说什么，怎么突然吵起来了？"

姜正德一脸不悦："没吵架，就是辩论。"

奶奶劝道："我说你们都不是年轻人了，怎么都肝火这么旺啊，都少说几句。"

吴衍普和姜正德都沉默不语。

吴中志趁机道："爸，您就忍忍吧！现在确实在强调保护野生动物！"

吴衍普道："可……我不是刚好遇上了，大家又都抢着买嘛！平常很少看到有人卖的！"

吴中志道："那一定是有人趁管理人员没注意，偷着卖的。"

姜正德听得似懂非懂，仍然在生闷气。

徐曼丽赶紧圆场："这事咱就别提了，吃饭，吃饭！"

吴中志给吴衍普倒酒，示意他跟姜正德喝一个。姜仁秀倒是唯恐天下不乱，看看父亲，再看看吴衍普。姜金波起身，示意吴中志到一边说话。两个人起身离开餐桌。

姜仁秀想着要帮郑东旭，之前帮姜正德翻译吴衍普说的话时，就一直在添油加醋，现在一看姜金波离席，于是赶紧煽风点火道：“妈妈，刚刚金波都是骗你的，中志妈妈特别讨厌韩剧，而且她根本不喜欢你。”

崔心爱马上冷冷地看着徐曼丽。徐曼丽还在笑着，不知道他们娘儿俩说了什么，只是感觉有些不妙，于是看着姜正德。姜正德扭过头，不说话。

崔心爱道：“我就说这个女人不能这么好相处！被我说中了吧！”

徐曼丽看着崔心爱脸色变得不好看，又不知道他们在说什么。徐曼丽看看吴衍普，两个人都彼此摇摇头。

姜仁秀继续砸场子，用韩语对姜正德说：“爸爸，你看这位叔叔脾气这么差，金波在他们家能有什么好日子过！”

徐曼丽对吴衍普说道：“看到了吗，这就是文化差异，他们说什么咱们都不知道！”

奶奶道：“金波呢，让金波来翻译翻译。”

金波回来看崔心爱脸色难看，问道：“妈妈，你怎么了？”

崔心爱生气地扭过头，不搭理金波。

金波立刻意识到问题出在姜仁秀身上，怒目看着姜仁秀。

姜仁秀一脸得意地说：“有问题就不能隐瞒，要拿到台面上说，不然你婚后会吃亏的。”

姜金波问道：“你都和妈妈说了什么？”

姜仁秀道：“我说我该说的。”

徐曼丽也赶紧缓和气氛，让吴中志给姜正德敬杯酒。吴中志赶紧倒了杯酒，对姜正德道：“叔叔，不好意思，我爸爸平时不是这样的，突然多喝了几杯，有点儿控制不住自己，说话的口气有点儿冲，我替我爸爸给您道个歉……”

吴衍普听出苗头了，他把吴中志的酒接过去，放在桌上，态度强硬地说：“道什么歉！我好心好意地招待他，他在这里假正经教训人，他以为他是谁啊！”

吴中志着急了：“爸！你干吗啊！”

姜正德怒了，把杯子一放，看着吴中志：“我问问你，如果你和金波结婚了，你爸爸动不动就发脾气，你站在哪边？”

酒桌上突然沉默下来，姜仁秀还在吃着，一看所有人都不动，还没弄清楚怎么回事。

全桌人瞬间安静了，所有人都等着吴中志的回答。

吴中志看着姜金波道：“谁有道理，我就站在谁那边！”

吴中志不知道这个回答大家满不满意。

姜正德沉默三秒钟，起身就走。崔心爱和姜仁秀也赶紧起身跟上去。

姜仁秀高兴得都快笑出来了，他跑到最前面给爸爸妈妈帮忙穿鞋。姜正德朝门口走去。姜金波想拉住爸爸妈妈，姜正德把她的手打开，穿好鞋离开。

姜金波拉着吴中志，着急道：“中志，赶快拦住啊！”

吴中志赶紧跑出去。

姜正德一本正经地对吴中志道：“如果想娶我们家金波，就不能让她受半点儿委屈！她可是我的宝贝女儿！”

说完，转身就走，一家人都跟上，姜金波无奈地看了一眼吴中志，也只能跟着家人走了。

留下吴中志一家人面面相觑。

姜金波气得坐在沙发上直抹眼泪，边哭边说：“爸爸，你的面子就那么重要吗？”

崔心爱坐到金波身边，安慰女儿道：“你爸爸也是为你好。”

姜金波道：“这是为我好吗？饭吃到一半就气呼呼地走了，谁都看出来什么意思了。”

姜正德一言不发。

崔心爱批评姜正德："你一进人家家门就和老太太攀谈，聊得那么投机，怎么就突然争执起来了呢？"

姜正德道："你不是一开始就不同意吗？"

崔心爱道："我看中志一家人倒是蛮不错的，家里收拾得干干净净的，中志爸爸也彬彬有礼，还特意给我们做了那么多菜，你进过我们家的厨房门吗？"

这对老夫妻的态度完全反转过来，竟然吵开了，然后谁也不搭理谁。

姜金波道："爸，这事你给个解决方案，我会告诉中志的。"

姜正德道："没什么好说的，我是不会再和他们家见面了。"

姜金波站起来道："好，如果你们拒绝了这个婚事，我这辈子再也不回韩国了，而且我自己嫁给中志！"

姜正德和崔心爱面面相觑。姜金波说着要走。崔心爱赶紧拉住金波，对姜正德示意缓和。

姜正德想了想说："如果那个吴衍普不来给我道歉，别想让我同意这门婚事！"

吴衍普的想法也是一样，必须姜正德给他道歉才会接受婚事。这两个倔强的男人算是较上劲了。

崔心爱的态度发生了转变，她挽着女儿的胳膊道："金波啊，之前妈妈对中志有偏见，这次看到他们家里其乐融融，关键是中志还下厨房做饭，我很满意。"

姜金波迟疑道："但是你和中志妈妈……"

崔心爱道："中志的妈妈虽然和我对一些事情的观点不合，但是她没有故意顺着我，而是表达她自己的观点，我觉得她是个光明正大的女人，不会暗中欺负你。我看明白了，我们韩国男人，在婚姻里，总是一副趾高气扬的姿态，不像中国男人一样疼爱老婆，我同意你嫁给吴中志了。"

姜金波高兴地说："真的吗，妈妈？"

崔心爱点头，姜金波一下扑进妈妈怀里。崔心爱答应金波一起想办法说服姜正德。

03

安然走回办公室，表情十分不爽。

身后有人敲门，安然回头一看，进来的是郑东旭。

安然一愣："你怎么知道我在这儿？"

郑东旭打量着房间，没有正面回答，只是问道："怎么样，布置得还满意吧？为了让你这位大设计师满意，我可是用了心的。"

安然看着办公室："还不错，勉强合格吧。"

郑东旭道："我知道你不会经常来，所以按照我喜欢的风格改了改，以后你不在的时候，我借用一下。"

安然一愣。

郑东旭笑了："有什么事可以随时打电话，我会帮助你的。"

安然不客气地坐下，说道："我一直在想你送我去机场时说的那些话，你是不是暗中提示我，如果我走了，吴中志就彻底完蛋了？"

郑东旭装傻："什么？我说了吗？我怎么不知道？"

安然道："我虽然不知道你为什么这么暗示我，但是我希望你是真的想帮助中志。"

郑东旭道："金波的父母因为他们的婚事已经来中国了。"

安然先是心头一紧，接着假装自然地说道："跟我有什么关系。"

郑东旭看着她问道："你真的就这么放手了？"

安然点点头："你也放手吧，这对你、对金波、对中志，都是好事。"

郑东旭道："安然，我在去机场的路上确实给了你暗示，但是我没想到你真的会留下来……"

安然看着郑东旭："你想说什么？"

郑东旭话里有话："我被你对中志的爱打动了，也有点儿嫉妒，如果有女人这么爱我，也许我也不会像现在这么疲惫。"

安然如释重负地说："我只是想帮帮他。爱情，已经成了我们两个人的过去式。”

郑东旭看着安然的侧脸，觉得安然异常漂亮。

平常很顺服的吴衍普这次连徐曼丽的话也不肯听了，徐曼丽只得来酒店，让吴中志陪着吴衍普喝酒。

徐曼丽道：“你爸爸是个顺毛驴，这次不能逆着他的脾气来，你去找你爸喝酒，让他多喝点儿。”

吴中志不解：“啊？”

徐曼丽道：“这叫鸿门宴，他喝完酒回家，我就给他来个下马威，现在不治治他，他还真以为自己翻身农奴把歌唱呢！”

吴中志依计行事，徐曼丽借题发挥故意生气，这样一来，吴衍普无奈只得答应向姜正德道歉。

姜正德跟在几个晨练的老人后面，饶有兴致地跟着练习太极拳，突然手机响了。

原来姜正德一篇关于中国民间刺绣的文章被杂志社采用，准备本期就用，但是姜正德之前提供的图片像素太低，印刷厂反馈说清晰度不够，必须今天发过来高清版的，否则只能等下一次。

姜正德马上说去想办法。

金波看到姜正德在等自己，走过去道：“爸爸，你听说中志爸爸给你道歉的事啦？”

姜正德道：“什么道歉？我是不会搭理他的。”

姜金波失望地说：“那您有什么事这么着急啊，我在上班呢。”

姜正德这才说：“是这样，老爸研究多年的论文终于可以发表了，但就是缺几张中国传统苏州刺绣的照片。你能不能去找一下吴中志的奶奶，帮我拍几张……”

姜金波一愣，把相机塞回姜正德手里，以自己完全不懂为由拒绝，让他自己去吴中志家拍，并说道：“爸，不行你就去和中志爸爸再聊聊，人家可说了，明天亲自登门给你道歉。”

姜正德道：“明天，恐怕来不及了。”

姜金波趁机道："爸爸，论文可是您几年的研究成果，这次如果发不了，还不知道要等到什么时候呢。"

姜正德下定决心："算了，我不发表了。"然后起身就走。

金波无可奈何，她决定自己陪姜正德去吴家拍照，然后背地里先代替自己的父亲道歉。

而吴衍普也很通情达理，自己出去，留时间给姜正德拍照，免得彼此尴尬。

拍照的时候，奶奶给姜正德讲起了自己年轻时候的故事。老太太有过一段刻骨铭心的爱情，对方是一个跑江湖的手艺人，家里死活不同意他们结合，把她锁在家里，后来许配给别人。

奶奶看着这些苏绣感叹道："我的这些苏绣，很大一部分是跟他一起织出来的，你看到的这些你称为艺术品的东西，其实，是我们爱情的见证。"

姜正德郑重地点点头。

奶奶继续道："我们这些过来人做过多少错事，自己认为看明白了人生，倚老卖老地给下一代指点人生，想尽量避免孩子们出错，想让孩子们少走弯路，可这些人生中的弯路，有时候也正是一个人的财富。"

姜正德看看金波，金波特别感动。

奶奶趁机道："放手让孩子们按他们的想法做吧，不然，将来后悔的不仅仅是我们，还有他们。像现在我这把年纪，还在感慨当年的错误。"

姜正德点点头："我明白您的意思了。"

奶奶道："留下来吃顿饭吧。"

姜正德一愣，金波也没想到奶奶会这样邀请。

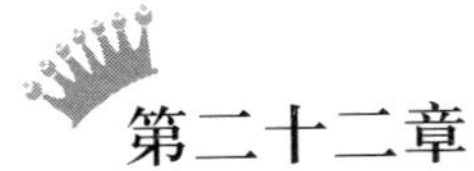

第二十二章

01

趁着姜正德在吴家拍照片，奶奶亲自插手两个男人之间闹别扭的事。

金波扶着奶奶出去找故意回避的吴衍普。吴衍普无奈，低头跟着奶奶回家。吴中志和金波要跟着一起回家，奶奶道："你们俩在楼下坐一会儿，我和你们两个老爸单独谈一谈。"

吴中志和金波相视一下，点点头。

奶奶坐在沙发上，吴衍普和姜正德像是犯错的孩子，都不敢出声。

奶奶道："吴衍普啊，你妄称自己是个知识分子，标榜自己是个传统文化继承者。你跟我说说，你是怎么待客的？怎么了？开始啊！吴衍普！"

吴衍普支支吾吾半天："妈，你别生气，气大伤身……"

老太太不说姜正德，只逮着吴衍普大训："我看你是故意惹我生气！人家姜先生大老远从韩国漂洋过海，要把女儿嫁给你儿子。吴衍普你是怎么干的？真是长本事了，因为面子挂不住了，你影响两个孩子结婚，你自私不自私啊！"

吴衍普无语。姜正德被老太太的气势吓傻了，有些看过不去，想插话，奶奶不让姜正德说话，继续斥责吴衍普："你这是给中国人长脸吗？你真是丢尽了中国人的脸，我都替你觉得丢脸！好歹一个知识分子，道歉都不愿意，你没错吗？人家好歹是客人，中国人就是这么待客的吗？要不为了你这面子，你做主，婚不结了，都听你的！"

吴衍普为难地说："妈，我不是那个意思……"

奶奶道："那给人家正式道歉！"

吴衍普抬头看姜正德，心里还是觉得别扭。

姜正德也尴尬道："阿姨……"

奶奶打断姜正德："你别说话！"

姜正德赶紧收声。

奶奶道："吴衍普，你也是五六十岁的人了，白活了吗？听见了吗？让你道歉，给金波爸爸郑重道歉！"

吴衍普还是有点儿拧，犹豫着说不出口。

奶奶拍案而起："赶紧！你这个逆子，你这是要气死我啊！"说着，奶奶一口气憋在胸口，倒在椅子上。吴衍普赶紧上去急救，掐人中，按虎口。

吴衍普要去找药，姜正德也去查看："赶快急救，首先放平！"

吴衍普赶紧帮忙，解释道："我妈这是老毛病……"

姜正德道："大脑一时性严重缺氧缺血，导致短暂性的意识丧失……顺时针轻揉三百下，再逆时针轻揉三百下……"

吴衍普佩服地看着姜正德，同时帮忙，两个人把老太太放平，拿着垫子给老太太垫好。

姜正德道："这是我们韩国人的老土方，很管用的！"

吴衍普道："你帮我按着虎口！"

姜正德拉过奶奶的手，按虎口。

吴衍普赶紧轻轻揉着，像个孩子一样数着："一，二，三……"

姜正德看着吴衍普给奶奶揉胸口，被这个画面感动，眼前的吴衍普是个大孝子。老太太终于咳嗽一声，睁开眼，姜正德赶紧扶老太太，吴衍普边揉边说："妈，我给他道歉，您消消气！"

吴衍普赶紧起身，恨不得鞠 90 度的躬，嘴里道："金波爸爸，原谅我吧……一时糊涂……"

姜正德赶紧扶起他道："你还是赶紧看看阿姨吧！"

吴衍普给老太太揉着胸口："妈，我错了，你打我、骂我都行，别生这么大气。"

姜正德道：“阿姨，我也不对，我当您的面，给您儿子道歉。”

奶奶特别痛苦，说不出话，挥挥手。

姜正德愧疚地说：“您虽然说的是中志爸爸，但是也在教育我，我给您道歉！”姜正德说着给吴衍普和奶奶鞠躬，吴衍普拦着，嘴里道：“别，我错了！”

老太太心里很感动：“你们都是老大不小的人了，再怎么也不能糊涂到为了面子虚荣心耽误孩子的婚事幸福！五六十岁的人了，还没活明白吗？”

吴衍普和姜正德老老实实地听着训话。

奶奶道：“行了，我已经让曼丽去买菜了，一会儿让中志和金波去请金波妈，咱们一家人好好吃顿家宴，商量商量婚事，赶紧给孩子们定下来。”

吴衍普松了一口气，几个人都笑了。奶奶太希望有生之年，还能抱上重孙子。

好不容易两个男人和好，两边的妈妈又较劲起来，崔心爱要求年轻人结婚后搬出去住，而徐曼丽坚决不同意儿子和儿媳妇住在外面；崔心爱说要给孩子二十万美元彩礼，徐曼丽却误会了，以为要吴家拿二十万美元给姜家，非常不满意，崔心爱却误以为徐曼丽嫌他们拿得太少。

大家又不愉快起来。

关于怎么住，奶奶也站在徐曼丽这边，老太太道：“我说一句话啊，我希望这个家是四世同堂，其他的都好说，分开住，太不像话。”

奶奶非常固执，一定不同意中志和金波婚后搬出去，她说：“你们要是出去住，我也出去住！”说完，老太太起身走了。

徐曼丽和吴中志看着，都没有办法。

徐曼丽一摊手：“这事不怨我吧！”说着也起身走了。

吴中志发愁。两国风俗不同，关于彩礼的事，金波和吴中志也是绕了半天才闹明白。

吴中志恍然大悟：“啊？是你们家要给我们家二十万美元啊？”

姜金波笑了。

吴中志拍着脑袋道："完全乱了，按照中国的传统，这彩礼是我们家要给你们家！"

02

吴一洁已经背地里向吴中志坦白，其实喝醉那天，毛亚平什么也没干，她只不过是故意整他。

而在毛亚平的努力下，在熙决定再给爱情一次机会。这天毛亚平加班的时候，在熙送饭过来，还喂他吃。

这时吴一洁拎着夜宵过来，正好看到两个人在喂饭，一阵难过。毛亚平和在熙吃着，没有注意到吴一洁。

吴一洁在大镜子面前看着自己，旁边放着给毛亚平准备好的夜宵，突然一滴泪流了下来。她没想到自己会流泪，抹着眼泪自语道："吴一洁，你干吗这么不争气，为了这样一个人流泪，值不值？"

说完，吴一洁把夜宵扔进垃圾桶，大步离开。

办公室里，毛亚平看着抽屉里一洁的照片，露出微笑。

突然看到一洁进来，毛亚平赶紧埋头填表。一洁把东西都整理好，抱着纸箱子离开了。

毛亚平想跟她搭讪，吴一洁没有搭理他，径直走了。毛亚平看着她的背影，表情复杂，他自己都无法相信竟然会对吴一洁恋恋不舍。

吴一洁抱着箱子离开，在熙迎面走来。吴一洁没有停下来的意思，在熙不知道吴一洁为什么抱着箱子离开。吴一洁走过去，两个人都没有说话。吴一洁突然停下脚步，转身叫道："在熙……毛亚平人不错，你珍惜他吧。"

在熙不明白她为什么突然说这种话。吴一洁也没多说，转身走了。在熙看着她的背影，觉得不对。

走到毛亚平办公室，在熙发现毛亚平正在看吴一洁的照片，两个人互相看着对方，都明白了。

毛亚平眼里满是伤心，不忍心伤害在熙，但是又不能不说。在熙也想知道毛亚平的心声，但是此刻又害怕毛亚平说出那句话。

尴尬时刻，在熙转身要走，毛亚平站起来喊住她："在熙！"

在熙停住脚步，没有回头。

毛亚平道："在熙，我爱上别人了……"

在熙一愣，最不想听的那句话还是来了，她哭着转身跑了。

03

金波和崔心爱在售楼小姐的带领下看房。金波把买房的事电话告诉了吴中志。

徐曼丽一听，说要自己去买。她很老练地说道："现在没结婚，买房属于婚前财产，你懂不懂？你知道现在多少人离婚因为房子打起来的吗？现在他们买房，是婚前财产，是金波一个人的，哪天万一离婚，人家远走高飞！"

吴中志一愣："我们又不会离婚。"

徐曼丽不搭理他："行，那我不管了！"

吴中志赶紧拉住徐曼丽："我听你的，你说怎么办我就怎么办！"

徐曼丽道："这房子可以买，等你们领了证我们家买！那彩礼我们就不要了，大气谁不会啊！但是你要跟他们说好，搬出去住这事不能着急。"

吴中志懂了："妈，我现在就去和金波说！"

姜金波兴奋地叫道："真的吗？怎么突然同意了，太好了！"

吴中志道："真的！哎，还不是我妈喜欢你，谁让你生得这么可爱。我妈想了想，觉得不管怎么样都得要这个儿媳妇，所以就妥协了。"

姜金波笑道："同意了就好，我们终于能结婚了！一会儿我就去跟我爸妈说。"

吴中志道："明天我妈跟你爸妈就把这事定一下。这事定了，咱俩就能领结婚证了。"

两个年轻人都心生欢喜，依偎在一起，心情灿烂。

这天，徐曼丽、奶奶、姜正德和崔心爱坐在一起，气氛看起来挺融洽。徐曼丽说她和奶奶都同意两个年轻人到时搬出去，但是要在家里过渡一段时间。

崔心爱表示同意。

姜正德插话道："房子呢，我们准备资助一下你们，把二十万美元的彩礼给孩子们买房吧。"

徐曼丽道："不用，你们自己留着用吧。按照中国的传统，这房子本来就该我们家买，钱我们早就准备好了。"

姜正德又说："那真的是不好意思……那房产证上的名字……"

徐曼丽道："当然是中志和金波一起啦，两个人的夫妻共同财产！"

一时间皆大欢喜。

吴中志和金波给黄立鸣发喜糖的时候，黄立鸣告诉这对新人一个好消息，说他跟韩国沟通好了，金波可以继续来酒店上班。

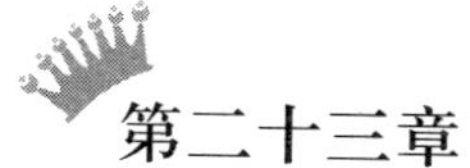

第二十三章

吴中志和姜金波去民政局领了结婚证，两家分工合作，婚礼也已经准备得差不多了。

这天吴衍普走进卧室，看到徐曼丽正在看吴中志小时候的照片，她似乎非常不舍，眼泪都掉下来了，感叹道："唉，中志从那么大点儿我就一直陪着他，从来没离开过，怎么要结婚了，心里那么舍不得呢？你说，这孩子比你还没脾气，这结了婚，肯定是个怕老婆的主儿。"

吴衍普帮她擦干眼泪道："你还担心咱中志被欺负？金波那孩子多温顺啊，又乖巧。你啊，这么多年，还真把中志当成亲生的了。"

徐曼丽不满道："废话！我从五岁养他到现在，二十多年了，能不是亲生的吗？你这个老头子，有时候我都奇怪，你怎么这么没心没肺？”

吴衍普道：“中志毕竟还是个男孩儿，我对他要放心一些。但是，我不能想到一洁结婚，一想，我心里也受不了。”

徐曼丽一脸不舍：“这俩孩子，我都想不了，但是没办法，孩子总得要离开。不过你放心吧，一洁那丫头，一定还得在家当上几年老姑娘。”

吴衍普道：“老姑娘怎么了，我女儿一辈子不嫁人都没事。对了，你那脾气，以后跟金波在一起，也得收一收，别回头人家说咱欺负人。”

徐曼丽想起了往事：“不用你管那么多。当年我进你家的时候，你妈有少给我小鞋穿吗？”

吴衍普打岔道：“好好好，不说这个了。反正明天中志把金波娶进门，咱俩的任务就完成了。”

这个中韩合璧的婚礼十分别致而热闹，两对夫妇分别坐在两侧，融合了中、韩两国的装饰。吴衍普和姜仁秀都穿着西装，而徐曼丽和崔心爱分别穿着旗袍和韩服，色彩都十分鲜艳。奶奶也穿着鲜艳的旗袍，和徐曼丽坐在一起。

吴中志穿着一身帅气的礼服，等着新娘子出现。

在婚礼奏鸣曲中，姜正德牵着女儿金波的手缓慢走过花门，所有人都起身祝福，撒花瓣。

吴中志看着缓缓走过来的新娘，姜金波无比动人。

姜金波也看着吴中志，害羞一笑。

吴中志从姜正德手里接过姜金波，目不转睛地盯着自己的新娘子，幸福极了。一侧，吴一洁沉浸在哥哥的婚礼中，激动得要哭，不自觉地拉着毛亚平的手，毛亚平想甩都甩不开。

毛亚平和在熙的视线一接触，立刻弹开。

总经理黄立鸣被请来当证婚人，他道：“这是一个意义非比寻常的婚礼。他们的爱情跨越了黄海，他们的爱情跨越了东八区和东九区，他们的爱情跨越了国际，经历风雨，终于走到了一起。风也罢，雨也罢，每一刻他们都将共同走过，我们中国有句诗：‘执子之手，与子偕老。’这应该就是一种并肩站立，共同凝望日出日落的爱情，是一种天变地变情不变的爱情……”

徐曼丽也发表感言：“中志终于结婚了，说他不容易，其实我比他们更不容易。”才说了两句话，各种情绪涌上心头，竟然掉泪，吴衍普也动容，搂着她道：“今天是个大喜的日子，我们笑，不哭！”

徐曼丽抹泪，笑着道：“是，今天是个大喜的日子，各位来宾能来参加我们儿子和韩国儿媳妇的婚礼，真是万分感谢，我们娶了这个韩国儿媳妇，真是捡到宝了，是我们儿子和金波前世修来的缘分。今天我代表儿子和我们全家，感谢金波，感谢金波的父母，能让孩子漂洋过海地嫁到我们中国。我向你们保证，一定会让我们这个韩国儿媳妇过得高高兴兴、快快乐乐……”

徐曼丽的一番肺腑之言，让在场的来宾都十分感动，崔心爱的眼中涌出泪水。

大家鼓掌。

姜正德的眼睛里满是泪光。吴中志和金波相互交换了结婚戒指。

在众人面前，吴中志和姜金波甜蜜地接吻。

02

郑东旭一个人落寞地走进酒店附近的一家小酒吧，安然已经坐在吧台上喝酒了，看见郑东旭，朝他招手。

两人坐在一起，安然看着郑东旭，有些不忍，说道：“我知道，看着自己最爱的人最后嫁的人不是你，心里有多痛苦。”

郑东旭喝了一杯酒道：“你也是忘不了吴中志。”

安然道：“也没什么忘得了忘不了的，我是说过从三亚回来以后，我就再也不为吴中志而烦心了。我们已经是过去式了，但今天我发现自己还是没有勇气待在婚礼现场，受过的伤要痊愈真的不是一天两天的事，但是没关系，我知道其实我已经解脱了，离开一个不爱我的人，是好事，心痛的日子会渐渐离我远去的。”

郑东旭看着她说：“也会离我远去吗？”

安然释然："昨日之日不可留，事情已经到了这个地步，不想开还能怎么样呢？我已经退出了。我劝你啊，也早点儿想开吧。"

郑东旭道："我是想想开啊，可是你知道我为她付出了多少吗？我爱了金波十几年。十几年，什么概念？这期间除了她，几乎没有其他女人能入我的眼。"

安然笑着去拍郑东旭的肩膀："真是一片痴情，可也于事无补。"

郑东旭苦笑道："对！你说得没错，于事无补。事情已经这样了，我已经出局了，得另谋他处了。"

安然道："是啊，天涯何处无芳草。虽然吴中志是个好人，彻彻底底的好人，可是我没有金波的好福气，不能陪他走到最后。"

郑东旭意味深长地说："天底下又不是只有吴中志一个好男人，我告诉你，真心爱你的男人才是好男人，所以，吴中志只是金波的好男人，不是你的，你的还没出现呢！"

安然叹气道："唉，但愿如此吧，我觉得累了，不想再那么费劲去重新爱上一个什么人了，感情真的是一件费力不讨好的事，伤人伤己。"

郑东旭听了很失落，他以为安然应该会留个可能性给他，但是没有。他依然装出一副无所谓的样子道："越是遇到挫折，越要变成勇士，用你们中国的成语，你这叫因噎废食。"

安然道："大道理谁不会说，你是身边不乏女人，所以不会感到寂寞。"

郑东旭反驳道："谁说我不寂寞？那些女人都太无趣了，还不都是因为我的钱才来找我的。"

两个伤心人都喝高了。第二天，安然醒来，完全不记得自己是怎么到家的，还惊恐地发现郑东旭睡在她家客厅的沙发上。郑东旭赶紧赌咒发誓说他什么也没干。

安然道："真是危险，要不是你也伤心买醉，说不定我就掉进你这头野兽的嘴里了。"

郑东旭道："说什么呢？我还觉得你是野兽呢！对我来说，你就像是一个特别奇怪的野兽，就像……美女蛇。"

安然笑道："呵呵，我像美女蛇？"

郑东旭道："不是吗？每次碰到你都会发生这种事。我追了金波这么久，我们都没有一起睡过觉，和你倒好，这都两次了。"

安然一顿："两次？"

郑东旭慌了，知道自己不小心说漏了嘴，赶快故作镇定："一次，记错了，一次……"

安然没有追究："还不愿意别人说你是花花大少，自己办的那些不靠谱儿的事自己都数不过来了吧。要说我是美女蛇，你就是浑身是刺的豪猪，吴中志和姜金波都是乖巧的家畜。"

郑东旭不禁开心笑起来，觉得安然这个观点特别有意思。

两个月之后，金波打算重新上班，徐曼丽却不同意，一门心思希望金波马上怀孕生孩子。而小两口儿却不想那么快当爸爸妈妈，背着长辈偷偷避孕。

早上，徐曼丽从厨房里端出两碗中药放在桌上，吴中志和金波愁眉苦脸。

姜金波道："妈妈，今天我不喝药了。"

徐曼丽不解："为什么？"

姜金波语塞道："我……"

徐曼丽热情地说："喝了，这是你奶奶专门找人配的中药，调理身体的，听说效果特别好，好多人都顺利怀孕了。"

吴中志救场："这太热了，凉一下就喝，妈，你去忙吧。"

徐曼丽道："你俩别忘了啊！"

徐曼丽转身走了，吴中志竟然"咕咚、咕咚"把金波的药喝干净，难喝得要命，不得已又端起自己的，金波笑了。

奶奶比徐曼丽更心急，甚至建议徐曼丽带金波去医院检查。吴衍普走出来："妈、曼丽，你们这也太着急了，这才两个月，你们又灌药又监督的，现在又拉着人家去医院，合适吗？"

徐曼丽不满："你懂什么？"

吴衍普道："你们太心急了，让孩子们顺其自然多好。"

徐曼丽不悦道："顺其自然？恐怕我们愿意顺其自然，他们俩不愿意吧。"

吴衍普道："这话怎么说的？"

徐曼丽解释道："我觉着这金波压根儿就不想怀孕，一天到晚让中志跟我叨唠想去工作想去工作，这上了班还怎么怀啊？"

吴衍普劝道："工作归工作，你不能让孩子在家里闲着就为了生个孩子吧。"

徐曼丽不理会吴衍普，想了想，道："我琢磨好几天了，这每回吃药我都盯着呢，吃也吃了，喝也喝了，怎么就是没动静？真是奇了怪了……"

04

这天在熙来看金波，两人一进金波房间，在熙突然哭着说："我和毛亚平分手了。"

姜金波吃惊道："为什么？"

在熙抹泪："还不是因为你的小姑子！"

姜金波一愣："一洁？"

在熙道："毛亚平和吴一洁酒后睡到一起了。从那时候起，毛亚平的魂儿就让吴一洁给勾搭跑了。"

姜金波吃惊加生气地说："毛亚平怎么能这样！"

门外，徐曼丽端着水果盘，偶然听到，转身就去找毛亚平算账。

徐曼丽到了毛亚平办公室，环视左右，看到毛亚平的羽毛球拍，拎起来走过去就对着毛亚平一通乱打。

毛亚平连忙起身躲："阿姨，您干吗啊？"

徐曼丽怒道："畜生！我问你，为什么欺负吴一洁？浑蛋！还躲……"

毛亚平求饶："阿姨，你听我说……那天我喝多了！"

徐曼丽道：“你喝多了你就要流氓，是吧！你个忘恩负义的东西，要不是我你能来酒店上班吗？你还在到处递简历呢！”

毛亚平一边求饶一边躲避：“阿姨，我对不起吴一洁，我会负责任的，别打了。”

徐曼丽追打：“谁让你负责任了！我让你照顾一洁，我让你演一下一洁的男朋友你还当真了！流氓！”

徐曼丽追打到走廊，同事们纷纷露出头看着。

黄立鸣来了，看到乱象，赶紧阻止，他夺下徐曼丽手里的羽毛球拍，看着怒气冲天的徐曼丽问道：“曼丽，这是怎么了？”

徐曼丽指着不远处抱着头的毛亚平：“你问他！”

黄立鸣一脸疑惑地看向毛亚平，毛亚平不说话。

黄立鸣道：“什么情况，毛亚平？”

徐曼丽又想过去打：“你说话啊！敢做不敢当是不是！说！你为什么欺负我们家一洁……”

黄立鸣大概明白了意思，连忙上去阻止：“曼丽，有什么事咱们去我办公室说，没准儿是误会呢！”

徐曼丽大声道：“板上钉钉了还能有什么误会？今天必须说清楚！”

黄立鸣拉住徐曼丽，在她耳边小声道：“曼丽，这是公共场合，咱不管是不是误会，闹大了对一洁也不好啊！”

徐曼丽听了压下一口气，指着毛亚平：“以后离吴一洁远一点儿！”

黄立鸣对周围同事们道：“该干吗干吗去，都没工作要做是吗？”

同事们都散去，只剩下毛亚平狼狈地整理衣服。

在熙在人群中看着毛亚平，也转身走开了。

黄立鸣道：“毛亚平，你到我办公室来！”

毛亚平一句话没说，狼狈地跟着黄立鸣走了。毛亚平自己觉得羞愧，提出辞职。

吴一洁远远走过来，她看到毛亚平，预感事情不好，跑了过来，正好看到徐曼丽要走。

徐曼丽一把搂过女儿，流泪道：“一洁啊，你受了这么大委屈怎么不和妈说呢？”

吴一洁傻愣着，还不知道怎么了。等她搞清楚情况，跺脚道：“妈！你跟着添什么乱啊！”

徐曼丽不解地看着吴一洁，吴一洁转身就跑了。她只是想偷偷整毛亚平，没料到弄出这么个大乱子。

徐曼丽大闹酒店惊动了安然，安然赶紧把徐曼丽喊到自己办公室，端来一杯水，劝慰道：“阿姨，年轻人的事，您不用看得那么重，我知道一洁的性格，她不会乱来的。”

徐曼丽拉着安然的手道：“安然啊，阿姨真是谢谢你能这么说……之前的事让你受了那么多委屈，你还能说句公道话……”

这时吴中志领着吴一洁找了过来，吴中志道：“妈，你干吗这么冲动，什么都不说就把亚平打了……”

徐曼丽看到吴中志，生气道：“你知道你妹妹被毛亚平欺负了吗？你还有脸说风凉话！”

吴中志看着吴一洁：“你跟妈说！”

吴一洁绞着手指：“妈，上床那都是假的。”

徐曼丽道：“什么假的？毛亚平都承认了！”

吴中志上前说道：“妈，你真的误会了，那是一洁捣鬼为了整毛亚平故意制造的假象！”

徐曼丽愣了，看看吴一洁。

吴一洁胆怯地点点头。

安然一直不知道那个已经流产的胎儿竟然是郑东旭的。而郑东旭不知道是出于愧疚之心还是对安然真正有了好感，时不时给安然送礼物。

安然的办公室就在吴中志的办公室对面，两人因为工作的事经常要接触。不只是姜金波对此颇有微词，郑东旭也看不下去，这天找上门来，凑上前去小声道：“我追金波的时候你跟我抢，现在我追安然了，你还在这里跟我抢，你到底什么意思？”

吴中志道：“谁跟你抢了？”

郑东旭道：“还不承认？安然没事就往你这儿跑，你当我瞎啊？我可正式警告你，现在你跟金波已经是夫妻了，你要真做出对不起金波的事情，我第一个不饶你！”

吴中志不满道：“你自己追不上，跑我这儿撒什么气啊，无聊！”

郑东旭泄了气：“我说志哥啊，金波这么好的女人我都忍痛割爱让给你了，现在兄弟有难，你是不是好歹也帮帮我？”

郑东旭软磨硬泡，吴中志根本不信他，也不想理会他。郑东旭来气了，说道：“行，你不答应我也行，反正我是可以告诉金波，安然天天往你这儿跑，一个小时来一次，不，半个小时来一次，来了还拉窗帘！”

吴中志大惊道：“你！行，你行啊，挑拨我们夫妻关系，算你狠。”

郑东旭道：“答应了？”

吴中志无奈：“赶紧走！”

郑东旭很开心：“我当你答应了啊……”这才满意地离开。

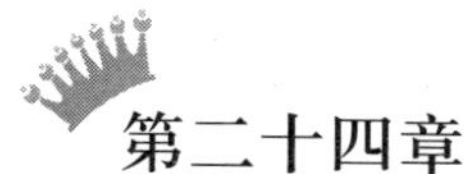

第二十四章

徐曼丽整理房间时无意中发现一个避孕套，气得不行。这边两个老太太费尽心思想要金波怀孕，那边小两口儿居然避孕！

徐曼丽直接把避孕套拍在桌上，看一眼儿媳妇，对着儿子道：“吴中志，以前你是一个挺好的孩子啊，怎么结了婚以后变得我都不认识了呢？”

两人一看都傻眼了，不敢说话。

徐曼丽生气地说：“我每天起早贪黑给你们熬药端汤的，你们这事做得有点儿过分了吧？吴中志，你就不心疼心疼你妈吗？”

吴中志还想抵赖，姜金波诚实地道歉：“对不起，妈妈，是我的错。”

吴中志连忙抢话：“妈，这事不怪金波，都是我的主意。”

徐曼丽火冒上来：“你们不是自己答应了生孩子的吗？为什么欺骗我们？”

吴中志道：“前一段时间咱们都为生孩子的事吵得不可开交了，我们实在是没办法了才这么做的，我们没说不生，过两年再生有什么区别呢？”

奶奶使劲儿用拐杖杵了一下地板：“区别大了！过两年你奶奶我万一死了呢？”

吴中志道：“奶奶，你这不是逼我们吗？”

奶奶用拐杖指着避孕套：“我逼你有用吗？”

奶奶看向金波：“金波啊，算奶奶求你了，咱能不能先把孩子生了啊？奶奶岁数大了，我真怕等不到那一天了，行吗，金波？”

金波不知道该怎么回答，看着吴中志。

徐曼丽道：“这事早晚得解决，奶奶话都说到这份儿上了，你觉得还躲得过去吗？”

吴中志无奈：“妈，咱别为了这事天天吵，行不行？”

姜金波咬牙道：“奶奶、妈，我生。”然后转身就走了。

事实上金波目前根本不想生。

吴中志思索一阵儿，突然灵机一动，对金波道：“我想了个招儿，明天我就去问我妈咱们的房子装修好了没，我妈肯定跟我说还早着呢，那房子肯定一时半会儿装修不好啊，那我就说啦，等什么时候房子装修好了咱们搬过去了，咱再怀。”

姜金波看着吴中志：“不怀，搬过去我也不怀！”

吴中志为难道：“哎呀，那你刚才不是也答应了吗？”

姜金波噘嘴道：“那是被他们逼的。”

吴中志道：“对呀，哎哟，咱们搬出去了，隔得远了，他们不就逼不了你了，对不对？这叫缓兵之计！”

姜金波想了想："那你妈肯定不会同意的。"

吴中志道："不讲理谁不会啊？这事可是在结婚前他们早就答应好的，他们不让搬，咱就不怀！坚决不怀！"

金波看着吴中志乐了："你敢这么跟你妈说话吗？"

吴中志一拍胸脯："怎么不敢啊，讲道理嘛，君子一言，驷马难追！"

姜金波乐了，坐起来捧着吴中志的脸："中志，我知道，这件事你最难，夹在中间最委屈的就是你。"

吴中志笑了："我倒是没事，我就是见不得你为这事掉眼泪，每次你一哭，我是真心疼啊！"

果然，吴中志问房子什么时候装修好，徐曼丽马上赌气说房子可能一两年也装修不好。

吴中志于是表现出前所未有的坚决态度，说不搬出去就不让金波怀孕。徐曼丽马上反问，是不是搬出去了就可以让金波开始怀孕。吴中志拍胸脯保证说是，徐曼丽于是让这对新婚夫妇写保证书。

第二天，徐曼丽拿着保证书在大家眼前绕了一遍："这是金波和中志今天刚写的保证书，来，趁大家都在，你们当着奶奶和你爸的面念一遍吧。"

吴中志和姜金波只得一起拿着保证书开始念："保证书！我吴中志，我姜金波，自愿在此立下保证书，等我们的新家装修好我们搬过去以后，就立刻生孩子，让奶奶、爸爸、妈妈尽快抱上孙子，绝不反悔。"

吴中志和姜金波念完看着大家。

徐曼丽道："行吧，当着你们爸爸和奶奶的面，这个事就这么定了。"徐曼丽说着从兜里摸出一把钥匙，说是小两口儿新家的钥匙。

吴中志和姜金波彻底傻眼了。更傻眼的事还在后面，这新家就在隔壁。

金波咬着嘴唇说不出话来，含着眼泪看着吴中志。

吴中志为难地说："妈……这，这离咱家也有点儿太近了吧……"

徐曼丽道："近了还不好？以后咱两家就是邻居了，我也可以没事就去你们那里帮着收拾收拾家务。"

金波再也受不了了，扭头就走了。

徐曼丽不解："这是怎么了？不喜欢？"

吴中志生气地说："妈，你这不是骗我们吗？"

说完，吴中志也转身走了。

冷战一阵儿之后，吴衍普不断做工作，徐曼丽妥协了，不再逼金波生孩子。金波决定重新走上工作岗位。

02

一天，郑东旭敲门进到安然办公室，安然在忙碌，抬头看着他。

郑东旭道："请你去吃法国菜。"

安然看着他摇摇头，疑惑道："你又送礼物，又请大餐的，到底什么意思，让外人看了还以为咱俩怎么着了呢。"

郑东旭问道："你为什么一件也不收？"

安然道："如果你对我有什么想法，赶紧断了念头。"

郑东旭坏笑道："你越这样，我就会越认为你在欲擒故纵。"

安然笑了，笑得很夸张："对你？"

郑东旭也跟着笑了，他看着安然的笑容，莫名有点儿冲动。

安然感觉到他眼睛里的异样，收敛一下。

郑东旭道："跟你说实话吧，是想感谢你……金波嫁给别人，唉，我现在想想还心疼……"

安然笑着说："你用情太深。"

郑东旭道："这段时间要是没有你陪着我，我都不知道能不能过来……"他苦口婆心劝安然收下他的礼物。安然却要一个有意义的东西，要求郑东旭亲手给她叠一千只纸鹤。

郑东旭一愣："什么？千纸鹤？"

安然一摆手："算了，我觉得你也做不到。"

郑东旭讨价还价道："少点儿……一百只，五十只……"

安然道："算了，我想多了，你身份这么重要的人，怎么会叠千纸鹤给我。”

郑东旭慌了：“谁说的，我给你叠，就这么说定了。”

安然道：“那就你来叠，亲手叠，把你的诚意和真心都叠在里面，有一个不是你叠的，或者你让手下叠的，或者你在网上买的，我都不会收的。”

郑东旭信誓旦旦道：“放心，你就等着吧！”

毛亚平喝着酒，对面坐着吴一洁，吴一洁没喝酒，为毛亚平担心，终于说出真相，还替徐曼丽道歉。毛亚平摆手，故意无所谓地说道：“你现在用大喇叭全酒店里喊，也摘不掉我‘色狼’的帽子，不管怎么说我都回不去了。”

吴一洁坦白道：“我说的都是实话，你真的什么也没做。”毛亚平喝酒道：“行，那我更放心了，没有负罪感。”

毛亚平给吴一洁倒酒，说：“陪哥哥喝一杯！辞职是大喜事，一个新生活的开端，毛经理，听着多俗气，以后见我的人，都喊我毛总！放心吧，以我的聪明才智，中国将出现第二个马云。”

吴一洁泼冷水道：“我怕你成不了马云，成了马蜂窝！”

毛亚平无奈：“大喜的日子，说点儿吉利的，别老哭丧着脸，你应该替我感到高兴才是！”

吴一洁道：“我说你怎么满脑子的浪漫主义啊，务实一点儿行不行，明天我去和黄总……”

毛亚平打断道：“不破不立，我从明天开始创业，什么 APP、P2P、PPP……”

吴一洁打断他：“别喊口号，没事给自己灌什么心灵鸡汤、精神鸦片！认清现实，认清楚自己，创业就那么简单啊，你是做生意的料吗？”

毛亚平皱眉道：“吴一洁，你别老是敲打我行不行，我三十岁的人了，能下个决心创业，多么不容易，你就不能鼓励鼓励……”

吴一洁瞪大眼睛说：“你给我听好，这事谁鼓励你，就是害你！落井下石的事，我吴一洁不干。”

毛亚平急了：“吴一洁，我成今天这样还不是你闹的！”

吴一洁道：“你这是自食其果！谁让你拆散我和菲利普的，不然我现在在美国别墅里哄孩子睡觉呢！”

毛亚平倒酒，一口气喝干，说是要混出样子，然后推门离开了。吴一洁又气又恨，又着急又难过。

03

这天安然在画图。郑东旭坐在一旁，叠着千纸鹤，旁边放着两个，叠得歪七扭八，不成样子。安然取笑道：“你叠的这是纸鹤还是鸭子？”

郑东旭耍赖道：“你就说了一千只，可没说工业标准啊。”

安然道：“那你这一晚上，叠了几个了？”

郑东旭数着：“一，二，三……五个！不可能，怎么才五个！”

安然拿笔算着：“一天五个，一千只，你还需要两百天就完成了！东旭啊，我先回家睡觉了，你继续努力吧，千万不要气馁哦。”

安然说着收拾东西，郑东旭不服气：“安然，非要叠一千只这玩意儿吗？这东西又不能吃不能喝的。”

安然道：“不用啊，你也可以回家睡觉啊，就是以后不要再来找我了。”

郑东旭于是继续苦干，却总也叠不好，索性把手里的纸片撕了，破口大骂：“妈的！”

他突然灵机一动，让保镖喊人来给他叠。于是保镖喊来一桌的黑社会人员，有文身的，有光头的，还有一鼻子铁环的太妹。

郑东旭把纸都发给他们，几个人抬头看着他。

郑东旭道：“叠纸鹤！小时候都叠过吧。”

几个人面面相觑之后，有的人调皮，叠了个青蛙，有的人叠玩具，叠什么的都有，就是没人叠纸鹤，几个人彼此嘲笑着。

郑东旭耐心地叠着纸鹤，抬头看他们，他们赶紧低头忙活着。

好半天，一瓶子纸鹤就放在郑东旭面前，里面大大小小很多纸鹤，一看就不是用心叠出来的。

郑东旭看着笑了。

一大早，郑东旭拿着瓶子找安然。胡乱搭讪几句，却突然胆怯，知道拼凑的纸鹤无法过关，赶紧把瓶子藏在身后，生怕安然看见，朝门口后退，然后逃命似的跑了。

作弊这条路行不通，郑东旭抱着一堆纸到安然办公室，摊在桌子上道："从现在开始，你忙你的，我在你面前叠，亲手叠！"

安然没说话，不搭理他，自己画图。郑东旭铺开工作台，仔仔细细地叠起千纸鹤来。助手丽丽进来送东西，看到郑东旭的摊子，笑了。她准备向安然汇报工作，安然示意她出去说话。

丽丽一脸诧异道："郑东旭能有这个耐性？"

安然笑道："我一开始也就是说着玩的，想吓吓他，没想到他还真上心了。"

丽丽道："我看他都是手下帮忙叠呢。"

安然道："那些人叠的，都在垃圾桶里呢。"

丽丽八卦道："郑东旭什么时候变得这么有耐心了，是不是因为你啊？"

安然没有说话，一笑："谁知道呢，看看他能不能坚持住吧。"

丽丽一五一十开始说正事。透过玻璃窗，安然看到郑东旭还在埋头叠着纸鹤。

假如不是因为姜金波拒绝了郑东旭，或者说，假如郑东旭不是因为追金波没有追上才回头来追她，也许安然会考虑郑东旭。

女人的心思，总是敏感又细腻。

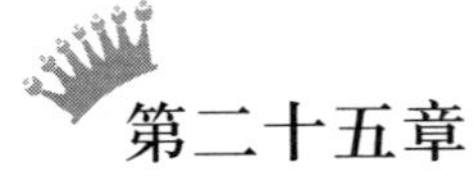

第二十五章

01

毛亚平口口声声说目前不想谈感情，就想创业。

吴中志前一阵因为彼得闹事而辞职那段时间，小额入股过一家木质模型店，正好另一位股东要退股，于是吴中志决定把模型店交给毛亚平打理。

毛亚平笑了：“我就知道志哥不会看着弟弟掉地上的。”对于他的个人感情，吴中志特意叮嘱：“反正呢，我得提醒你，一洁也好，在熙也好，你必须有个明确的态度，别老让人误会。”

毛亚平忙说道：“我知道，我现在啥也不想，就想创业。”

吴中志看着他摇头。

吴中志和金波搬进了对面的新居。新房的装修非常用心，金波一感动，就决定不再避孕，怀孕的事顺其自然，把吴中志高兴坏了。

然而另外一件事却让这对新婚夫妇伤脑筋。徐曼丽不但自己保留钥匙，而且完全没有界限感，进进出出，仿佛仍然在自己家里，有一次一不小心还撞破小两口儿的甜蜜。这引起金波强烈不满。吴中志想出来一个馊主意，把徐曼丽的钥匙偷掉。

姜金波手里抱着面膜，往后躲：“不行，我害怕，你自己去吧！”

吴中志道：“哎哟，能自己去我肯定不拉上你，你不帮我打掩护吸引他们注意力，我没法儿偷钥匙啊！”

姜金波为难：“那我怎么吸引他们注意力啊，我说什么啊？”

吴中志道：“老婆你先别慌，先冷静行吗？听我说啊，你这不拿着面膜呢吗？你就跟妈说面膜的事，使劲儿说！反正就别让她注意我就行！”

吴中志事先已经了解清楚，吴衍普去单位了，奶奶眼神儿不好，没关系，金波只需要吸引徐曼丽一个人的注意力就行。金波恍恍惚惚地点点头，还是担忧。

吴中志举起拳头宣誓一般说道：“为了我们的私人空间，拼了！”对金波做出志在必得的表情。

金波使劲儿点点头。

吴中志敲门进去道：“妈，你看，金波给你买了一堆面膜，让你保养皮肤。”

金波递上面膜：“妈，您上回跟我说的这个面膜，又出最新款了，朋友也说特别好用。”

徐曼丽高兴地说：“哎哟，谢谢金波，我就这么随口一说，你还真放在心上了，来，快坐……”

吴中志看着奶奶道：“奶奶，你也能用！”

奶奶笑道：“哎哟，我这脸用啥面膜都不好使了，让你妈好好保养吧！”

吴中志趁机说要去上个厕所。他跟金波使了个眼色，金波会意，忙对着徐曼丽和奶奶开始介绍起面膜，她大声道：“妈，你看，这个是早上用的，我都给你贴上标签了，这个是绿豆的，清爽，白天用……”

徐曼丽接过面膜高兴地研究着。

这边，吴中志在四处搜寻，不慎把摆件撞倒在地上。

徐曼丽回头道：“中志，你干吗呢？”

姜金波连忙转移徐曼丽的注意力：“妈妈，还有这个，这款是晚上用的，吸黑的，特别滋润，一会儿你就可以试试，第二天起来皮肤会变得很嫩，祛斑效果也特别好……”

徐曼丽笑道：“谢谢金波啊，妈今天晚上就试试。”

徐曼丽把面膜放在一边，拉过金波道：“妈听中志说啊，你想通啦？打算生孩子啦？”

姜金波一愣，有些不好意思。徐曼丽连忙声明：“妈不强迫你啊，你们自愿啊，自愿！我就是问一问。”

姜金波低头道：“嗯……我觉得……顺其自然吧，如果怀上了……就生……”

徐曼丽激动地看一眼奶奶，连声道：“对对对，你们顺其自然，怎么高兴怎么来！”

奶奶高兴道：“哎呀，我孙媳妇就是孝顺啊，中志娶了你啊，是他的福气！是吧，曼丽？”

徐曼丽附和道：“是啊，这么善解人意的儿媳妇上哪儿找啊……”

吴中志四处找着徐曼丽的钥匙。奶奶坐到金波身边，拉过金波的手，放在她手里一个黄色的纸包，悄声道：“金波啊，这是奶奶送你的宝贝！”

姜金波一愣。

奶奶道："这宝贝来之不易，是奶奶诚心诚意从大师那儿求来的，你可得小心拿着，不敢丢了。"

奶奶看到金波完全搞不清是什么，解释说那外面包灰的纸是求子符，把符烧了，掺着香灰一起，两个人喝下去，不出一个月就能怀上。

姜金波惊呆了，觉得不能迷信，徐曼丽赶紧帮奶奶说话，还说当年奶奶就是弄来这个偷偷给吴衍普喝了，结果中志亲妈妈马上就怀上了。这时吴中志已经找到钥匙，对着金波比画着"OK"的手势。

姜金波含糊道："好！回去我们就喝。"

奶奶嘱咐道："烧成灰，早晚各一次，饭后一小时，就跟吃中药一样的……"

早晨，徐曼丽来叫吴中志和姜金波吃饭，这才发现钥匙不见了。徐曼丽纳闷儿，想了想，转身就回去了。

过了一会儿，徐曼丽开门进来，看看门，再看看锁，走了进去。

徐曼丽发现垃圾桶里扔着装香灰的黄纸包，她捡起来，打开一看，香灰腾地一下就开上来了。

吴中志和姜金波睡得正香，徐曼丽进来开始叫两人起床。

徐曼丽道："还睡呢？你们这样不合适吧，让我和奶奶天天吃饭等你们，每天都吃凉饭，我受得了奶奶也受不了啊，赶紧起来！"

吴中志和姜金波两人惊恐地看着徐曼丽，吴中志问道："妈！你怎么进来的？"徐曼丽拎起一串钥匙，说自己怕弄丢钥匙，配了十多把！

一计不成，吴中志又想出第二计：换锁。

毛亚平在给客人介绍模型，一双高跟儿鞋走过来，停在他面前。毛亚平当是其他客人，转身一看是吴一洁，差点儿吓死，急道："你来干吗？"

吴一洁道："找工作啊！你这新店开张，需要人手吧？"

毛亚平无奈道："大姐，你饶了我吧！我哪雇得起你啊！"

吴一洁马上说："我不要工资！"

毛亚平求饶道："是，你是不要工资，你要命啊！"

这时一对情侣客人要往里走，吴一洁瞪眼："现在不做生意！"客人吓得溜走。毛亚平想追出去喊顾客，被吴一洁伸脚拦住。

毛亚平气死，只得给吴中志打电话："你妹妹总黏着我。你说该怎么办，你教教我！"

吴中志道："你要是和在熙黏在一起，那我妹妹还能黏你吗？"

毛亚平为难道："你的意思……是让我和在熙和好啊？"

吴中志道："我没这么说，反正你要想速战速决，我觉得这是个招儿，不妨可以试试。"

毛亚平挂了电话，眨巴眨巴眼睛，不理吴一洁，独自思索。

第二天，毛亚平在看店，好不容易来了个客人，毛亚平高兴地准备迎接，抬头一看是在熙。

在熙进来四处溜达看着店里的环境，也自告奋勇说要来帮忙。毛亚平一愣："帮我？你不上班了啊？"

在熙道："下了班或者休班的时候，我过来陪陪你，总比你一个人在这里孤零零的强。"

毛亚平赶紧拒绝，还故意把话说白道："在熙，我现在的情况你也看到了，我不想谈感情……"

在熙道："你什么意思，我来给你帮忙就是要追你啊，我不是普通的帮忙，我要跟你合伙，怎么样？"

毛亚平犹豫道："我想一想再答复你吧……"

这时吴一洁推门进来，正看到毛亚平和在熙在一起，大吃一惊。

毛亚平立刻道："一洁，你能不能不在我眼前出现？"

吴一洁不爽道："又怎么了？"

毛亚平灵机一动，故意道："给你介绍下，在熙，我的合伙人。"

吴一洁一愣，看看在熙，再看看毛亚平。毛亚平假装看不到她，转身邀请在熙，热情地说："在熙，进来参观参观，我和你说说店里的情况……"

吴一洁气死，恨不得一把火烧了模型店，叫道："告诉你毛亚平！这是我哥的店，我想来就来，由不得你！"

徐曼丽用钥匙打不开门，气得暴跳如雷。吴衍普耷拉着脑袋不吭声。

奶奶这次给徐曼丽帮腔道："曼丽啊，孩子肯定是要生的，咱现在先解决换锁的事。吴衍普，这件事你必须得管，曼丽没错，是两个孩子太不懂事了！"

徐曼丽怨气冲天道："你看现在几点了，两人就是不回家，躲着我！早上叫吃饭，连招呼都不打直接走了，晚上也不回家吃饭。这是明摆着跟我较劲呢！我还跟你说，这个劲我就跟他们较定了！我就坐这儿等着他们，等到天亮我也等！我非得把这事当面说清楚！"

吴衍普看着奶奶道："妈，您先进去睡吧，我和曼丽在这儿等他们回来。"

从来不肯吃亏的徐曼丽更绝，已经在白天索性把新房的门都换了。

吴中志拉着姜金波直接开门进来，气冲冲走到徐曼丽面前。

徐曼丽瞥了一眼两人："怎么不敲门啊，不是成天要求你妈我敲门吗？"

吴中志发火道："你到底想干吗？你凭什么换我们家的门？"

徐曼丽喊道："哪个家是你们的？那房子是我跟你爸买的！"

吴衍普安抚徐曼丽道："哎，别吵别吵，奶奶都睡了。这样，金波你跟你妈聊聊，我跟中志去你们家聊，大家心平气和地解决问题，好不好？"

吴衍普批评儿子道："你们就作吧，至于成这样吗？你说你没事换什么锁啊？"

吴中志真是一肚子苦水，说徐曼丽完全不避嫌，有时候他和金波睡着觉她突然就开门进来，连门都不敲。说来就来，说走就走，让他们成天提心吊胆地过日子。他说着特别来气，道：“爸，你说，我除了换锁还能怎么办？问她要钥匙她也不给，我总不能跟她吵去吧。”

吴衍普劝道：“中志啊，她虽然不是你亲妈，但是她从你五岁就开始照顾你，她对你比对自己的女儿都好。你和金波上班忙成那样，家里乱得跟狗窝似的，你们俩有时间收拾吗？现在你们一回家房间里整整齐齐、干干净净，你们家的地板都是你妈跪在地上给你们擦的，你不心疼你妈，我还心疼我媳妇呢！你说你妈影响了你们的生活，干扰了你们的私人空间，但是看人不能只看一面吧，你妈为你们付出的那些你怎么不埋怨呢！”

吴中志低着头，沉默不语。

徐曼丽对姜金波也是兴师问罪的样子：“你们想方设法地不让我进门，又是偷钥匙又是换锁，什么意思啊？”

姜金波先是道歉，然后理直气壮地说明原因道：“妈妈，我们既然已经搬了出来，这就是我们的家了，您要来做客我们当然欢迎，但您不能总是拿着钥匙直接开门就进啊。”

徐曼丽不悦道：“噢，我花钱买的房子，我只能来做客，还要提前跟你们商量一下，你们要是不同意，我还不能来了？是这意思吗？”

姜金波道：“房子是您买的，但现在是我们在住，这就是我们的私人空间，您要尊重我们的隐私啊。”

徐曼丽火了：“私人空间？我从吴中志还尿床的时候就带着他了，你来跟我谈隐私，你谈得着吗？”

姜金波也生气了：“妈妈，您是中志的母亲、我的婆婆，这点我很尊重您，但也请您尊重我们。中志现在不光是您的儿子了，他还是我的丈夫，在韩国，一旦儿女们结了婚……”

徐曼丽一摆手：“别跟我提韩国！你现在嫁到中国来了就要习惯中国人的生活方式！”

姜金波据理力争：“不管在哪个国家，您都要给我们最起码的尊重。”

徐曼丽道：“左一个尊重右一个尊重，我哪一点不尊重你们了，啊？

我来你们家为什么啊？我闲得没事干啊？要不是你们过日子过得一塌糊涂我会来吗？”

姜金波毫不退让：“我们怎么过日子是我们夫妻俩的事情，您更不应该再插手了。”

徐曼丽根本不认为自己是插手，数落他们前天上班煤气没关就走了，抱怨他们一天到晚窗也不关，碗也不刷，浴室和厨房的水龙头永远都是滴滴答答的无比浪费。

姜金波气结：“妈妈，您对我们的付出我们都很感谢，但我现在跟您说的是尊重和隐私的事，您现在的行为确实打扰到我们的生活了。”

徐曼丽怒道：“我看今晚是跟你聊不通了，较劲是吧？行，我把话放这儿，以后你要再敢跑去换门换锁的，我就搬过来和你们一块儿住，让你们看看什么叫打扰！”

徐曼丽“噌”地一下就站起来了，转身就往门口走。

姜金波站起来道：“妈妈，我觉得我们的要求真的不过分啊！”

徐曼丽道：“那你的意思就是我过分呗？我告诉你，有我徐曼丽在的一天，这个家就是我说了算！”

徐曼丽转身，看着桌上放的钥匙，金波也看着。徐曼丽去拿钥匙，金波立刻先拿到手里。徐曼丽气不打一处来，两人竟然抢起钥匙串来。吴衍普和吴中志恰好过来，赶紧上前拉开她们。吴衍普拉住徐曼丽，吴中志护着姜金波，徐曼丽生生把钥匙从姜金波手里夺过来。

吴衍普道：“曼丽啊，你跟孩子这是干什么呢！”

徐曼丽甩开吴衍普，从钥匙串上取下一个钥匙，盛气凌人地走过去放在桌上，对着吴中志道：“你们家的钥匙，就这一把，收好了，回头再开不了门你们就去睡大街吧！老吴，走！”

徐曼丽转身就出了门，吴衍普看着头也不回的徐曼丽，再看看气得不行的金波，无奈地叹口气。

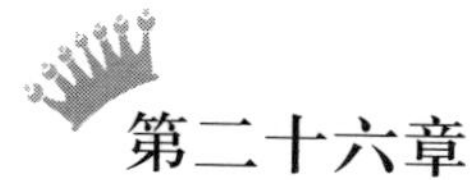

第二十六章

01

婆媳大吵一架之后，为了安抚金波，吴中志答应带她出去度蜜月。没想到准备请假的时候，黄立鸣却要吴中志和安然一起去杭州出差，处理非常重要的事情。

吴中志简直傻眼，这让金波知道可就不得了，赶紧拒绝和安然出差。

可是黄立鸣不依，他道：“人家安然是总设计师，没有她，你一个人去跟承包商谈什么啊？”

吴中志道：“黄总！这不行，坚决不行！这两天金波正跟我闹着非去度蜜月呢，要在这个节骨眼儿上知道我不陪她去度蜜月而是跟安然出差，肯定会出大事的！”

黄立鸣道：“你别让她知道不就行了吗？”

吴中志解释半天，黄立鸣强调这个合同很重要，是后面项目进展的关键，还劝吴中志不要把感情的事带到工作里来，要求他马上出发。吴中志还在犹豫，敲门声起，姜金波推门进来。黄立鸣堆起笑脸：“你也是来请假的吧？”

姜金波不好意思地笑了。黄立鸣一口拒绝，说韩国方面的专家团明天就要来，要对项目进行检验，金波作为韩国方面的负责人，必须负责接待。

姜金波无奈。黄立鸣继续说：“眼前这个项目有个合同急需中志马上去一趟杭州，你就给中志放个假，明天就回来！”

姜金波愣了一下：“黄总您说得太客气了，当然是工作重要了，婚假的事情就往后放一放吧。”

黄立鸣朝着吴中志一笑。

吴中志无奈，对金波很有歉意，好在金波通情达理。

模型店里，在熙正在给客人介绍，绘声绘色特别生动，她说："这款建模，是澳大利亚著名的景点悉尼歌剧院，据说这里面还有个爱情故事……"

几个客人惊呼："太好了！"

吴一洁坐在一旁撇嘴："瞎诌，谁不会！"

来了一批客人，吴一洁热情去介绍："你们好……"刚说一句话，客人就走了。

吴一洁气馁，扭头却看到在熙讲解得特别好，好几个客人都被吸引去了。

客人纷纷掏钱购买，吴一洁正在气头上，突然看到一旁的毛亚平欣赏地看着在熙，吴一洁走到一边喝水，被毛亚平抢过去。

吴一洁怒道："毛亚平，你什么意思？"

毛亚平道："什么意思？你一套都没卖出去，喝水浪费。"

吴一洁瞪眼说道："没有功劳还没有苦劳啊，没我衬托，她能那么优秀吗？水都不给喝一口！"

毛亚平看着吴一洁道："说清楚啊，在熙是我的合伙人，你呢，连员工都不算，反正没有工资，愿意干就干，不愿意干，门在那儿！"

毛亚平一指大门，吴一洁不爽："行！跟我玩狠的是吧？咱走着瞧。"说着朝着顾客堆走去。

毛亚平怕吴一洁出什么幺蛾子，赶紧拉住。吴一洁道："那行，我给自己买一套好不好？"

毛亚平无语："一洁，我们好好聊聊，别再折磨我了，我心脏受不了！"

吴一洁道："那行，我不给你打工了。我入股！别忘了，这个店说到底是我哥哥的！"

02

姜金波还是知道了吴中志是和安然一起去的杭州。

吴中志和安然坐在车上，车行驶在高速公路上。吴中志的手机一直在响，但是吴中志刚开始不敢接。安然看到上面显示的是“我的女神”，讽刺道：“幼稚！”吴中志比了一个“嘘”的手势：“千万别说话啊！”

安然不屑道：“知道了，赶紧接吧！”

姜金波压着火：“你走得够急的啊，招呼都不跟我打一声？”

吴中志道：“哎哟，对不起老婆，这不黄总催得紧，我早去早回嘛。”

姜金波一直在套话，想要吴中志说出带了安然，吴中志却拼命掩饰。这时安然喝水突然呛着了想咳嗽，捂着嘴轻声咳着，吴中志快吓得吐血了，拼命给安然使眼色，安然一副无奈的样子，用手使劲儿捂着嘴。

姜金波索性说自己也要过来，吴中志慌了：“老婆，我这是来工作，又不是来玩的，你要是想来杭州，我到时候找个时间带你好好玩。”

姜金波眯起眼睛已经明显生气了：“不想让我去就算了，别这么多借口！”她断然挂掉电话，开车就追了出去。

吴中志只好也挂了电话，安然大声咳嗽，然后道：“哎呀，憋死我了……我告诉你啊，这世上可没有不透风的墙啊！”

姜金波开着一辆旧车在高速公路上行驶，车总是不稳，渐渐地还熄火了。她愤愤地捶打着方向盘，但还是再一次发动汽车，向前开去，走了一小段，还是不行。她只好站在路边拦车。车一辆一辆开过，没人停，金波感到烦躁不安，却又无可奈何。

这时一辆高级轿车放慢了速度，停在了金波面前，缓缓下降的车窗玻璃后面，露出一张熟悉的脸。

“郑东旭？你怎么在这儿？”金波吃了一惊。

郑东旭潇洒地一挥手：“上车再说。”

安然和吴中志坐在车里，安然打开车窗，看着窗外的风景，黑瓦白墙的农家，绿油油的水稻田，吹着和煦的风，不禁有些陶醉，回忆道：“中志，我记得当年上大学的时候，咱俩第一次出来野营，就是去杭州的莫干山，对吧？”

吴中志道：“嗯，当时还下着雨呢。”

安然笑着说：“我还记得我们就在湖边那个亭子里一直待到了天黑，就我们两个人，是吗？”

吴中志道：“我记不清了。”

安然沉默一阵儿，继续道：“我记得你以前挺有情调的，怎么现在越活越俗了呢？”

吴中志道：“我以前就这样，要不你能把我甩了呢……”

安然伤心地说：“这可能是我一生中犯的最大的错误。”

吴中志道：“不一定，也可能你是对的。”

安然叹气道：“但愿吧，不管是对的还是错的，反正都已经过去了。”

吴中志劝慰道：“所以啊，我觉得你可以试着投入一段新的感情。可能那个对的人就在不远的前方等着你呢。”

吴中志含蓄地让安然明白他说的是郑东旭，安然不笨，当然懂。吴中志趁机说他觉得郑东旭还不错，建议安然考虑。安然道：“这么着急推销我干吗啊？”

吴中志道：“我就是真觉得郑东旭这个人从某些角度来看还是挺优秀的，如果他是真心的，你也别一点儿机会不给啊。”

安然不悦道：“我安然就非得捡别人不要的东西吗？你吴中志不要我，就非得让我去找她姜金波不要的郑东旭，凭什么啊？”

吴中志道：“不是，我没这个意思啊……”

安然噘嘴道：“以后别跟我提郑东旭，不然你就靠边儿停车，我回去，你自己签合同去吧。”

吴中志不敢说话了。

03

郑东旭和金波一起来到杭州，找到吴中志和安然，偷听谈判过程。

承包商何总夸奖安然："不错，这么年轻就能有这样的作品了，让我们嫉妒啊，安小姐芳龄多少啊？"

安然客气地笑道："我是大龄女青年了。"

何总问道："还是单身吗？"

姜金波和郑东旭坐在后方听着，郑东旭低声咒骂："老色鬼！"

安然看了一眼吴中志，自然地把手挎上吴中志的胳膊。

吴中志会意，故意道："安小姐是我女朋友，何总这下知道我平时压力有多大了吧，哈哈……"

郑东旭和姜金波安静地听着，但听不太清楚。他们听了一阵儿，表情都各自起了变化。

签完了合同，双方都站起来握手。

吴中志道："谢谢何总百忙之中抽出时间，我们合作愉快。"

何总道："客气了！你们黄总跟你们说了吧，我这个公司公章在美国呢，明天上午才能回来，要麻烦你们再等半天了，不过字我都签了，放心啊。"

送走何总，安然说谢谢吴中志刚才帮忙解围，要一起吃饭。

吴中志赶紧拒绝道："我不吃了，刚才路上开车太累了，我想休息一会儿。"

安然道："这才开多远的路啊，怎么啦？这才结婚几天身体就不行了？"

听到这里，郑东旭看着金波，金波气得不行。

各自回房间之后，过了一阵儿，安然按吴中志房间的门铃。吴中志开门，安然拎着吃的，扬了扬手上的红酒。

吴中志千方百计想让安然离开，安然就是不走，还生气道："至于这么怕媳妇吗？”

吴中志为难道：“怕什么媳妇啊，我是……”

安然道：“不怕就行，那咱吃完饭再睡觉。”说完她径直进门。

他们的言行都被郑东旭和金波悄悄看在眼里。

房间客厅里，安然给自己杯子里倒了半杯酒，又开始给另一只杯子倒，吴中志连忙上去拦着，为难道：“安然，这么晚了咱们俩在一块儿不合适，一会儿金波再给我打电话，我没法儿交代。”

安然道：“那会儿在韩国的时候，金波在你房间，当时你是不是也这么紧张？怕我知道？”

吴中志不说话。

安然突然笑道：“逗你呢！我们分手的时候你说咱们做朋友，还是好朋友，这是你说的吧？”

吴中志点点头。

安然道：“那好朋友在一起喝喝酒，不可以吗？你要现在告诉我不可以，我马上走。”

吴中志无奈：“那就喝一杯吧。”

两人碰杯，安然说了干杯之后，细腻地品了一口，却见吴中志“咕嘟、咕嘟”喝完了。

安然沉下脸：“你这是摆明了赶我走，是吧？”

吴中志无奈：“不是，你不是说干杯吗？”

安然看着吴中志，有气撒不出：“对，你也说了你就喝一杯，那能等我这杯喝完吗？”

吴中志犹豫道：“行……”

突然电话响了，吴中志急忙拿起手机——金波的视频邀请。

吴中志慌忙走进卧室接电话。金波和郑东旭在这边一起盯着吴中志，金波拿着手机，摄像头上贴着胶布，吴中志看不见他们，但是他们能看见吴中志。

姜金波变着法子一会儿要看房间，一会儿要看客厅，吴中志灵机一动躺到了床上：“哎哟，我这都要睡觉了，你就陪我聊聊天儿吧！”

姜金波问道："怎么了？客厅有人啊，不让看……"

吴中志急忙道："没有！哪有人！"

姜金波趁机道："你就让我看看呗。"

吴中志道："不是，我今天真累了，实在不想动了。"

姜金波道："你到底给不给看，我生气了啊！"

吴中志无奈："行行行，看！走，带你看客厅……"

吴中志往客厅走着，看着安然，连忙做手势，示意她蹲下。安然不蹲，就在那儿看着吴中志，吴中志路过连忙摁下安然，他拿着手机给金波展示："你看，还没咱们酒店客厅好呢，也不大……"

吴中志心惊胆战地看着安然，安然蹲在地上瞪着吴中志。吴中志拿着手机对着周围转了一圈，跑回卧室跳上床摆了个Pose，求饶道："行了吧老婆，你就放心吧！我准备睡了，你也早点儿休息，我明天早上盖完章就回家！"

金波在这边阴沉着脸："好，早点儿休息吧，晚安。"

吴中志对着镜头笑："晚安，宝贝，明天见。"

挂断电话，吴中志立刻从床上弹起来，跑向客厅。

吴中志忙对安然说："你看见了吧？我这心里总是'扑通、扑通'跳，感觉要出事，你还是先回去吧。"

安然道："我还没喝完呢。"

吴中志道："别喝了，你要真想喝，回去我叫上金波，咱仨一块儿喝，行吗？"

安然不高兴了："吴中志，有你这么对朋友的吗？"

吴中志无奈："你就当帮朋友一个忙，行了吧？先回去……"

安然看着吴中志："当初可是我把你让给她的。行，我走！"

这时门铃响了。吴中志看猫眼，傻眼了。吴中志转身，跑过去看着安然道："金波来了！"

安然觉得不可思议："真追过来了？这都几点了？"

吴中志快疯了，四下里看着。安然也急了，出主意道："要不我躲起来？"

吴中志想了一下："别！那样我更说不清了。"

门铃又响了两下。吴中志索性开门，姜金波看到安然，直接问："刚才我和我老公视频，他说房间里就他一个人，当时你在不在？"

安然坦白道："在。"

姜金波生气地说："就是你和我老公一起在骗我，对不对？"

安然解释道："金波，你听我说……"

姜金波一脸不悦："你可以走了。"

安然看了一眼金波，又看了一眼吴中志，离开了。

姜金波走过去坐在沙发上。

吴中志赶紧道歉："对不起……我不应该骗你。"又理直气壮地解释道："老婆，请你相信，我跟安然没有做任何对不起你的事情。我答应你，以后再也不对你撒谎了，哪怕是善意的谎言。"

姜金波伤心地说："你是说你骗我是为了我好，我错怪你了？"

吴中志道："没有，我是怕你担心所以才……是我错了。"

吴中志觉得很冤枉，道："你就这么不相信我？

姜金波道："我是不相信别人！"

吴中志一愣，赶紧打了一下自己的嘴，上前抱住金波，不住道歉："对不起，对不起！别生气，老婆，你看我这智商，就撒这点儿小谎都被你看出来了，还能起什么大浪啊……"

姜金波说要回韩国，吴中志傻眼，赶紧说："老婆，你别吓我……我会疯的！你直接把我送精神病院得了。算了，咱还是别去韩国了。"

姜金波哭着说道："可是我现在压力好大，跟婆婆的矛盾还没解决，现在你又对我这样，我觉得我在中国真的待不下去了。"

吴中志慌了："老婆，你千万别胡思乱想啊！都是我的错，没有给你带来安全感，我以后一定好好表现。"

后来，金波关门自己睡，吴中志被罚睡沙发；回到上海家里，金波气还没有消，继续罚吴中志睡沙发。

04

早晨，徐曼丽开门进来，看见吴中志窝在沙发上睡得正香，枕头都掉地上了。

徐曼丽径直走到卧室，开门，门反锁了，徐曼丽憋着气，开始敲门。

姜金波愤怒地开门直接就喊："你是不是疯了啊！大清早的不让人睡……"

徐曼丽道："我在你眼里，是不是早就疯了？"

姜金波傻眼，赶紧说："不是，妈妈，我不是说您，我以为是中志……"

徐曼丽火上来了，道："哦，我们娘儿俩都疯了啊……"

吴中志被吵醒连忙起来，徐曼丽一抬手："你站那儿！别过来。"又对金波道："来，金波，你过来。"

徐曼丽转身走向沙发，坐下，金波也走过去。

徐曼丽道："我看我们娘儿俩要疯的话，也是被你给整疯的。"吴中志道："妈，你说什么呢？"徐曼丽怒道："儿子，你一个大老爷们儿，抱着被子睡客厅，不觉得说出去丢人吗？"

吴中志道："哎呀，客厅里凉快，我想睡客厅！"

徐曼丽看向金波："是吗，金波？"

金波不吭声。徐曼丽决定干预到底，说道："来，儿子你说说，你干了什么惊天地、泣鬼神的事惹着你媳妇了？"

吴中志笑着说："我犯了一个很大的错，深深地伤害了金波，这是我罪有应得。"

徐曼丽看着吴中志说："照你的意思，金波没让你睡大街上，就已经很宽宏大量了？别说，你还真娶了个好媳妇！"

徐曼丽看着金波，压抑着火气说："金波啊，你跟我说说，中志怎么欺负你了，我好好教训他。"

姜金波道："妈妈，其实也没什么大不了的，就是他骗我。"然后姜金波把吴中志和安然去杭州出差的事说了一遍。徐曼丽问：“金波，你跟我说实话，你到底相不相信吴中志？”

姜金波说道：“我相信。”

徐曼丽又问：“真的相信？”

姜金波点点头。

徐曼丽变了脸色：“那你折磨我儿子干吗？啊？这就是你的不对了，小学生现在都不让体罚了，这可是你亲老公啊，你这让他在沙发上撅一夜，你不心疼你老公，我还心疼我儿子呢。”

姜金波惊讶地看着自己的婆婆：“妈妈，可是他欺骗了我！他没有跟我说实话，我心里也很生气啊！”

徐曼丽道：“那是善意的谎言，担心你胡思乱想！还不是为了避免你们夫妻间不必要的矛盾嘛。中志他爸也经常这样骗我，后来我仔细想想，这都是为了我好啊，让我少生了很多冤枉气，这是一种爱呀！”

姜金波含着眼泪讲道理，觉得徐曼丽没必要过多介入他们夫妻的私事，介入进来会使事情更复杂。徐曼丽反驳道：“你的意思是我不管你还没事，我管了你反倒要小题大做了？怎么着？你还打算让我儿子睡楼道啊，非要跟我较这个劲，是不是？”

姜金波道：“我不是要跟您较劲，我只是觉得您介入我们夫妻生活太多了，你这样做是不对的！而且妈妈，你真的有点儿太不讲道理了！”

徐曼丽不解：“我不讲道理，我还就不信了……”

吴中志焦头烂额：“哎哟，妈，您快回去吧，你让我们自己处理，好不好？这件事本来就是我不对，我不该骗金波！”

徐曼丽喊道：“吴中志！你把被子给我抱回房间去！”

吴中志不动，看看金波。

徐曼丽瞪大了眼睛：“你听到没有！”

徐曼丽和金波都盯着吴中志，金波流下了眼泪。

吴中志无奈：“妈，你别这样……我一会儿抱，行吗？”

徐曼丽气疯了：“就现在！”

吴中志慢慢地移到沙发边，拿起一个枕头，然后扭头看着两人。金波泪流满面，吴中志受不了了，求饶道：“妈，我求求你了！你别逼我了！”

徐曼丽暴怒，眼圈也红了：“吴中志！你要是我儿子，你现在就去把被子给我抱进去！”

三人谁也不说话。

姜金波走上来一把抢过吴中志手里的枕头，拽起沙发上的被子抱回了卧室。徐曼丽瞪着吴中志，快气炸了，沉默片刻后，离开了。

吴中志一个人站在客厅中央发呆。这对婆媳上次抢钥匙还没有彻底和好，这次又是大吵，恐怕更不好收场。

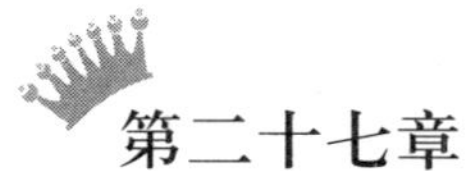

第二十七章

01

徐曼丽和金波继续冷战，金波不愿妥协，约在熙逛街、泡夜店，不肯跟吴中志回去。吴中志夹在中间左右不是，很晚才独自疲惫不堪地回到他们的新房，打开灯。

徐曼丽劈头就问：“金波呢？”

吴中志吓一跳，这才发现徐曼丽绷着脸一声不响地坐在他家的沙发上等着他们回来。

吴中志看着徐曼丽不说话。

徐曼丽大声道：“我问你，金波呢？我这一晚上来了好几趟，家里连个人影都没有，你们想干什么？”

吴中志走过去坐在徐曼丽对面的椅子上，看着她，还是一言不发，不想说话。

徐曼丽快要生气了：“问你话呢，你媳妇呢？”

吴中志沮丧地说：“她今天不回来了。”

徐曼丽怒道：“敢情你这是大晚上的跑出去找她了？我跟你说，你真得好好管管你媳妇了！越来越过分了！”

吴中志无奈道：“妈！我求求你了，你能不能饶了我们俩！”

徐曼丽急了：“中志，你这话什么意思？”

吴中志道：“我的意思就是说，是你把金波逼得离家出走了，听懂了吗？”

徐曼丽一愣：“我明白了，我这么给你们吃、给你们住地伺候你们，跟当保姆似的给你们打扫家里，到头来是我错了，是我对不起你们了，是吗？”

吴中志皱眉道：“妈，你要再按你这种理解、你这种方式去做事的话，你非得把我的家给拆了不可。”

徐曼丽气结：“我做的哪一件事不是为了你们好？你摸着良心，自己说！”

吴中志道：“妈，我知道你是为我们好！你很伟大！但您真不能参与我们家庭太多，你不能两家人当成一家人过吧？我和金波毕竟是年轻人，我们也有自己的私生活……”

徐曼丽抹泪道：“你是不是我儿子啊？这刚结婚几天你就这么帮着你媳妇说话？我一手把你带大，虽然不是亲生的，但是比亲生的还亲！我看你被金波赶出来睡沙发，我能不心疼？我脾气这么不好，从来没把你爸撵出去过。”

吴中志无奈。

徐曼丽继续数落：“我也有婆婆，我也是妻子，我也是儿媳妇。照顾家庭是做媳妇的本分，她连这点都认不清，你们后面的日子怎么过？想成为合格的妻子、合格的儿媳妇，该承受的还是要承受，我跟金波说的那些话，是把我们过来人的真实感受告诉你们，让你们少走弯路！”

吴中志道：“妈，我和金波的生活才刚刚开始，可能需要走一些弯路，因为不走弯路就永远都不知道哪条道是捷径，不走错几次就不知道什么是对的……我们夫妻两人肩并肩地往前走，共同面对，共同经历，这也是加深我们彼此感情的一个不可缺少的过程。如果什么事直接就能明白，不去经历，虽然会减少很多痛苦，同时也会失去很多快乐！”

徐曼丽沉默了。

吴中志继续道："妈，我很爱金波，我们在一起多不容易啊！你是知道的，我们共同经历了多少坎坷与挫折，现在回想起来我觉得很幸福，这是我们之间很珍贵的回忆和财富，现在也是这样，不管我们俩是吵架，还是我睡沙发，这是我们年轻人应该经历的阶段……"

徐曼丽指着吴中志道："行，明知山有虎，偏向虎山行！想遭罪啊，可以！那你们就经历去吧，反正有很多离婚的也都是这么经历过来的。"

徐曼丽说完，转身就走了。

02

毛亚平的木质模型店生意冷清，吴一洁帮忙开了网店，暂时也像实体店一样没有起色。在熙时常来店里帮忙，三个人就那么微妙地相处，烦恼又快乐着。

这天吴一洁无聊，注册了一个新微信号，用在熙的照片做头像，装成在熙跟毛亚平聊天儿："睡了吗？"

毛亚平回道："没。你怎么还不睡？"

吴一洁道："睡不着。"

毛亚平问道："想什么呢？"

吴一洁回道："想一个不该想的人。"

毛亚平又道："看来那个人在你心里很重要。"

吴一洁道："可能吧，但是我不知道我在他心里重不重要。"

毛亚平道："那可能就要凭心灵感应了。"

吴一洁道："但是，我感觉那个人好像把身边另外一个女孩儿看得更重要。"

毛亚平问道："你又不是那个人，你怎么知道？"

吴一洁反驳道："你又不是我，你怎么知道我不知道。"

毛亚平笑了，回复道："需不需要我替你给那个朋友带个话？"

吴一洁也笑了，回复道："你告诉他，世界上最遥远的距离，不是生与死，而是我就站在你面前，你却不知道我爱你。”

毛亚平看了特别感动，回复道：“我会转达的，就是你这个朋友读书少，不知道能不能听明白。”

吴一洁入戏太深，忘了自己此刻是假装成在熙的，两个人继续聊得火热。

这一天，就在吴一洁想要放弃的时候，电脑提示音响起，吴一洁激动地扑到电脑面前——显示有新订单！吴一洁激动坏了，赶紧回复买主：“您好，今天就给您发出快递。”

顾客回道：“我看了一下，咱们是同城，能不能今天送到呢？我明天有急用。”

吴一洁看表皱眉，想了想，同意了：“行，那我亲自给您送去吧，快递的话今天应该到不了了。”

顾客道：“那太谢谢了。”

吴一洁赶紧找出建模，装好，兴高采烈地出门。她兴冲冲地骑着自行车，背着挎包飞驰在街道上。这时出现一个红灯，吴一洁掏出手机来看地址。绿灯亮了，吴一洁一笑，装好手机准备继续上路。

吴一洁刚骑到路转角，右侧街道突然钻出一辆车，车轮滚滚朝一侧驶来。吴一洁满心欢喜地看着包装好的模型，脚下的力气加大，更加快速地蹬着。

一声猛烈的刹车声之后，是一阵强烈的撞击声和吴一洁的尖叫。

咖啡厅里，毛亚平约在熙见面，想跟她说清楚，自己爱的可能是吴一洁。

两人聊了一阵儿，牛头不对马嘴，这才明白原来微信里的在熙是吴一洁冒充的。

毛亚平有些慌：“什么？不可能，跟我聊了这么多天的人是吴一洁……”

在熙失望地叹了口气：“没错，是吴一洁，她故意装成我跟你聊。”

在熙看着毛亚平，无奈道：“亚平，你叫我来，想和我说什么？”

毛亚平低头道："我找你，就是想和你说，我想好了，吴一洁才是那个适合我的人。在熙，对不起。"

两个人沉默着。

在熙道："现在想想，吴一洁确实付出的比我多，她爱你，远远胜过我。"

毛亚平的手机响了，是吴一洁的号码，而对方却说自己是医院的医生。毛亚平立刻紧张起来。

医生解释道，他们找到刚刚送进医院的患者手机，然后拨打了手机上标明"亲爱的"的号码，说是吴一洁被车撞了……

毛亚平傻眼，站起来就跑，在熙赶紧跟上。

郑东旭白天讨好安然，陪她放风筝，然后把她送回家。晚上接到在熙的电话，约他去酒吧喝酒，说是金波有心事。郑东旭马上赶到，三人大喝特喝，金波完全喝醉了，迷迷糊糊地靠在在熙的怀里哭成了泪人儿，嘴里不断地叨叨着烦恼。

郑东旭道："吴中志这个王八蛋，太过分了！我去找他！"

在熙连忙道："你别跟着瞎起哄了，行不行！你走了金波怎么办啊，你看她都喝成这样了！"

郑东旭转身看着金波。

姜金波醉着说："你别走……谁都别走！"

郑东旭一听赶紧说："好，我不走，我不走！"连忙又坐回金波旁边。

姜金波哭着说："你说好要保护我的……可是你没有做到……"

郑东旭抱着纸巾盒，帮金波擦泪、擤鼻涕，安慰道："不哭了啊，金波，你放心！我一定保护你！"

在熙瞪了郑东旭一眼："你保护个屁啊，她说吴中志呢，你跟着瞎起什么哄啊！"

郑东旭道："金波还能指望吴中志保护吗？他要是能保护，金波还能喝成这样吗？还能受这么多委屈吗？干脆离婚得了！”

在熙一个纸团扔向郑东旭：“你行了吧！你还想把事闹多大啊！他们就是小两口儿吵个架而已。”

姜金波突然间坐起来，迷迷糊糊地说道：“你别逼我……我不想搬回家住……太压抑了，我真的受不了……”

姜金波说完又开始哭，哭得更凶了，她晃悠悠起身又拿起一瓶酒要喝。郑东旭想要阻止，姜金波非喝不可，几杯喝完之后，她直接倒在郑东旭身上，不省人事。

吴中志在酒店门口等候多时，见郑东旭从出租车里抱着金波下来，上前想要抱金波，郑东旭不给。

吴中志愣了一下，一把拽过郑东旭：“这是我老婆！你放手！”

在熙赶紧上前：“哎呀！你们俩别抢啦！你们晃来晃去一会儿给她晃吐了！”

吴中志把金波抢过来，郑东旭直接又抓住吴中志。

两人对峙一阵儿，吴中志放下金波，在熙过来接住，先把金波扶走。郑东旭一拳打过来：“你个王八蛋！”

吴中志险些被打倒，他看郑东旭道：“你发什么酒疯啊！再打我就还手了！”

郑东旭道：“你还手啊！你还有脸说你照顾金波，你有这个能力吗？你所做的就是让金波左右难做，每天伤心。让自己的女人跟着自己受委屈，你还算是个男人吗？”

吴中志道：“这是我和金波的事，不用你管！”

郑东旭瞪着他说道：“只要是金波的事我就管定了！”

吴中志道：“她是我老婆！我会把她照顾好的！”

郑东旭怒道：“我不相信你！她在外面哭了一晚上，你知道吗？她在你们这个家里压抑得都喘不上气儿了，你知不知道？我告诉你吴中志，当时要不是安然怀了我的孩子，我绝不会把金波让给你！”

恰好来酒店拿资料的安然听到这段对话，整个人僵在门口。她突然明白了郑东旭为什么要莫名其妙送礼物给她，安然眼里瞬间流出泪水。

安然走了过去，吴中志看着安然，愣了。

郑东旭背着身还在和吴中志吵，叫道："你不是口口声声给我谈责任吗？你尽到一个做丈夫的责任了吗？当初你还骂我是畜生，我看你也比我好不到哪儿去！"

安然拽过郑东旭就是一巴掌，骂道："你真是个畜生！"然后转身离开。

郑东旭傻眼了，上去拉安然，安然一把甩开："永远别再让我看见你。"

郑东旭追上去："安然……"

吴中志看着两人离开，知道暴风雨即将来临，转头去照顾金波。

姜金波酒醒后听在熙说吴中志和郑东旭吵架了，于是特意问吴中志："他有没有说什么过分的话？"

吴中志道："有，但不过分，他说的是对的。我让你受了太多的委屈，让你一次一次地伤心、难过，我不是一个合格的丈夫，但我相信，以后我一定会成为一个合格的丈夫。我一定会用行动告诉你，你没有嫁错人，不信你等着看，你愿意等吗？"

姜金波问道："要等多久？"

吴中志道："我不知道，应该会在你坚持不住之前吧。"

姜金波道："我现在就坚持不住了……"

吴中志苦心劝姜金波回去住，姜金波为难地说："中志，再给我一段时间，好吗？我现在真的不知道该怎么融入你们这个大家庭里来。我想我现在只能做一个好的妻子，但还不能成为一个合格的儿媳妇，所以我需要冷静地思考一下。"

吴中志还想劝说，姜金波果断把话题引到安然身上，她听在熙说安然哭了，想要问个究竟。吴中志愣了一下，脑子飞速转着，想要掩盖过去。

姜金波威胁道："你要敢骗我，我保证你以后再也找不到我，包括善意的谎言，也不行。"

吴中志无奈只得说出真相，告诉金波安然上回怀的那个孩子是郑东旭的。

姜金波根本不信，火冒三丈道："你再跟我瞎编！"

吴中志道：“真的是真的！郑东旭现在都快疯了！”

姜金波吃惊道：“啊？怎么可能呢？”

毛亚平冲进病房，看见吴一洁躺在病床上，各种设备响着，心电图机器显示一条直线，还以为吴一洁死了。毛亚平跑到吴一洁旁边，看到那条直线，毛亚平的眼泪“唰”地流下来了。

在熙默默看着毛亚平的样子，神色黯然。

毛亚平痛苦万分地坐在吴一洁旁边，紧紧握着她的手，说道：“一洁！你怎么这么自私啊……你喜欢我，绕那么大一圈！你知道我笨，我哪能猜出你的心思啊！其实我也喜欢你，我真的喜欢你，一洁……你醒醒吧，我错了！以后我要对你好，对你好一辈子！你醒醒吧！”

毛亚平哭着，让在熙都觉得动容。这时吴一洁醒了，头疼万分，看到毛亚平趴在她旁边哭，还看到在熙，禁不住一脸吃惊，问道：“我怎么在这儿？”

毛亚平一脸惊喜：“你醒了？你终于醒了！”然后扑上去，紧紧抱着吴一洁不放手。他过了兴奋劲儿，扭头再看，心电图还是横线，吓傻，嘴里道：“怎么回事？”

这时旁边的护士拔了插头，把心电图设备推走。毛亚平这才明白吴一洁根本没用心电图设备，松了一口气。

吴一洁道：“亚平，你刚才说什么？说你喜欢我，是真的吗？”

毛亚平看着吴一洁，使劲儿点点头。

吴一洁笑了，两个人再次紧紧地抱在一起，又哭又笑的。

在熙远远看着，心里不是滋味，转身离开了。

吴一洁在毛亚平的肩头，看着在熙离开。

医生进来道：“哎！别嚷嚷！人又没事你喊什么！她正需要休息呢！只是中度脑震荡和一点儿擦伤，没什么大事，不用紧张。”

毛亚平呆呆地看着医生：“脑震荡？那不是很严重？”

医生平静地说道：“没事，休息一下就可以走了。”

毛亚平回头看着吴一洁，马上追问：“我问你，你装成在熙跟我微信聊天儿是怎么回事？”

吴一洁傻眼，捂着脑袋：“不行，医生，我头疼得厉害！”

毛亚平生气道：“我说你怎么这么缺德啊！”

吴一洁瘪嘴：“我就是觉得好玩，想逗逗你。”

毛亚平道：“你快玩死我了！你怎么一碰着我就觉得什么都好玩呢！我到底上辈子欠你什么了，你要这么整我？”

吴一洁看着毛亚平道：“没准儿是条人命……”

毛亚平瞪着吴一洁，气不打一处来，挥拳假装要收拾吴一洁，吴一洁往后一躲道：“你刚才说什么，说你喜欢我，一辈子对我好，现在就反悔啦？”

毛亚平气个半死：“我这后半辈子还能逃得出你的魔爪吗？”

吴一洁惊喜地看着毛亚平，一把勾住毛亚平的脖子，大叫道：“我早就知道你肯定喜欢我！没人能逃得出我吴一洁的手掌心！果然如此吧，还嘴硬！”

毛亚平无奈：“我这到底是哪辈子修来的孽缘啊……”

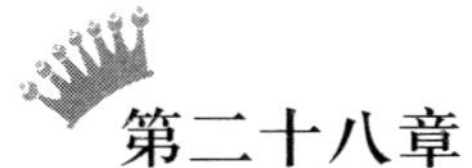

第二十八章

这天早晨，金波和在熙一起吃早餐，却突然捂嘴跑到卫生间去大吐特吐。

在熙怀疑金波已经怀孕，金波本来完全没往这个方向想，听在熙一提醒，愣了愣，觉得确实有必要去医院检查。一查，果然是怀上了。姜金波先是兴奋不已，接着担心起来。

在熙看到金波的表情，问道："怎么了？你不高兴啊？"

姜金波摇摇头，嘴里却说："高兴。"

在熙不解："那你怎么这副表情，你和吴经理都盼了这么久了，快去告诉他啊！"

姜金波看着在熙道："在熙，你答应我件事，怀孕的事先替我保密，我还不想让中志知道。"

在熙诧异道："为什么？你婆婆不是因为要孩子的事和你闹矛盾吗？这个宝宝的到来会让一切矛盾都化解的。"

姜金波道："现在事情太多了，我还没准备好，你答应我，一定替我保密，好不好？"

在熙没有办法，只能点点头，然后说道："可是我觉得，你还是告诉吴经理的好，这毕竟是两个人的事，他有权利知道。"

金波看着早孕检测条上的两道杠，说不清地忧虑。她最担心的是那次喝酒可能会影响胎儿健康。

安然知道真相之后，一直躲着郑东旭。郑东旭一来，即使她在工作室里，也会藏起来让丽丽去应对。

这天黄立鸣催进度，吴中志也找到安然的工作室里来。安然直勾勾地盯着一片空白的画布，喃喃道："我突然没有任何灵感，脑子里一片空白……"

吴中志带着安然去以前经常去的馄饨店，安然看着眼前的馄饨，笑道："好香啊，好像还真有点儿饿了。"又说："要不是因为你结婚了，我肯定得让你喂我！"

吴中志笑道："真是善解人意，多谢体谅。"

安然道："你再这么说，我就真要你喂了！"

吴中志不敢吭声了，低头吃馄饨。

安然看着吴中志，眼圈潮红，吃下这几天的第一口饭。

为了赶进度，这些天吴中志上班的时候必须盯着安然。转眼下班时间到了，吴中志看手里的表，要给金波打电话。每天到点打电话成了他的习惯。

安然看着中志："要不要咱俩一起吃饭？我们出去吃吧，坐了一天了，正好走走。而且也需要一些美食来修复我的大脑细胞。"

安然这一打岔，吴中志把打电话的事忘了，同意陪安然去吃饭。出发前，安然执意要帮他穿外套。吴中志笑了笑，随和地表示同意，刚穿好袖子，就看到门口，姜金波杏眼圆睁，悻悻地看着他们。

吴中志一愣，金波转身就走，吴中志赶紧追了上去。安然愣了愣，只好独自出去吃饭。

金波怒道："你自己不会穿衣服吗？"

吴中志忙道歉："我错了，我错了……"

金波看着吴中志："我可以体谅你的工作需要，但你也得把握分寸吧。我知道你最近很忙，但也不至于一个电话不打，一条微信也不发吧，是不是有点儿过分了？"

吴中志道："是是，我不对。"

姜金波不悦道："我一直在等你的电话。"

吴中志道："我刚想打来着，工作上耽搁了一下。"

姜金波怒道："但是你没打。不仅没打，你还想跟安然出去吃饭，这也是工作上的安排？我们还没离婚呢！"

吴中志一愣："老婆，你说什么呢，我不是事先跟你说清楚了吗？黄总逼着我盯着安然赶紧出设计图，她现在又没有灵感……"

姜金波不耐烦道："你别再跟我说灵感灵感的了，行不行！我不是嫉妒心多强的人，但我毕竟是女人，你和安然成天朝夕相处，我真的很不舒服。她灵感有了，我安全感没了！你明白吗？"

吴中志百般安抚，说道："反正你老公我呢，不做亏心事不怕鬼敲门，我是已经表态了，去不去听你的。"

姜金波道："我能理解安然现在的状态，我也知道你帮她是为了工作，但我总觉得你俩在一起怪怪的。反正以后你自己注意分寸，你要再有什么过分的事刺激我，我肯定让你后悔！"

说完，姜金波走了，吴中志无奈。

02

安然独自美美地吃了一顿，好不容易调整好了情绪，有人进来。安然以为是吴中志，抬头却看到郑东旭。郑东旭看着她，她低头不说话，坐在椅子上动都没动。

郑东旭拉过一边的椅子，坐在她对面，真诚地说："好不容易找到你，我可以马上滚蛋，但能不能听我说一句话，就一句。"

安然把头转向一边。

郑东旭继续说："我真的非常内疚，我知道我以前的行为深深地伤害了你，同时也伤害了我自己。我现在的结果是我应得的报应，但我想跟你说一句，对不起。我不求你原谅我，你可以恨我、打我、骂我，怎么样都行，就是别躲着不见我。我真的很后悔。"

安然不看郑东旭，眼神空洞。

郑东旭动情地苦笑："到现在我才明白，以前金波为什么那么讨厌我；到现在我才明白，我对你真的动心了，但我却要永远失去你了……"

安然还是不说话。

郑东旭道："我知道，我说什么也弥补不了对你造成的伤害。但是伤害你，真的不是我想的，对不起，我只是奢望你能再给我一次机会，如果不行，我可以离开。"

郑东旭给安然鞠躬，转身离开。

安然看着他的背影，眼里再次浮现泪花，她突然觉得郑东旭其实不是那么令人讨厌。

吴中志和安然正在讨论方案，丽丽等同事都在。

姜金波和在熙拿着夜宵进来了，姜金波笑着说："美女们可以吃沙拉，不发胖。"

丽丽等女孩儿一起道："谢谢嫂子，想得太周到了。"

大家都去拿夜宵。丽丽给安然拿了一份，安然不好意思地看着金波。姜金波大度地说道：“吃一点儿吧，别熬太晚。”

安然微笑着拿起一份馄饨。

吴中志把金波拉到一边，低声说：“金波，最近我每天加班回不了家，要不你搬回去吧，给家里的绿植浇浇水，不然都干死了。”

姜金波道：“放心吧，你妈有钥匙，她不仅会浇水，还会施肥，还会把家里打扫得干干净净，一尘不染……”

吴中志无奈，凑到姜金波身边：“你怎么还记仇呢！我妈今天打了好几个电话，说奶奶老是问起咱俩，让咱俩回去吃饭。”

姜金波道：“那是让你回去，我没接到电话。”

吴中志没辙，还想说什么。姜金波把一份肠粉塞到吴中志手里：“赶紧吃吧，一会儿没你的了。”

吴中志无奈。

姜金波看到这些食物，突然想吐，悄悄走到一边。吴中志没有在意，在熙看在眼里，走到金波身边，关心地问：“金波，没事吧？”

金波轻轻摇摇头，拉着在熙走了。

吴中志看着金波和在熙两个人离开，一转头，看见安然正看着他，眼神里似乎有内容，但吴中志不敢深究。事实上安然注意到姜金波呕吐，怀疑姜金波怀孕了，但她看吴中志似乎没有察觉，何况只是怀疑，最终她也懒得提起。

在熙和金波高高兴兴地从妇产科出来。

检查结果一切正常，这让姜金波心里的一块石头落了地。金波之前一直担心自己上次喝醉酒会对胎儿不利，现在似乎可以放心了。

没想到她们在这里碰到了吴一洁。吴一洁前几天被车碰伤，虽然没有大碍，倒也不敢大意，这次特意来复查。这件事她没有告诉家里人，还特意叮嘱金波别让他们知道。

吴一洁扭头一看，她们两个是从妇产科出来，于是看看金波，再看看在熙，问道：“你们怎么来妇产科啊，谁怀孕了？”

金波和在熙面面相觑，在熙想说话，被金波拉住。

吴一洁道：“嫂子，你怀孕了？”

金波马上否认道：“没有……我怀孕了不早就告诉你们了嘛！”

吴一洁傻眼，看着在熙：“你怀孕了？”

在熙为难地看着金波，金波从后面捅着在熙，让她不许出卖自己。在熙满脸无奈，支吾道：“我……我……”

吴一洁一摆手：“别说了，我知道了，我应该恭喜你。”说完，她气呼呼地走了。

在熙见状，知道不妙，抱怨道：“你害死我了！”金波道：“你又没怀孕，你怕什么！是闺密吗？你得替我扛着！”

铃木一郎把安然的设计稿打了回来，没有通过。

吴中志无奈地看着安然：“铃木一郎说，我们的设计根本不是他要表达的理念。”

安然看着手里的图，突然崩溃了，泪如泉涌，哭着说：“对不起，中志，我把你丢了，但是我心里没有了你，灵感也就没有了……”

吴中志实在找不到安慰安然的词，只好沉默。

安然哭道：“我到底是怎么把你给弄丢的？从什么时候开始的？不是去韩国开始，也不是因为金波出现，我知道，是我自身的问题。我恨我自己，为什么我错了一次，老天爷连一次机会都不给我！”

吴中志道：“安然，我觉得你没有做错，你也不需要再有一次机会，有些东西是不属于你的，你应该学着坦然接受。如果你原地徘徊，就可能错失在前面等着你的属于你的幸福。”

安然道：“郑东旭告诉我，他终于找到了没有追求到金波的真正原因，而他所说的，其实也是我想对你说的，我之前的任性和我对物质的向往，让我失去了你。这是留在我心里永远抹不掉的烙印。我无法坦然接受，也不知道该怎么接受，我已经画不出东西了，我脑子里什么都没有，我觉得自己完了，以前你是我的灵感源泉，现在没有了你，我整个人就像是一个空壳……”

吴中志起身，拍拍安然的肩膀，安然突然转身扑进吴中志的怀里大哭起来。

吴中志没办法，轻轻安慰着她。

门口，金波拿着怀孕的检测报告，兴高采烈地过来，一推门，却看到中志在抱着安然，瞬间僵在那里。吴中志看到金波，赶紧放开安然。金波转身就走，吴中志紧追上去。

姜金波忍着眼泪，不看吴中志。

吴中志为难地说：“安然现在的情绪到了低谷……”

姜金波道：“如果她天天情绪都低谷，你是不是天天都得陪着她？你们俩还得天天抱在一起？如果是这样，你们俩在一起算了……”

吴中志解释道：“她稿子被否决了，我在安慰她，我没想到她突然过来抱我。”

姜金波伤心地说：“中志，我现在跟她一样脆弱，我也想让你抱抱我。”

吴中志走上前抱着金波，金波一把推开他，眼里含着泪：“中志，你要一直这样当个老好人吗？我不觉得老好人是优点，你这么宽泛的爱，我受不了。”

吴中志道：“韩国方面在等着安然的设计图，现在安然这种状态，肯定完不成。我帮她也是在帮我。我是这个项目的总负责人，金波，这个时候你一定要体谅我……”

姜金波不悦：“我体谅你，你体谅我了吗？”

吴中志忙道歉：“对不起，我刚刚确实不对。”

姜金波道：“我现在真的太累了……我们离婚吧。”

吴中志傻眼，姜金波转身要走，被吴中志拉住。姜金波抬头看着他。

吴中志道：“我知道你说的是气话，我们的爱没有那么脆弱。你知不知道我跟安然在一起除了工作还在想什么？我在想你，我在担心你。我知道你会难过，我很心疼你。我也非常内疚，但是我告诉自己一定要坚持，因为我相信，我老婆在等着我，她不会不信任我。我都在这么坚持着，你能不能不要说你想放弃？……”

吴中志上前把金波抱在怀里："会过去的，你一定要跟我一起，陪在我身边。"

姜金波满眼含泪看着吴中志："中志，你放手吧，我真的太累了。"

姜金波挣脱吴中志的手，转身走了，吴中志被迫放手，看着她的背影，心痛不已。

04

毛亚平一脸高兴地看着吴一洁进来，道："一洁，你知道今天网店开张了！"

吴一洁怒气冲冲地瞪着毛亚平骂道："你这个浑蛋！"然后拿起一块木头就打毛亚平，毛亚平赶忙躲避，不知道为什么，嘴里大叫道："吴一洁！你要干什么？"

吴一洁叫道："干什么？我要杀了你！"

吴一洁不管不顾地追着毛亚平打。

毛亚平大叫："你说清楚啊！你这是谋杀亲夫！"

吴一洁恨恨地说道："杀你千遍我都不解恨！"

吴一洁继续打着，毛亚平被逼到墙角，无助道："我到底做什么了？死也要死个瞑目吧！"

吴一洁道："你还装！天天正人君子，我早就应该想到你这副嘴脸，动不动就网上约炮，没事就泡妞！你真是狗改不了吃屎！"

吴一洁继续打，毛亚平索性不躲了，等着吴一洁打。

吴一洁拿着那块比尺子还长的木条，一下打在毛亚平头上，毛亚平脑袋上流血了。吴一洁看到毛亚平不躲，一愣。

毛亚平委屈道："你说清楚，我到底怎么了！自从和你在一起，所有的社交软件我都卸载了，我另外花钱买了一部不能上网的手机！"

毛亚平掏出一部诺基亚的老人机，吴一洁一愣："别跟我装蒜！别来这一套，演技高超去好莱坞逞能，跟我玩什么纯情。"

毛亚平的血流下来，他用手一抹，发狠道："行！吴一洁，你说清楚，如果我做了什么对不起你的事，我自我了断，省得还判你个杀人罪，让我死得也痛快点儿！你说吧，我到底犯了什么错！”

吴一洁气得咬牙切齿：“毛亚平，你真是个浑蛋！你这个嘴脸，我真想拍死你。”

毛亚平怒了：“说重点！”

吴一洁道：“行！在熙怀孕了！”

毛亚平吃惊道：“什么？她怀孕了和我有毛关系，又不是我怀孕了！”

吴一洁咬牙道：“装，还装是吧，是不是你的？”

毛亚平一脸冤枉：“什么？她怀孕了就是我的！凭什么？全世界五十亿人口，一半是男的！她怀孕了，二十五亿的可能性，你凭什么就选中了我，非说是我的？”

吴一洁道：“我知道在熙这种女孩儿，她现在还喜欢着你，她放不下你，怎么可能和其他男人在一起！”

毛亚平不满道：“你怎么就不知道我这种男孩儿呢？我现在爱着你，我也绝对不可能和其他女人在一起！”

毛亚平和吴一洁吵吵闹闹着一起去拍在熙的宿舍门。在熙开门看到毛亚平一脸的血，吓了一跳，嚷道：“毛亚平，你又打架了啊？”

毛亚平径直走进去，吴一洁跟着进来，把门一甩。

毛亚平看着在熙：“在熙，你到底怀了谁的孩子？”

在熙一愣，咽了一口唾沫，装傻道：“你在说什么？”

毛亚平看着吴一洁，表示怀疑。吴一洁冷冷地看着在熙道：“别装了，我今天在医院碰到你跟嫂子从妇产科出来。”

在熙看着毛亚平一脸的伤，再看看吴一洁，惊讶地说：“你不会觉得，我和毛亚平……”

吴一洁道：“别跟我绕圈子，直接说，是不是毛亚平的！”

在熙看着毛亚平，真相没法儿说出口，内心煎熬着。

毛亚平着急道：“大姐，你看我干吗？你再看，我死都洗不清的冤屈。我要是真被冤死了，做鬼也不放过你！快说！”

在熙吓坏了：“你别说这么恐怖好不好！”

吴一洁插在两个人中间："别串供，别说那些没用的暗号！"

毛亚平道："谁说暗号了！"

吴一洁对在熙说："赶紧说吧！你肚子里的孩子是谁的？"

在熙慌了："其实……孩子不是毛亚平的……"

毛亚平长长地松了一口气，怒气冲冲地对吴一洁喊道："你听到了吗？听到了吗？你把我打成这样！你这是家暴！我还没'嫁'给你呢，你就把我打成这样……"

吴一洁叫道："闭嘴！"她冷冷地看着在熙："我不相信！你跟我去做 DNA！"

吴一洁说着拉着在熙就走，在熙尖叫着。毛亚平拉开她们，对吴一洁大怒："吴一洁！你搞什么！人家有自己的隐私好不好，人家怀孕怎么非得是我的！"

吴一洁拿起门后的棒球棍指着在熙道："赶紧说！到底是谁的！不说，今天大家一起死！"

在熙吓坏了，慌张地说："是你哥哥的。"

吴一洁和毛亚平都愣住了。

闹了半天，他们才知道是金波怀孕了。这下吴家的人都知道金波怀孕了。吴中志从吴一洁嘴里听到姜金波怀孕的消息，还有点儿不信，因为他觉得这样的事，应该由姜金波亲口告诉他。姜金波解释说那天想要告诉他的时候恰好发现他跟安然拥抱，气都气饱了，所以不想告诉他，没想到吴一洁先知道了。吴中志百般赌咒发誓他跟安然完全不可能，姜金波这才笑逐颜开。

徐曼丽高兴坏了，却还死撑着不肯去接金波回家。而金波也继续住在宿舍。

安然不理郑东旭，郑东旭情绪低落，跟金波诉苦，金波决定请安然吃饭，好好谈谈。

姜金波拿出一瓶酒，安然拿起酒瓶给她倒酒。姜金波赶紧说道："这酒是特意给你准备的。我喝不了，我怀孕了。"

安然愣住，嘴里说："那今天这瓶酒真是浪费了。"

姜金波道："不会，我一会儿打包回去带给郑东旭喝，他现在没酒都没法儿活了。"

安然变了脸色："你如果要想跟我说郑东旭的话，这顿饭我们就没法儿吃了。"

姜金波无奈道："你就给我一分钟的时间，行吗？"

安然不说话。

姜金波道："谢谢。我想告诉你，郑东旭已经爱上你了。"

安然抬眼看着金波。

姜金波继续道："我不是来当说客的。我只是想和你说，郑东旭现在情绪非常不稳定，如果你能给他哪怕一个微笑……"

安然打断道："对不起，我办不到。"

姜金波看着安然："我知道你恨他，换作我我也接受不了……"

安然摇头："我是从他那里，看到我自己，我恨我自己。"

姜金波一愣。

安然道："吴中志每天跟我在一起工作，就像完成任务一样。他每一分钟都在想着你，怕你担心，怕你误会……我爱一个人，是要他的心，可他的心从来都没有离开过你，所以你应该信任他，不然就太傻了。"

姜金波又是一愣。

安然起身道："对不起，我还有其他事，失陪了。"

姜金波望着安然的背影叹了一口气，看来这次的心思白费了。

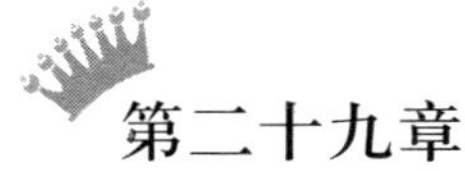

第二十九章

吴中志从家里搬出来，陪着金波住酒店宿舍。

他躺在金波的床上说笑道："爸、妈和奶奶知道你怀孕的事，都高兴坏了！"又说他妈妈应该很快会来酒店请金波回去。

姜金波道："让妈妈来酒店请我回去不合适吧……"

吴中志道："道理是这个道理，但是我妈这个人的逻辑是反的。你自己回去吧，她可能还不高兴，因为她没想通啊；如果是她来请你回去，那说明她自己想明白了，是心甘情愿的。我今天给我妈挖了个小坑，我骗她说你要跟我离婚，加上你现在怀了孩子，放心吧，她肯定得来……"

吴中志说着说着盯着金波不作声了。

姜金波感到奇怪："你怎么了？"

吴中志道："我突然想到一句话。"

姜金波问道："什么话？"

吴中志一本正经地说："小喜鹊尾巴长，娶了媳妇忘了娘。我怎么觉得自己像个白眼狼呢？"

姜金波看着吴中志直乐，高姿态道："要不……还是我回去吧。"

吴中志道："别！我这是一策略，我爸教我的，对付我妈，一门灵！"

吴中志抱着金波，两个人相互依偎着。

吴中志抚摩着姜金波的头："从明天开始，你不许吃食堂了。"

姜金波不解："为什么啊？"

吴中志笑了："从明天开始，我给你做孕妇餐！"

姜金波幸福又感动。

安然在设计图纸，丽丽进来送了一杯热牛奶。安然点点头，让她放下。丽丽转身出去，郑东旭等在外面，迎上来问道："怎么样？她喝了吗？"

安然开门出来，拿着牛奶，看着丽丽，再看郑东旭。丽丽不好意思地解释道："我看他在外面等太久了，让他进来坐会儿……"

郑东旭道："不关她的事，我现在就走。"

安然不搭理他："我不要牛奶，我要咖啡。"说着把牛奶放在一旁，关门进去了。

郑东旭看着丽丽，分析道："安然没让我出去……"丽丽也才意识到，高兴一笑。

郑东旭乐了，说："这是不是意味着，我可以在这里待着了？"

丽丽也认同他的分析，并表示祝贺。郑东旭高兴坏了，上前就抱住丽丽："太好了，太好了！谢谢你，谢谢你！万分感谢！"

丽丽提醒道："郑总，小心安然姐看见啊！"

郑东旭立马放手往屋里看："不好意思，我太激动了，太激动了。"

丽丽一笑："赶紧泡咖啡去吧，别加糖啊。"

郑东旭道："知道啦！"

郑东旭兴高采烈蹦跶着离开。

毛亚平和吴一洁的感情进展得非常顺利。曾经折磨人的小魔女现在成了小甜心，非常体贴，也很通情达理，吃个饭都动不动叫盒饭，吃路边摊，舍不得毛亚平花太多钱。

这天吴一洁在店里忙忙碌碌地整理单子，准备发货。毛亚平进来抱着她就亲，嘴里放了蜜一样，讨好道："辛苦了，老婆。"

两人决定结婚，毛亚平的户口簿随时可以拿来，吴一洁却生怕徐曼丽反对，打算从家里把户口簿偷出来。

这天吴一洁以为家里没人，于是喊毛亚平一起去家里翻找户口簿。没想到这时奶奶怒气冲冲地回来，徐曼丽在后面跟着。

两人赶紧躲到二楼卧室的窗帘后面。

只听奶奶叫道："我说这么多天不见孙子、孙媳妇，闹了半天都让你气跑啦！"

徐曼丽赶紧劝解，讨好地给奶奶削苹果。

奶奶发牢骚道："我都清楚，就是你！一直跟金波对着干，口口声声为了中志，其实就是想折腾这对小两口儿。"

徐曼丽委屈道："妈，你看你说的，我是为了让他们的日子更长久一点儿。"

奶奶不悦道："现在长久了吗？更短了！"徐曼丽不敢多说话了，把苹果递过去，奶奶不吃，说道："还有心思吃苹果啊？愣着干什么，赶紧去接金波回来！"

徐曼丽为难道："妈，你先别着急……"

奶奶道："什么？还不着急啊？金波都怀孕了，这在外面吃不好睡不好的……你不心疼，我心疼！"

徐曼丽表态道："我今天给中志打个电话，把事说清楚了。"

奶奶起身穿衣服："还打什么电话！你不去，我去，我这张老脸不值钱！"

徐曼丽赶紧拉住奶奶："我去，我去！我去还不行吗？"

奶奶大声说："现在就去！"

"哐当"一声，二楼卧室传来什么东西倒地的声音，吴一洁赶紧把落地灯扶了起来。

徐曼丽吃惊地走进卧室，吴一洁打着哈欠伸着懒腰出来。徐曼丽看看房间，再看看吴一洁，狐疑地问："你在我们卧室干什么呢？"

吴一洁心虚地说："没有，我下夜班太累了，好久没见到你和爸爸了，这不在你们床上躺会儿，感受下你们的气息，结果睡着了，让你们吵醒了。"

徐曼丽皱眉，想进房间，吴一洁看到毛亚平的脚在窗帘下面露着，吓个半死，赶紧拉着徐曼丽下楼。

吴一洁找话道："妈妈，我有我哥和我嫂子的内幕消息。"

奶奶也跟了上来，要一洁赶紧说说。吴一洁看了一眼妈妈，说道：“他们搬到我嫂子的宿舍里去了。”

徐曼丽和奶奶同时惊讶道：“什么？”

徐曼丽气道：“这个姜金波，是故意跟我作对啊！”

奶奶指着徐曼丽道：“你说你啊，徐曼丽！把孙子和孙媳妇都逼出去了，你是真不把我放在眼里啊，你赶紧给我去把他们接回来！”

徐曼丽瞪着吴一洁道：“你这个大舌头！”

吴一洁道：“我说的是实话。”

奶奶看着徐曼丽。徐曼丽无奈，点点头，穿上衣服，拿着包出门了。

看着徐曼丽离开，吴一洁松了一口气。设法哄住奶奶，让毛亚平溜走了。

03

金波走进自己的办公室，感觉头晕，扶着桌子，视线开始变得模糊。她摇了摇头，试图让自己恢复正常。在熙走了进来，见状忙问：“金波，怎么了？”

在熙突然发现姜金波的脸有些肿。姜金波吃惊，心里有点儿害怕，但是表面上装作没事，淡淡道：“可能这几天没睡好……怀孕嘛，多少是有点儿水肿。”

在熙担心道：“还是让吴经理再带你去医院做个全面的检查吧。”

姜金波也有些担心了，赶紧去医院检查。医生看了她一眼，记录着什么。

姜金波担心地问：“医生，我的宝宝没有什么问题吧？”

医生道：“从检查情况来看，你的两个宝宝没有问题。”姜金波这才知道自己怀的居然是双胞胎。医生说还有几项结果下周才会出来，叮嘱她回去要多注意休息，如果还有其他症状或者不适，一定要及时来医院。

姜金波一一点点头。

这阵子黄立鸣天天催吴中志要安然交图纸，吴中志再三要求延期，最后只得保证三天之内交图。

吴中志索性去安然办公室等。一旁，郑东旭端着水杯过来，给吴中志送水，磨磨蹭蹭，其实是想向吴中志打探安然的意思。

郑东旭叹道："她一句话都没有跟我说过，这……什么意思？"

吴中志道："能让你在这儿待着，你就很幸运了！"

郑东旭点头道："我知道我知道，那她什么时候才能跟我说句话呢，要不，就是打个招呼也行啊！"

吴中志道："怎么了，又坚持不住了？"

郑东旭笑道："没有！我时间多得是！"

吴中志道："那就等着吧。"

郑东旭凑到吴中志耳边："不是……你给我交个底，我什么时候才能再往前推进一步？"

吴中志坏笑道："你这一步……想推到什么程度啊……"

郑东旭道："你可别误会啊，这一步，也就是……和我打个招呼，说个客套话。"

吴中志想了想，认为以他的判断，安然现在正在尝试着接受郑东旭，但是内心还在挣扎。郑东旭心急地追问："那你的判断到底准不准啊？"

吴中志笑笑："一半一半吧！"

郑东旭点点头："有一半也行。"

吴中志看着郑东旭道："你在这儿盯着啊，我去看看金波。"

郑东旭道："好！你去吧！"

吴中志转身问道："你行不行？"

郑东旭道："不行我再找你……"

徐曼丽坐在酒店大堂的休息区等着，恰好看到吴中志陪着姜金波买回炸鸡，有说有笑的。徐曼丽叫了一声："中志。"两人赶紧迎上去，吴中志叫道：“妈……您怎么来了？”

姜金波有些惭愧，也低声叫了句“妈妈”。

徐曼丽上前说道：“哟，金波啊，你怎么瘦了呀！是不是最近累着了？”

寒暄几句，两人算是冰释前嫌。徐曼丽知道金波怀了双胞胎，更是高兴坏了：“你可是我们家的大功臣啊！奶奶知道了，以后不知道得乐成什么样儿呢！”

姜金波不好意思地低下头。

徐曼丽激动地从包里拿出房产证、钥匙，说：“这是你们新家的房产证，这是钥匙，我一把没留，都交给你。”

姜金波一愣。

徐曼丽看着金波道：“之前啊，都怪妈不好……”

姜金波马上说道：“妈妈，是我错了。我不该和您争论，还搬出来住，惹您生气了……”

徐曼丽握着姜金波的手说：“咱们是一家人，就不说谁对谁错了。这段时间啊，我一直在反思我自己，是我这个当妈的管多了，你们年轻人啊，应该有自己的生活方式和生活空间，之前，我确实太强势了，让你受了委屈。你现在怀孕了，不能生气，能不能别怪妈了……从今天起，妈妈一切都听你的。”

姜金波看着徐曼丽，心里一阵感激。

徐曼丽道：“金波啊，你别以为妈是为了孩子，妈是确实想通了。”

姜金波点点头：“妈，我现在有了孩子，好像慢慢明白了一点点您之前的想法和做法了。您一定是为了我们好，虽然我们现在还不能完全理解您，但我相信以后，我们会感恩您的良苦用心的。”

徐曼丽拉着金波的手道：“好了，不说了，问题解决，咱们就回家！”

姜金波道：“不等等中志啊……”

徐曼丽笑着说：“一会儿让他自己回去就行了，妈妈开车先带你回去！走！”

姜金波笑了，徐曼丽拉着金波的手回家。

05

姜金波拿着水壶倒水，突然头晕，头一沉，水壶把杯子砸倒了。金波赶紧找东西去扶，不敢动，看看脚底下的杯子，发现视线已经变得模糊，根本看不清杯子。金波心里一沉，不敢耽误，独自去医院。

医生拿着手电筒，在看她的瞳孔。

医生拿笔记录着：“除了视线突然模糊，还有什么其他不适吗？”

姜金波扶着头道：“偶尔头疼，头晕。”

医生道：“你这种情况，要做一个深入的体检。”

姜金波坐在医生面前。

医生十分郑重地说：“我希望你能和家里人一起来听取结果，还有接下来的治疗方案。”

姜金波却坚决要求自己面对。医生看了金波坚定的眼神，只好尊重金波的决定，告诉她说，从现在的检查结果来看，金波心脏收缩压达到140以上，心脏舒张压达到90以上，血压过高；而且，尿液中存在蛋白质，血小板数呈持续性下降趋势并低于正常标准。根据目前各项数据，姜金波可以确诊为子痫前期，而且很严重。

姜金波傻眼，努力压抑着痛苦，挤出一个微笑，可怜兮兮地请求道：“医生，您再看看，是不是误诊了。”

医生摇头道：“我理解你的心情，但检查结果是不会说谎的。”

姜金波担心地问：“那，我很严重吗？其实我已经在怀疑自己有这方面的病症，我在网上查了很多，有很多人都生下来了……”

医生耐心解释说，一般孕妇都会在怀孕二十周左右出现高血压等明显症状，而双胞胎和多胞胎出现危险的概率就更大。姜金波现在还不到二十周就有这么多的症状，所以他很负责地建议姜金波回去和家里人商量一下，也许流产是最安全的选择。

姜金波坚定地说道：“我想要孩子，我家里人都在盼着这对双胞胎出生。”

医生一脸严肃：“太危险了。就现阶段的医学发展情况而言，这种疾的病因还有待进一步研究。治疗的方法，都只是辅助治疗，还没有可行的治疗方法，所以……”

姜金波担忧地问：“如果……我这次流产，那我还能生下一胎吗？”

医生抬头看着姜金波，起初没有回答，然后慢慢说：“你首先要了解自己的病情，然后试着去接受自己的病情，这对你来说很重要。你的身体会超负荷运转，最危险的是伴随整个孕期的高血压和其他未知的并发症。你现在的头晕、头疼、水肿都会越来越厉害，最严重的时候可能会出现间歇性失明，甚至死亡……”

姜金波大吃一惊。

医生郑重地说：“如果你执意要生育，死亡率非常高。”

姜金波问道：“有多高？”

医生道：“最高能达到 40%。”

姜金波又问：“最低呢？”

医生道：“最低也在 17.4% 左右。”

姜金波道：“有没有成功的案例，坚持着成功把孩子生下来。”

医生点点头：“有，但是作为医生，我非常负责地建议你最好终止妊娠……”

姜金波激动道：“就是乐观来看，我还是有机会生下孩子的，是吗？”

医生靠着椅子，看着姜金波，沉默几秒钟，点点头。

姜金波不想放弃：“如果我执意生下孩子，需要做什么？”

医生迟疑道：“第一步，你要做的恐怕是告诉家里人……”

姜金波一愣。

医生又道：“首先需要的，是你丈夫的签字。”

姜金波坐在长椅上，看着公园里其他家庭的人和孩子们玩耍。看着其他人的可爱的孩子，姜金波再也忍不住，流出眼泪。要接受这个噩耗太难了。金波号啕大哭，痛苦不已。

06

上次毛亚平陪着吴一洁找了半天户口簿没有找到，还吓了一大跳，这天吴一洁从包里拿出户口簿。毛亚平起初还以为徐曼丽同意他们的婚事了，吴一洁撇嘴道："她那么容易同意，我还偷什么偷。"

毛亚平担心地说："一洁，你还是跟你妈说了吧。实在不行就我去，大不了再挨一次打，反正我都被打瓷实了。"

吴一洁看着毛亚平，觉得他特别可爱，嘴里道："我打你还行，她打你，我心疼。咱俩先把证领了，到时候她有意见只能保留。"

毛亚平也笑了，拉着吴一洁的手说："一洁，我就是爱你这点。"

吴一洁道："嘴巴抹蜜，你又想说什么？你不会打退堂鼓了吧？"

毛亚平道："怎么会！只是，我不想咱俩的婚姻有杂质……我希望我真的能够获得你妈妈的同意。这样我们的爱情，才能得到两边家庭的祝福，而不会因为我们的婚姻给任何人带来伤心。"

吴一洁认真地看着毛亚平。

毛亚平把户口簿塞进吴一洁包里说道："放回你家去吧。"

吴一洁看着他，突然抱住毛亚平。

毛亚平自信地说："我相信我自己。虽然我也不知道自己哪来的自信，但是我一定能够让阿姨同意我们在一起。"

吴一洁笑了："我爱的就是你这一点，莫名的自信。"

两个人都笑了。毛亚平希望带吴一洁去他家，见未来的公公婆婆，吴一洁却不急，信心满满道："我都搞定你了，你觉得我还搞不定你妈吗？"

毛亚平道："我希望你和我妈，可别上演你嫂子和你妈的故事。"

吴一洁拍胸脯道："放心吧，我可是中老年妇女的宝，人见人爱，花见花开的好姑娘。"

毛亚平笑了。

07

夜里，姜金波难过万分，无法成眠，身子翻来覆去。吴中志也醒了，担心地看着金波：“怎么了？半夜不睡觉。”

金波笑笑：“没什么，突然睡不着了。”

吴中志道：“那我陪你聊会儿，但是，只能聊五分钟，五分钟之后，你必须乖乖地去睡觉！因为妈妈休息不好，我们的宝宝们也会休息不好的，对吧？”

金波看着吴中志，突然抱住他。

吴中志拍着金波的肩膀，开玩笑道：“怎么啦，是不是我太贤惠啦，你受不了了？”

姜金波含着眼泪点点头。

吴中志抚摩着姜金波的头：“那没办法，谁让你命这么好嫁给了我，以后的日子还长着呢，你慢慢适应吧……”

金波终于说实话道：“中志啊，我忐忑不安。”

吴中志安慰道：“别胡思乱想，肚子里突然多了两个宝贝，肯定会不适应，适应一下就好了。”

姜金波点点头，看着吴中志。

吴中志突然感觉有什么不对：“你怎么啦？怎么这样看着我？”

姜金波上前，紧紧地拥抱着中志，似乎马上要失去他一样。吴中志抱着金波，感觉不对劲，推开金波认真地看着她，认定她应该是哪里不舒服。姜金波赶紧摇头否认。

吴中志道：“要不我明天带你去医院看看吧？”

姜金波推辞道：“没事，在熙刚陪我看过，都很好。”

吴中志道：“那就好，五分钟到啦，该睡觉啦！”

吴中志捏了一下姜金波的鼻子：“听话啊！”

第二天徐曼丽和吴衍普出发去旅游，一来因为吴衍普退休了，对徐曼丽表示补偿；二来也怕徐曼丽和姜金波彼此太紧张，他们认为这样可以减轻金波的压力。

08

安然对郑东旭已经没有敌意，可以自然地在他面前出现。这天她穿着一身漂亮的裙子，和郑东旭一起吃饭。郑东旭盯着她看，整个人傻傻的。

安然笑着问："怎么这么看着我？"

郑东旭笑着说："我没想到你这么美……这算惊喜？"

安然摇头，看着窗外。

郑东旭突然道："这里不是你和吴中志经常来的地方吧？"

安然笑了，摇了摇头，觉得郑东旭没救了。

郑东旭道："你终于笑了……"

安然收敛了笑容："你没必要为了我改变。我们不可能，你心里应该知道……"

郑东旭说："我知道，我不强求，像现在这样就好。我不求别的，我只希望有一天，你能原谅我就好。"

安然跟他碰杯："从今天开始，我原谅你了。谢谢你，我原谅你，也就原谅了我自己。"

郑东旭一再称赞安然的美貌，安然道："再美的女人也会老的。"

郑东旭深情地说："你老了，我也老了。"

安然道："男人老了，会更有魅力。"

郑东旭一脸真诚："女人老了，会更有味道。"

安然摇头，笑了："郑东旭，去追你的漂亮女孩儿吧，不然你会后悔的。"

郑东旭换了个姿势，背对着窗户道："人总是很怪，失去的才是最美好的。"

安然看着他，再看上海的景色："你看上海，从来没有变过，依然是那条黄浦江奔腾不息地入海……"

郑东旭触景生情："看着黄浦江，我都开始想家了，想念汉江了。"

安然道："你是因为我才留下的吗？"

郑东旭道："也许是，也许不是。"

安然劝道："东旭，回韩国吧，我不值得你等待。我想明白了，我不应该把自己的不幸都归罪于你。"

郑东旭有些兴奋，安然笑了笑，继续说："谢谢你对我所做的一切。但是，我们不会有未来。"

郑东旭一愣。

安然道："好了，我走了，你其实挺可爱的，是个好人，你一定能找到真正属于你的人。"

安然说完起身离开，郑东旭无奈地看着她的背影。

安然在等着吴中志，两个人并排站着，吴中志顺着安然的视线，看着繁华的上海。

吴中志问："几点的飞机？"

安然道："我十分钟之后去机场。"

吴中志又问："早就想好了？"

安然伤感地说："这是我唯一的选择，我想把该忘记的忘得更彻底一些。"

吴中志笑了，安然看着他，也慢慢无奈地笑了。两人禁不住感慨他们的命运。安然忍不住问："如果当时，我答应了你的求婚，咱俩会幸福吗？"

吴中志想了想说："我觉得咱俩还是适合现在这样。"

安然问道："我们现在什么样，算朋友吗？"

吴中志道："比朋友近吧，算亲人？"

安然笑着点点头，看看手表。两个人并排站着，看着远方。安然低头看着手里的领带。吴中志看着安然，他把衬衫的扣子系上，竖起领子，走到安然面前。安然默默地给中志系上领带，认真地打着领带扣，两个人谁都没有说话。

安然退了一步，看看领带，看着吴中志。吴中志微笑地看着安然，安然突然间紧紧抱着吴中志，眼泪流了下来。

两个人静止不动，安然像是人生中最后一次拥抱这个心爱的男人，她使出了全身的力气，她要永远记住这一刻。

吴中志远远看着安然离开。遇到郑东旭的时候，吴中志告诉他，安然已经在机场，等着去日本。

郑东旭朝机场追过去。他要告诉安然，自己不会再强求结果，愿意默默守候。

厨房里的水烧开了，蒸汽顶出壶盖，发出刺耳的鸣叫。

姜金波走进厨房，突然一道阳光刺迷了她的眼睛，金波一下出现了间歇性失明，眼前一片漆黑。这从来不曾有过的状态把她吓坏了，金波扶着门槛一动不敢动。

吴中志赶紧跑进厨房关掉煤气，转头看到姜金波直愣愣地站着，完全不敢动，立刻紧张起来，盯着她不放。金波表情怪异，对他的注视完全没有反应。吴中志吓得捧着金波的脸喊道："老婆，你怎么了？"

吴中志喊着，金波的视力终于逐渐恢复。她努力朝吴中志笑，轻描淡写道："没事，突然有点儿不舒服。医生说了，这种情况在孕妇中很常见，没事的，扶我进房间休息吧。"

吴中志扶着姜金波回卧室。姜金波在床上休息，吴中志守在一旁。吴中志觉得她不舒服，不安地问："金波，你没事吧？"

姜金波很难受，但是假装没事，努力给中志一个微笑，一再说："真的没事，就是有点儿累，可能跟怀孕有关系，还没有适应。"

吴中志点点头，拉着金波的手。

姜金波道："中志，你把窗帘拉上。"

吴中志去拉窗帘，嘴里说："等孩子生出来，先打一顿，这么小就开始这么折腾我老婆。"两人故作轻松地开着玩笑，吴中志要去做饭，姜金波却拉着吴中志的手说：“中志，别走，抱抱我。”

吴中志躺在金波旁边，从后面紧紧抱着她。金波一滴眼泪流了下来，但她很快控制住泪水。

吴中志的脸上也没了笑容。

第三十章

患有严重子痫前期的产妇，如果执意要生孩子，死亡率很高。姜金波想着医生对她的严厉警告。

继续瞒着病情的话，很困难，也更危险。但是如果照实说出来，姜金波又怕吓坏他们。姜金波边看电视边思索着要不要向吴中志开口，真是有忧愁说不出。

一旁的吴中志正在给她揉腿，嘴里道：“这样按一按，好点儿了吗？”

姜金波道：“好多了。”

吴中志道：“换另一条腿！”

姜金波笑了笑，换腿。

姜金波想去拿身边的水杯，突然又感觉视线有点儿模糊。她看不清水杯，看什么东西都是模糊的。

姜金波镇定，想等着视线模糊的感觉过去。

吴中志看着金波，金波也看不清楚。金波看着茶几上的水杯，但是摸错了地方。好一阵儿，视线才逐渐清晰。

姜金波松了一口气，再去看水杯，已经没了，扭头看到水杯在自己面前，吴中志手里正拿着水杯，递给她，看样子已经拿了一会儿了。

姜金波努力挤出微笑：“我刚刚在想其他事情。”

吴中志点头一笑，没有再说话。

吴中志悄悄去拜访金波的主治医生，私下里了解情况。他觉得金波有些不对，但又不敢明说，怕吓着她。

吴中志坐在医生面前，手里拿着关于子痫前期的各种资料。

医生道："我建议你们商量一下，如果你们再不做决定，随着时间的拖延，只会越来越严重……不仅是高血压随时危害她，还会伴随水肿和失明的危险，我建议你们不要生，终止妊娠吧，这对孕妇来说，是最安全的。"

吴中志点点头。

医生又道："但是，你太太好像一直都特别坚持。我和她说过，她好像下定决心要生下来，你试着跟她聊聊吧。最终的决定权在你们自己手里。"

吴中志抬头看着医生，无比痛苦。

金波的面前摆着白纸，她看着吴中志的签名，在练习模仿。她实在不忍心把这么残酷的消息告诉自己最爱的人。

在熙进来，金波赶紧拿其他资料把签名盖上。

在熙看金波有些紧张，不解地问："怎么了？"

姜金波掩饰道："没事。"

在熙撇撇嘴，离开。金波看着自己模仿的几十个签名，一点儿也不像。

吴中志坐在一旁，小心翼翼地观察着金波。没想到金波突然回头，逮了个正着。

姜金波凑过来道："中志，你为什么偷窥我？"

吴中志笑了："觉得你越来越漂亮了。"

姜金波撇嘴："没事多想想怎么把耽误的工期赶回来吧。"

吴中志道："行，搞定了就带你去度蜜月。"

姜金波道："谁惦记你的蜜月啊，你看看你爸爸，欠了妈妈一辈子的蜜月，到了这个年纪才还，我也不抱什么希望了。"

吴中志一把搂过金波："我才不会跟我爸一样。我不想欠你太多，要不我们下个月就去度蜜月吧？"

姜金波一愣，试探着说："下个月怎么行，我怀孕呢。"

吴中志变了脸，不说话了。金波看着吴中志，觉得不对劲。吴中志沉默片刻，终于鼓足勇气说道："我不想让你生孩子了。"

姜金波一下就明白吴中志已经知道一切了，她倒在吴中志怀里道："对不起，中志，我不是故意想瞒你，是真的不知道怎么跟你说！"

吴中志道："我理解你心里的矛盾。换了我，我也会纠结，但是你要知道我是你的老公，是要和你手牵着手走一辈子的人。出了这么大的事情，我们应该一起面对，一起来做决定。"

姜金波坚定地说："我想把孩子生下来，这件事我想了很久，我希望你能支持我！"

吴中志痛心地说："如果可以，我也想留下孩子，我跟你一样不舍得放弃他们。但是如果需要用你的生命作为赌注，我绝对做不到！你怎么能做得到呢？"

姜金波道："我想生我们自己的孩子，男孩儿长得像你，女孩儿长得像我，我想做得更好，这是我们爱情的结晶！"

吴中志却反对道："为了这份爱，你宁可放弃自己的生命，那你有没有想过你把我推到了何种境地？我也很爱你，可你的决定会把我对你的爱变得异常渺小、极度自私，反过来说，你把自己的爱成就得太伟大了，让对方无法承受，那也是一种自私。"

姜金波看着吴中志，低头思考。

吴中志继续道："如果你在手术台上真的出事了，我该怎么办？我该怎么去面对今后的生活？如果孩子没有了母亲，你觉得他们能够健康快乐地成长吗？如果我们这个家没有了你，你觉得我们还能幸福吗？"

姜金波哭了，她此刻也不知道怎么办，哭着说："你别逼我，让我再好好想一想，好吗？"

吴中志握着她的手说："金波，放弃是需要勇气的。勇气也是一种智慧，我希望你能更加坚强。相信我！让我们一起来面对！"

姜金波抱着吴中志痛哭不已。

吴中志道："我已经在医院预约了手术，所有情况我都了解过，这是唯一的解决方案。"

姜金波抬头看着吴中志："中志，别这么快做决定……你让我好好想想……"

敲门声起。吴中志和金波彼此看一下，赶紧相互擦干泪痕，吴中志挤出一个微笑，金波也勉强微笑。两个人点点头，吴中志去开门。

徐曼丽兴高采烈地进来，说道："哎呀！你们在家啊！"

吴中志和姜金波都很吃惊："妈？你们怎么这么快就回来了？"

徐曼丽赶紧过去："我都想死你了！"

吴衍普扶着奶奶也进来了，嘴里说："你妈这刚进家门，放下行李洗了个手，屁股都没挨着椅子，就奔你这儿来了！"

徐曼丽道："废话，我还坐得住吗？我恨不得立刻就见到金波，看看我们宝宝，这是最大的事！"

徐曼丽拉着金波的手问长问短："宝宝怎么样啊？健康吗？去医院检查了吗？"

姜金波尴尬，还没出声，吴中志赶紧打岔："检查了，都挺好的。爸，你们不是玩十天吗，怎么这么快就回来了？"

吴衍普不满道："你妈妈真是气死我了，一天到晚跟我说梦到孩子，说孙子赶紧让她回来！这不，一天都待不住了，哭着闹着要回家。"

徐曼丽笑了："那叫玩吗？跟赶牲口似的！叽里呱啦的外语不懂，一天能逛十个景点，走马观花。人家都编了个顺口溜，说是上车睡觉，下车尿尿，回家一问，啥都不知道。"

全家人都笑了。

吴中志暗中紧握金波的手。

徐曼丽高兴道："还是家里好，守着妈，守着儿媳妇，守着孙子，那比啥都高兴。以后再也别说度蜜月的事了，简直就是应付了事，糊弄我！"

吴衍普无奈："行行行，反正蜜月我是还你了，以后别想让我带你出去玩！”

奶奶道：“来看看我给重孙子、重孙女做的衣服！”她拿出做好的小衣服，一一排在茶几上，给大家看，高兴地说：“金波，你们看，我都做好了！”

几个人一看，奶奶做的孩子的衣服，是刺绣的，非常精美。徐曼丽和吴衍普看着，啧啧称赞。姜金波再看一眼吴中志，吴中志不出声。

奶奶高兴地说：“不管男孩儿女孩儿，一视同仁，各做两套。”

徐曼丽道：“妈，你那眼睛还能做这么细的活儿啊，以后这些事都交给我，我去给他们买。”

奶奶却说只要能够，一定要自己做。老太太这辈子最引以为傲的，就是她精湛的手艺。其实老太太眼神已经不好，做这几套婴儿服，是一洁帮她穿针的，每次都一口气穿好十几个线头。

姜金波打起精神道：“谢谢奶奶，妈、爸，你们别太辛苦了。”

吴中志也道：“妈，你们刚回来，都挺累了，先回去休息一会儿吧，我们晚上再聊。”

细心的徐曼丽发现金波有点儿水肿，于是道：“明天我给你们熬粥，从明天起，不准在外面吃饭了，每顿饭都在家里吃。”

姜金波点头，从柜子上拿出一把钥匙，塞给徐曼丽。徐曼丽一愣，姜金波笑着说：“妈，我们是一家人，您以后就不用敲门了。”

徐曼丽笑着收起钥匙：“行，钥匙我帮你们收着，门还是要敲的。我们走了，你们早点儿休息。”

谈笑中，这对婆媳非常默契地彼此接受。

吴中志扶着金波躺好，给金波收拾好，吴中志要走，被金波拉住，吴中志坐在金波旁边，紧紧把金波抱在怀里。

姜金波抱着吴中志说：“我还是想把孩子生下来。医生说了，最高的危险系数是40%，最低17.4%，我们还有很大的成功机会，我连试也不试就轻言放弃，我肯定会后悔的，这辈子都会责怪自己……以后我一看到别人家的孩子，就会想起他们，然后我就会后悔，我不想这样过一辈子！”

吴中志看着金波，没有说话。

姜金波看着吴中志道：“这次如果不生，我就不能再生育了！”

吴中志说：“我已经想好了，等你做完手术之后，我们去领养一个孩子，一个不够我们就领养两个，两个不够，我们就领养三个。对了，咱们就领养三个，老大要女孩儿，老二要男孩儿，老三还要个女孩儿，好不好？”

姜金波道：“我想看着一个小版的你，慢慢长大……”说着说着又哭了。

吴中志不忍心，安慰道：“那就领养的时候，找一个跟我像的，找两个跟你像的，多完美啊！”

姜金波问道：“你真的愿意领养孩子吗？”

吴中志点头道：“我太愿意了，这样还省得我老婆受罪，生个孩子多痛苦啊！我想想就心疼……不行，宝贝，我们不生了啊，乖……”

姜金波一把抱着吴中志：“你爸爸妈妈会同意吗？”

吴中志安慰道：“放心吧，没有问题。”

姜金波道：“老公，这件事情，你不能逼我，我也不想逼我自己，让我再想一想，好吗？”

吴中志看着金波，无可奈何地叹了一口气。

毛亚平曾说要亲自请求徐曼丽将女儿嫁给他，然而事到临头，毛亚平却不敢跟吴一洁一起去吴家。吴一洁气得不行，决定自己回家跟徐曼丽摊牌。平常口齿伶俐的吴一洁犹犹豫豫地坐到沙发上，张了几次口都没说出话。

吴一洁喝了两杯水，心一横，道：“妈，你过来，我有事。”

徐曼丽走过来，坐下，看着宝贝女儿道：“最好是好事。”

吴一洁看着徐曼丽，又倒了一杯水。徐曼丽给她抢过来道：“行了，说事，喝一肚子水说不出来了。”

吴一洁支吾道：“您找个地方扶好，我和您说……您可不能生气，也不许砸东西……更不许打人……”

徐曼丽不理她，直接从茶几下面把户口簿拿了出来，问道：“是这事吧？”

吴一洁吃惊得下巴要掉地上了，问道：“妈，你怎么知道的？”

徐曼丽不屑道：“你们搜我房间，我能不知道吗？我是谁？用你的话，我可是间谍特工！”

吴一洁无奈，捂着脑袋道：“妈，我和亚平是真爱。”

徐曼丽瞪眼道：“真爱就偷户口簿是吗？真爱就偷偷登记是吗？”

吴一洁大声说：“我们没登记！”

徐曼丽数落一通，吴一洁才知道毛亚平到家里来了，正说着，毛亚平从奶奶房间出来，嘴里说：“奶奶您休息吧，我以后经常来……”

毛亚平关门，扭头一看，吴一洁坐在沙发上瞪着他，毛亚平赶紧过去坐在吴一洁旁边。

吴一洁低声问：“你不是不敢来吗？”

毛亚平笑着说：“我不是被你打死，就是被你妈打死，怎么着也是一死，我就来了。”

吴一洁拧他一下，毛亚平忍着。徐曼丽看着他们俩嘀嘀咕咕，笑了。

徐曼丽道：“行了，你们俩的事，我早就知道了，我同意了。”

吴一洁和毛亚平笑了。

徐曼丽对毛亚平说：“亚平，咱可说好了，概不退货！”

毛亚平笑了：“阿姨，你放心吧，我不敢退货。”

吴一洁怒道：“妈，你说什么呢，着急赶我出去啊！”

徐曼丽又拿出一张银行卡：“这个，是吴一洁的嫁妆。”

吴一洁和毛亚平一愣，彼此看看。徐曼丽道：“我知道吴一洁从酒店辞职，我也知道你们在创业，现在需要钱。”

两个人大吃一惊，吴一洁感动道：“妈……”

徐曼丽打断道：“等会儿再煽情，我还没说完呢。我给你们这钱，不是白给，我要占 51% 的股份。”

吴一洁怒道：“妈，你说什么，有用女儿的嫁妆入股的吗？”

徐曼丽大声说：“我不是跟你们谈判，而是条件，要么同意，要么不同意！”

吴一洁不干了：“我的嫁妆当投资，回头我们俩给您打工，妈，你是黄世仁在世啊，净干没本儿的买卖了！”

徐曼丽把卡拿在手里：“行，那你们就是不接受了呗！”

毛亚平拿过银行卡：“接受！阿姨……我们都接受，阿姨这么做，肯定有阿姨的想法！”

吴一洁不悦道：“你这还没结婚就开始巴结丈母娘啦，以后我岂不是要被你们欺负！”

吴一洁说着拉着毛亚平跑，连晚饭都不答应回来吃，说是店里事很多。

吴中志决定把金波的病情告诉大家。徐曼丽、吴衍普、奶奶坐在吴中志面前，气氛紧张。徐曼丽和吴衍普凑在一起，看着病历。徐曼丽的手抖着，不可思议地看着病历。

吴中志表情严肃：“如果坚持生，金波有 40% 的可能性死在手术台上。”

吴中志的话刚说完，徐曼丽就捂着脸痛哭起来。

奶奶难过地说：“这孩子的命怎么这么苦啊！”说着，也开始抹泪。

吴中志道：“我现在还没有说服金波，她执意要生。”

吴衍普反对道：“绝对不行！她的心情、她的好意，我们做长辈的都可以理解，但是如果冒这么大的风险去生孩子，我们老吴家做不出这种事！坚决不可以！”

徐曼丽也说："没错，中志啊，金波是个孝顺孩子。她能够考虑到我们的心情，我们做父母的已经非常感激了，事实情况已经摆在面前，我们根本就不用考虑，我们要我们的儿媳妇，孩子以后再说！不行就像你说的，我们领养！你说呢，妈？"

奶奶点点头："老天爷怎么这么狠心啊！让我们家孙媳妇摊上这样的事……"

吴中志说他已经约好了手术时间，但是金波到现在还没有同意接受手术。于是一家人都过去劝金波。

姜金波坐在沙发上发呆。奶奶第一个上前，握着金波的手道："傻孩子……这孩子……咱不要了！"

姜金波傻眼："奶奶……"

徐曼丽上前道："你的病情，我们都知道了。这事，咱们就听奶奶的。"

姜金波眼泪下来了。

奶奶道："我们商量了一下，家里人一致决定，这孩子我们不要了！这么好的孙媳妇哪儿找去，我们要我们的孙媳妇，你可不能有一点儿闪失！孩子，我们可以收养嘛，想收养几个收养几个，你们愿意就行，我都认！"

徐曼丽拉着金波的手说："再说了，这不还有一洁吗？二胎放开了，让她多生几个！到时候，我绝对不会偏心，一视同仁！金波，你信得过我吗？"

姜金波哭着点头道："妈妈，我相信。"

吴衍普道："金波，你不要有心理压力，明天跟中志去把手术做了，多耽搁一天就多一分风险，对你身体也会造成很大的伤害。"

吴衍普转身看着吴中志道："中志啊，这是我们吴家交给你的一个很重要的任务，你必须把金波照顾好！"

吴中志道："我知道，你放心吧，爸。"

姜金波泪流满面："谢谢爸爸、妈妈，谢谢奶奶，谢谢你们！"

06

医院里，金波已经穿上了病号服，吴中志握着她的手。

姜金波道：“中志，我怕……”

吴中志安慰道：“别怕，有我在，我就在外面等你。”

姜金波拉着吴中志的手不放，要进手术室了，无奈，只能慢慢松开，然后被推进去。

手术室里，护士在配麻药。姜金波看着，眼泪掉下来。护士安慰金波道：“很快就好，打了麻药就什么都不知道了。”

姜金波看着护士的针头，突然大叫道：“不！我不做手术了！”

护士和医生都傻眼了，面面相觑，但也只能尊重病人的决定。

吴中志靠着墙，表情痛苦不堪。突然手术室的门推开，姜金波跑了出来，身后的医生也跟了出来。吴中志赶紧上前抱着她，示意医生等一下。

姜金波哭着说：“中志，我不能做手术，我不能，我一定要生下他们！我必须生下他们！”

吴中志为难道：“金波！”

姜金波坚定地说：“中志，我们不做手术了！我们生下他们！这段时间我想了很多，晚上一个人的时候我非常绝望，但是一想到他们，我立刻就充满希望，我好像能看到生个儿子，和你一模一样，像你一样诚实、善良、努力、勤劳。女儿像我，漂漂亮亮，背着书包蹦蹦跳跳去上学。中志，我不能没有他们，我不能！我不能原谅自己，中志！”

吴中志道：“金波，你听话！我不能让你冒这么大的风险，我也不能够没有你，你懂吗？”

吴中志抱紧姜金波。

姜金波哭着说：“我知道你爱我，我现在不是冒险，我不能因为想到有死的风险就剥夺他们的生命。我们应该一起努力，战胜死的恐惧。我不是自私，我是希望给他们生命，我相信医学每天都在发展，那么多医学科学家、那么多医生都在努力，我们为什么要放弃呢？这种病也许明天就能够解决了，中志，我真的希望看到他们的笑容！”

吴中志看着她，做不了决定。

姜金波道：“中志，你不是说过吗，你要跟我手牵手一起面对，那你能跟我一起面对病魔吗？有你在我身边，有你支持我，我就会变得很强大，我相信用我们的爱一定能够战胜病魔，赢回我们的孩子！你一定要相信我！”

吴中志含着眼泪，看着金波。

姜金波继续道：“如果不行，哪怕没有机会了，我们到时候再手术，好吗？让我跟他们再努力一次！”

两个人抱在一起。医生只得接受他们的决定，但是拿过一份协议书，要求签字。吴中志拿起笔，看看金波，金波点点头。

吴中志看看医生，心情沉重，在金波鼓励的眼神下，金波握着吴中志的手，两个人一起签字。

医生接过签了字的协议书，叹了一口气，看着他们说：“我们会全力以赴。但是，如果真的有什么危险，必须立刻停止……我会请专家过来，进行一个全面的会诊。这段时间，你有任何异常的反应，都要随时通知我们。”

家里的气氛落至冰点，没有人高兴得起来。吴一洁陪着妈妈，吴衍普守着奶奶。他们都在默默等着吴中志和金波回来。

中志搀扶着金波回来。奶奶伤心地低头落泪。吴中志把金波扶到沙发上坐下，吴中志笑着看着大家。

徐曼丽和吴衍普面面相觑，徐曼丽吃惊地站了起来问：“你们没做手术？”

吴中志点点头，握着金波的手答道：“我们俩商量好了，想坚持再试一试！”

徐曼丽急了："你说什么？你疯了啊！"

吴中志道："我们想试一试！"

吴衍普大怒，站起来要打他："你这个混账小子，说什么呢？你还是不是男人？"

徐曼丽怒了："吴中志，你们不要命啦！你们怎么这么糊涂呢！"

姜金波护着吴中志，突然跪在家人面前："爸爸、妈妈、奶奶，我是心甘情愿的。我们也想好了，需要全家人的支持，让我们一起和病魔抗争一下！"

徐曼丽和奶奶面面相觑。姜金波摸着肚子，流着眼泪说："还有他们，我们全家一起努力。"

徐曼丽也哭了："金波，你这是何必呢？"

徐曼丽把金波扶起，姜金波坚强地给徐曼丽抹泪。

姜金波道："妈妈，不要哭了。我从今天开始不哭了。我要坚强起来，这样宝宝们才能坚强起来，打败病魔。"

奶奶过来抱着金波说："金波！"

金波要求去一个地方。为了让金波活动方便，吴中志特意订做了一个轮椅。这一天，吴中志推着轮椅，姜金波坐在轮椅上，两人再次来到摩天轮脚下。

金波回忆着熟悉的一幕幕，吴中志也沉浸在回忆之中，两个人谁都没有说话。姜金波伸开手，享受着空气和阳光，有一点儿头晕，吴中志拉着她的手。

吴中志看着摩天轮，看看金波，他明白金波是担心再也来不了这里而故地重游，但是他不忍心说出口。

吴中志看着金波，心里难受，却努力让自己看上去很开心，他笑着说："我以为你要去什么高大上的地方，原来是这里。"

姜金波道："没错，就是这里。这对我们俩来说，是最重要的地方。"

姜金波也笑着，她看着摩天轮，心里难受。

姜金波有意无意地说：“以后可能再也没有机会坐上去了吧？”

吴中志道：“别胡说，医生说了，你生完孩子，病就好了！”

突然金波一阵头疼，她努力忍着。吴中志发觉了，非常担心，推着轮椅回到家，金波睡在床上，吴中志坐在旁边的椅子上睡着了。

姜金波想喝水，不忍心叫醒吴中志，试着去拿杯子，眼睛视线模糊，她看不到水杯的位置，只听“砰”的一声，水杯碎了一地。吴中志听到声音后，醒了。

金波慌了神儿，起身要去捡。

吴中志马上阻止道：“金波，不要！”

金波已经坐起，要下床，脚马上要踩在玻璃碴儿上，吴中志的手一下垫在上面。金波踩到中志的手，而中志的手扎在玻璃上。

姜金波傻眼了：“中志！”但是显然她看不到，四处摸着。

吴中志抱着金波：“我在！”他发现姜金波失明，意识到不好，立刻送金波到医院。

医生看着吴中志，放下手里的检测报告道：“住院吧，患者现在的情况越来越不好了。我会尽我最大能力帮你们的。”

吴中志点点头：“如果不行，我会想办法说服金波……”

医生道：“你们已经很努力了，再进一步观察一下吧，现在要二十四小时不间断检查血压。”

又过了六个月，金波变得大腹便便，难受到不行，满头大汗在病床上忍着，她穿着病号服，头发蓬乱，头疼难忍。然而担心影响宝宝发育，却又连药都不肯吃。

吴中志眼眶潮红道：“金波，我们不要孩子了好不好？我们不生了，我不想让你再受苦……”

金波忍着疼痛说：“不行，疼痛马上就过去了！”

金波紧紧握着吴中志的手，吴中志痛苦不堪，无计可施，说道："金波，我们放弃吧，这样不行！"

姜金波道："我都痛苦了这么久，我不想放弃。"她用力拉着吴中志的手道："中志，你也不许动放弃的心思！"

吴中志看着姜金波痛苦，眼泪下来了，道："金波，我不想你看不到我，也不想你看不到这个世界！"

金波拉过吴中志，把头埋在他怀里，喃喃道："中志，不会的，我们会渡过难关的。"

金波坐在轮椅上，吴中志推着她去各个科室做检查。

整个过程，吴中志都寸步不离地跟在旁边，两个人的手始终牵在一起。

医生检查之后，对他们点点头道："现在的数据基本平稳，但是你们千万不要放松警惕啊。"

吴中志道："医生您放心吧，我会二十四小时守护的。"

医生体贴地说："你也别太累，我会安排护士多来巡房。"

吴中志感激地点头道谢。医生走了，金波虚弱地笑着，紧紧握着吴中志的手。

病房里窗帘都拉着。金波戴上眼罩，是为了保护眼睛，她不能受强光刺激。事实上，随着预产期越来越近，不仅仅是身体许多器官不舒适，姜金波还越来越担心害怕。吴中志实在没有别的办法，只能下班后立刻来陪着她。

姜金波摘了眼罩，把吴中志的手拉过来道："中志，我觉得症状越来越严重了。但是，这是我的选择，我的命，我认了，如果真的不行了……"

吴中志立刻打断她："别说这种话。"

姜金波道："你让我说完。如果我真的不行了，你一定要好好把孩子带大。要是找个黑心的后妈，我可饶不了你……"

吴中志伤心地说："金波，你放心吧，我和医生都沟通好了，这次请来了好几个专家会诊。"

姜金波拿出自己抽空写的一封信，道："还有我爸妈那边，我怕万一出事不好交代，到时候你就把这封信给他们。你放心，这是我的选择，我的任性他们也明白，他们不会怪你的。”

吴中志一把抱着金波，不让她再说下去。他轻轻抚摩着她，劝她好好睡一会儿，养足精神迎接例行检查。姜金波点点头，闭上眼睛，眼角一滴泪流了下来。

病房里各种设备滴滴答答的声音响个不停。姜金波头疼得厉害，一个仪器突然红了，响起急促的警报声。吴中志傻眼，赶紧按下一旁的紧急按钮。

姜金波疼得大叫，吴中志守在旁边，给她擦汗。医生和护士马上赶来。

护士道：“血压突然升高……”

医生道：“立刻降压！血压降下来，随时准备手术……可能要进行早产手术。”然后他们把金波推往手术室。吴中志急得不行，跟着跑，姜金波拉着他的手，无助地叫道：“中志……”吴中志大声说：“我爱你！”

姜金波哭着笑了：“我也爱你！”

吴中志也努力笑着：“你答应过我，不会扔下我一个人！你给爸妈留的信我撕了，我等你出来！”姜金波使劲儿点点头。

吴中志看着姜金波被推进手术室，门关上，他彻底崩溃了，所有的担心和伤心瞬间爆发，压抑太久的情绪瞬间开了闸，吴中志在手术室门口大哭起来。

徐曼丽、吴衍普都来了。吴一洁、毛亚平和在熙也一起匆匆赶来。大家互相安慰着。毛亚平似乎对在熙有歉意，而在熙却平静又坦然。

突然有护士和医生快步走出来。

护士身上都是血，拿着血袋穿梭，从他们急匆匆的脚步和表情，吴中志意识到事情不好。

吴中志赶紧上前打听：“护士，怎么样？”

护士道：“出现点儿状况，血压太高，突然大出血……我们正在控制。”

吴中志欲哭无泪，所有人都很紧张。

10

吴中志要求进手术室陪金波，得到准许。他换上消毒服进去，简直被眼前的场景吓坏了。手术台上，金波痛苦得脸都变了形。中志胆战心惊地走上前，握着金波的手道："金波，是我。"

金波道："中志……我怕。"

"别怕，我在。"吴中志紧紧握着金波的手。

突然一声啼哭，一个新生儿诞生了。

吴中志激动道："金波，你听到了吗？"金波点点头。又一声啼哭，护士道："第二个婴儿顺利生产。"

吴中志看着孩子从护士手里传递出来，激动万分，嘴里说："金波，两个孩子都安全。"金波高兴地点点头，挤出一个微笑，突然，感觉不好，视线变得模糊，晕了过去。

吴中志大声喊着："金波！金波！"

两个月之后，在吴中志的新家里，两个孩子躺在婴儿床上。一个可能是饿了，突然大哭，另一个孩子马上也跟着大哭，好像在比赛一样。

吴中志一个人拿着奶瓶，手忙脚乱地在冲奶粉，嘴里说道："别着急，爸爸马上来！"

冲好奶粉，吴中志自己先喝了一口，感觉太烫，于是想办法加点儿凉水。两个孩子哭得更厉害了，吴中志无奈，手忙脚乱地加快进度。偏偏这时手机响了，他马上接电话，是徐曼丽打来的。吴中志皱眉问："妈，你们什么时候回来啊？什么时候出去旅游不行，偏偏这个时候出去！"

徐曼丽的声音非常愉快，高高兴兴道："你不说自己能行吗？让你们找个阿姨，非不找！还非搞什么韩式教育！"

吴中志无奈道："妈，你赶紧回来吧！别说两周，我真不行了！"

徐曼丽道："别想我们了。我们在转机，准备去意大利，你爸爸非要去看看斜塔！你奶奶怎么样？”

吴中志简直气不打一处来，发牢骚道：“这俩孩子我还管不过来，我还管我奶奶！”

徐曼丽嗔道：“你这孩子！”

吴中志说：“想看我奶奶，赶紧自己回来吧！挂了挂了，孩子要喝奶！”

吴中志挂了电话，看着两个大哭的孩子，无可奈何。终于搞定奶瓶，抱过来两个孩子，一边一个，给他们喂着。才刚刚松了一口气，这时手机又响了。

吴中志皱眉道：“你在哪儿呢？哪儿？好吧，好吧！我带孩子过去。”

吴中志推着双胞胎的婴儿车，两个孩子裹着奶嘴，咿咿呀呀地叫着。他身上背着各种包，塞满玩具、奶瓶、保温桶等孩子需要的东西，着急赶往一个地方。那英俊的面容看起来像个身经百战、意志坚强的角斗士。

摩天轮下面，一个美女背影窈窕动人。吴中志走近，美女转身，是金波的一张笑脸。吴中志抱怨道：“闲着没事来这里干吗？你知道带着俩孩子出门什么感觉吗？”

姜金波一边哄孩子，一边问：“你知道今天什么日子吗？”

吴中志道：“我哄孩子，星期几都忘了，还能记得节假日啊？”

姜金波撇嘴道：“就知道你，有了孩子什么都忘了。”

姜金波假装生气，转身就走。吴中志笑着从婴儿车旁边拿出一束玫瑰，讨好道：“我的女神，结婚纪念日快乐！”

姜金波看到玫瑰花，很吃惊，于是跑回去，打他一下：“你又骗我！”

吴中志笑着说：“跟我爸没学到别的，就学会了哄老婆！”

姜金波笑了，吴中志搂过金波。这对时尚奶爸和辣妈，在婴儿车后甜蜜亲吻。两个小婴儿咿咿呀呀挥舞着粉嫩嫩的小拳头。